《影视剧片段改编教程》编委会

影视剧片段
改编教程

赵彬彬／主编

中国电影出版社
2016 · 北京

前言

《影视剧片段改编教程》是结合横店影视职业学院的办学定位与高职院校的实际情况，专为高职、高专影视（戏剧）表演专业编写的实践教材。整个教材内容侧重于实践教学，教材中的每个片段都是经过反复的修改、提炼、加工，通过表演实践最终保留下来的。经过多年的教学积累，很高兴能够有机会将影视剧片段改编素材进行归纳与整理，最终编撰成教材与读者们见面。

编撰这本教材的初衷主要源于笔者从事多年的表演教学，对实践教学内容的几点思考。也一直致力于能够为表演教学提供一些可借鉴、可参考的作品，同时丰富表演教学“素材”，为此，对这本教材进行了整理与编撰。

剧本片段教学是在“观察生活”学习结束后，进行的另一个阶段学习。从“我演我”逐渐步入到“我演他”的角色塑造阶段。在常规的教学中，进入到剧本片段之前，会先进行小说与影视剧片段改编的学习，然后再进行剧本片段的学习。这样安排的目的在于能够让“观察生活”学习与剧本片段学习的中间有一个过渡性学习过程。通过这样的安排，能够起到一个循序渐进的、由浅入深的效果，不仅有益于学生学习，使学生基本功打得更加扎实。同时使教学更加科学、规范，让每个教学环节环环相扣、紧密相连。这里需要指出的是，“循序渐进、由浅入深”的这个过程只是相对于教学中阶段性的学习具体情况而言。并不能代表或片面地理解为影视剧片段改编的作品就比剧本片段作品简单。因为在改编的过程中，不乏有一些比较成熟的改编作品出现，在这样的作品中，不管是时代背景、人物关系、矛盾冲突、人物之间的纠葛等都极其复杂。就以改编电视剧《铁梨花》片段为例。剧情是徐凤志的父亲因盗墓被抓要枪毙，徐凤志英勇救父，被赵元庚看中娶为五奶奶，徐凤志心中早有钟爱之人，嫁入赵家后，一直想逃出牢笼，不愿给赵元庚生育孩子，可赵元庚看守紧，徐凤志是赵元庚的副官张吉安的救命恩人，徐凤志让张吉安带可以使女人不能生育的药，故事从这开始了。首先从时代背景看，故事发生在20世纪20年代这个特殊的历史时期，当时的时局动荡，世道离乱，从中得知这个片段作品年代久远，在理解与把握这个作品时需要“花些心思”。再从人物关系上看张吉安是赵元庚的表弟，也是赵元庚的副官，同时内心还纠结对徐凤志的情愫，而徐凤志又是张吉安的救命恩人。大奶奶暗中让张吉安去查徐凤志买药治什么病。赵元庚喜欢性子刚烈的徐凤志，一心想让她为赵家传宗接代。在这几组人物关系中，每个人物的性格特点又极其鲜明，张吉安的这个人物与他人的纠葛最为复杂。在片段开始，大奶奶从丫鬟口中得知张吉安在这么晚还出现在路上觉得蹊跷，决定“见见他”，而后张吉安借口去茅房才得以脱身。翻进徐凤志的房间，刚刚进到房间还没来得及说话，正巧醉醺醺的赵元庚敲门，毫无准备的张吉安在紧张之中钻进了床下，赵元庚进屋后准备要与徐凤志同房，徐凤志不断与赵元庚进行周旋，但最终没能抵挡住赵元庚的力气，眼看赵元庚将徐凤志摁到床上。张吉安迅速从床下钻出来趁赵元庚不注意掏出枪准备开枪，此时门外的丫鬟急促的敲门声让张吉安又迅速地钻进床下，同时打断了赵元庚的兴致，不耐烦地走出了门。徐凤志整理好衣服后向张吉安要不能生孩子的药，与此同时让张吉安带她逃出这个地方，最终在徐凤志强烈的想离开这个地方的意志下，张吉安经过一番激烈的思想斗争之后，决定答应徐凤志的恳求。徐凤志从床下拿出早已准备好的衣物，两人翻窗离去。通过描述能够看出这个片段所展现出的事件与矛盾冲突是比较激烈的。角色的心理动机与心理欲求清晰明了，同时，人物展开了积极有效的舞台行动。整个片段结构设置合理，情节设置紧凑，符合日常的教学与学生学习。所以，不管是影视剧改编作品阶段还是剧本片段阶段作品，在表演教学中始终要遵循的是“因材施教”这个原则。

影视剧片段改编的学习过程对于表演专业的学生来说是极其重要的，因为学生能够全程参与影视剧作品的改编过程，有的甚至可以独立完成。在这个过程中，学生通过改编的影视剧作品，能够清楚地了解剧本中故事的时代背景、人物性格、人物之间的关系、矛盾冲突、事件起因等，根据所改的影视剧片段的故事情节来设置人物、调整片段结构、营造规定情节中的舞台气氛（音响、舞美、服装、道具等）。经过不断地调整与磨合，最终形成一个完整且成熟的影视剧片段改编作品。在这样的作品中，学生进行人物塑造时就能够相对容易地把握角色的性格。这就好比“做一道美味可口的菜，只有自己深入其中，才有可能将这道菜做好一样。菜要放多少油、几克盐、几克味精，葱、姜、蒜要不要放，要用多大的火候才能做出这可口的美味。做好这道菜的前提是要对这道菜的做法了如指掌。”在片段改编的学习中，学生能够通过参与改编影视剧的过程为塑造出个性鲜明的角色打下基础，同时增强学生对作品的理解能力。学生组织编排片段与掌控舞台的能力也得到了提升。所以，片段改编对于学生理解作品、塑造角色、编排创作等综合能力的提升有重要的意义。

随着时代的发展，社会的进步，各个国家间的交流与融合，使得戏剧（话剧）得到了蓬勃的发展。但教学中的剧本片段的素材却没随着时代的发展得到扩充。所以，在日常的教学中，通过实践将一部分符合影视（戏剧）表演教学的改编片段作品归纳整理出来，使之集合成一本实践性较强的书籍作为片段“素材库”，在教师与学生的教学与学习中起到一个提供、参考、借鉴的作用。同时，在日后的教学中，也会不断地扩充片段“素材库”，丰富片段作品题材样式与形式，增加片段教学中剧本的可选择性。使表演专业教学内容能够向更加多元化的方向发展。

在此，谨向影视（戏剧）表演专业及学院内外的前辈和专家表示真诚的敬意，因为他们曾为表演付出过辛勤的汗水，做出过突出的贡献。

最后，我们希望这本《影视剧片段改编教程》能够在教学实践中得到最大的应用，能够为看到这本书的读者提供帮助。虽然是一本实践性较强的书籍，但对传统的本科影视（戏剧）表演专业的师生也会有一定的借鉴。同时，本书适用于任何表演专业的实践教学，希望老师和同学在实践中能够给予宝贵的意见，以便不断改进与完善这本教材。

赵彬彬

2015 年 12 月 1 日

序

我很高兴可以为我的同窗好友、我的大学同学赵彬彬的著作《影视剧片段改编教程》写序。

时光回到 2005 年，我与赵彬彬同时考入重庆大学美视电影学院表演专业。回想大学时光，晨功、表演课、台词课、舞台技能训练、片段排练的场面还历历在目，我们共同排练，一起创作小品，我们互相目睹着对方的点滴进步。在重庆的四年时光里，这位执着、本分、热爱表演艺术的东北汉子给我留下了无数难忘的回忆。

大学毕业后，赵彬彬任教于浙江横店影视职业学院。我留校读研，后跟随研究生导师张国立先生拍摄冯小刚电影《1942》，现任职于西安外国语大学艺术学院。从求学到今日，整整十年。如今的我们都共同耕耘在表演教学的一线上，把表演教学当作了自己的事业和责任。

表演艺术是一门实践性极强的艺术课程。不同于其他艺术门类，表演课更加强调的是学生的自主创造能力和想象力，强调学生的主观能动性。与此同时，表演课从一年级入校一直上到毕业，强调的是一个连贯性和持久性。要求指导老师因材施教、全身心、全时空、多角度地投入到教学活动中来。在平时和赵彬彬的沟通中，我们都会不约而同地提到学生的自主创作能力和主观能动性。特别是在进入到片段的教学过程中，在教学初期学生很容易产生对教师的依赖心理，等待老师来完成排练。不可否认，表演教师在片段的教学中应该起到主导作用，但是更重要的是引导和启发学生的创作自我感觉，调动学生创作的能动性。从而逐步训练学生资料查阅、案头分析、人物体验、角色创作的诸多能力。就好比婴儿学步，如果一味地帮扶，孩子的依赖心理会逐渐加强。倘若跌倒了爬起来，分析缘由、总结经验，孩子日后的路会越走越有自信。

在这几年的实践教学中，赵彬彬非常重视学生的自主创作能力，总结了无数实用有效的学习方法和案例，注重因材施教，突出个性化培养。本书的写作中也强调了实践教学活动中学生的自主创作能力。特别是在进入到影视片段的教学中，如何在既有的影视资料面前，运用想象力和创造力，合理改编、大胆创造，将经典的影视片段从银幕上搬到舞台上，通过艺术的再创造掌握表演的技能和技巧。同时，也通过这种表演形式的转变更加直接地体会舞台表演和镜头前表演的差异。这也是本书作者的写作初衷之一，让更多的表演专业师生和爱好者能够更快地掌握表演的基本要领。

当下，影视剧的相关演出更加需要适应镜头前表演的演艺人才。国内的表演教学则大多数将重点放在了戏剧表演上，多以戏剧表演作为基础教学手段。基础阶段的戏剧表演教学有利于演员素质的开拓和训练，有助于培养演员的人物造型能力。但是戏剧表演和影视表演又不完全相同，许多戏剧片段的训练手法很难满足现阶段影视演员的要求，如果仅仅按照戏剧表演的标准训练影视演员则有所偏差。

赵彬彬在学习和工作中发现，虽然很多前辈已经撰写了关于影视表演的相关教程，但有关影视表演片段特别是片段改编的教材还不多见。这本书正是为了适应时代发展的需求，结合横店影视职业学院的自身规律与办学定位，特别是依托横店影视城丰富的演出资源，编写出的适合学生学习实践的课程教材。所以《影视剧片段改编教程》这本教材的编写特色就更加地鲜明。

最后，再次强调表演是一门实践性很强的课程。同时随着时代和社会的进步，表演艺术也在不断地发展，不断地调整。需要认识再认识，学习再学习。赵彬彬在书中特别强调教授表演艺术不能只是侃侃而谈，或是讲很多高深的理论。而应该循序渐进不断在实践中总结经验，在经验中归纳理论，让学生在反复的表演学习中，边实践、边思索、边总结。让初学者可以掌握窍门，让青年影视演员和爱好者领悟表演真谛，让表演教师可以温故知新。

因此，这本书是一本实践性很强、适用范围较广、可操作性高的教材。全书大致分为三部分，第一部分为影视剧剧本结构与戏剧剧本结构，第二部分为片段教学说明提示，第三部分为实践素材。《影视剧片段改编教程》是一本通俗易懂，具有一定实用价值的教材。

希望这本书可以引领更多的人走进表演艺术的殿堂，引导更多的青年演员学习表演艺术，探索表演艺术的真谛！

吴　博

2015 年 12 月 20 日

目录

第一章

电影剧本结构

第一节

电影、戏剧、小说三者的差异

电影剧本不同于戏剧（舞台剧），更不同于小说。戏剧（舞台剧）的人物形象和故事线均基于舞台呈现，观众是第四面墙，偷窥台上的一切秘密。台上人物通过大量语言来讨论各自的欲望、需求、矛盾等，一切行为动作产生于戏剧对白中。某种程度而言，一部戏剧（舞台剧）就是一首口头叙述的长诗，故事主题、人物关系、语态情绪均从诗化的对白语言中铺展开来。小说一般以时间为序列，以某一人物或几个人物为主线，细致地展现人物性格和人物命运，可以表现错综复杂的矛盾冲突，同时还可以描述人物所处的社会生活环境。故事线随着创作视角的转变而转变，小说的优势在于可以详尽地展现整体的、广阔的社会生活。电影则不同，它是一种视觉媒介，运用海量的视觉信息，在同一时间，向观众集中展现故事进度。

电影打破了戏剧（舞台剧）在时空处理上的局限性，也打破了小说在叙述层面上视角的单一性，它通过蒙太奇思维，运用场景、灯光、音乐、剪辑、对白等，不间断地直击观众的所有感官，以最大程度和最快速度吸引观众的关注。因为电影是在电影院放映，观众需在漆黑一片的环境下静坐两小时方可完成观影，所以，保持故事的集中性对于电影作品至关重要。一个电影剧本是由镜头画面讲述出来的故事，同时，故事发生在它的戏剧性结构之中。它必须有明确的开端、中段和结尾，并且必须重视那些能够引发观众强烈兴趣及情绪反应的事件的编排与呈现。

第二节

电影剧本的故事结构

古罗马学者朗加纳斯在《论崇高》中道："崇高的原因之一是选择所写事物的特点和把它们联合成一个有生命的整体的能力。读者是既为特点的选择所吸引，又为联合它们的技能所吸引的。"[1] 这里讲到的"联合它们的技能"就相当于我们在电影剧本中涉及的编剧技巧，同时，也可以是讲故事、结构故事的技巧。正如所有的游戏都有相应的游戏规则，电影创作也不例外，其剧作结构也有相应的、被大众所认可的剧作结构的一般模式。

电影剧本的故事结构分为三大部分——开端、中段、结尾。一般而言，标准电影的时长为120分钟，一个电影剧本为120页，1分钟的剧情内容对应1页纸的剧作篇幅。规矩是不变的——电影剧本中的1页等于银幕时间1分钟。第一部分的"开端"，是建置的部分。建置，无疑是一种建立和设置，故事背景的概况、人物目标的形成、目标阻力的存在等都是在这一阶段被一一呈现出来的。一般是1~30页的剧作篇幅，即电影放映的前30分钟里完成故事的建置。其间，头10分钟的剧情最关键，因为它往往决定了观众对影片是否产生兴趣，电影是否能吊起观众的胃口。如悬念大师希区柯克的电影《群鸟》，这是一个恐怖故事纠缠着一段通俗爱情。影片中的爱情故事很容易被遗忘，而布满天空的群鸟却令人难以忘却。《群鸟》在开篇便铺设悬念——为什么成群的鸟儿会主动攻击人类？这一悬念成功地吊起了观众的胃口，甚至，这悬念直到影片结束也未被揭秘，但却牢牢抓住了观众的注意力，使观众带着疑问看故事，最后再形成见仁见智的猜测。如此建置，无不展现出剧作悬念在第一阶段"开端"乃至全剧的重要性。

在第一部分"开端"的结尾处应出现一个情节点。所谓情节点就是一个事件，它"钩住"动作，并把故事转向另一方向。这个事件一般出现在电影的25~27分钟处。如获第79届奥斯卡金像奖最佳原创剧本奖的《阳光小美女》，这是一部剧情喜剧片，故事讲述了一

[1] [古罗马]朗加纳斯：《论崇高》，《文艺理论译丛》，知识产权出版社，2010年。

个失常的家庭前往儿童选美比赛旅途中的过程。电影开篇把这个家庭的状态做出基本呈现——胡弗一家六个人的个性都很怪异，每个人都有自己的问题，但同时每个人都不愿意花时间去倾听别人的问题，因此家里的餐桌常常成为争吵爆发的战场。“开端”部分主要展现了某一天的家庭餐桌上的争吵：7岁的小女儿奥莉弗在大家的争吵间隙听到“阳光小小姐”选美比赛的消息时，她发出了兴奋的尖叫声，这一尖叫平息了正在进行的激烈争吵。在她的极力争取下，经过商量后的胡弗一家决定陪伴着小奥莉弗集体踏上寻梦之旅，从阿尔伯克基驾车长途跋涉到加利福尼亚，参加这场“阳光小小姐”的选美比赛。在影片进行到27分钟左右时，家里这辆陈旧的大众旅行车手柄坏掉，开始了不断罢工的状态。此处正是影片的重要情节点Ⅰ，这一情节点（事件）的出现，使得故事剧情从“专注于参赛”转向“要想参赛必先克服途中的一切困难”，预示着胡弗一家将在这一路上接受种种考验，进而使得这条为小女儿寻梦的道路变得更为艰难，每个人的梦想都将会经历碰撞和破灭。情节点Ⅰ的出现，无疑使剧情升级，给主人公完成目标叠加足够沉重且意外的阻力。

电影的第二部分为“中段”，这是影片故事的主体部分，也称为“对抗”部分。一般是影片发展的30~90分钟。之所以称为电影剧本的对抗部分，是因为这一部分主要展现冲突，一切戏剧的基础就是冲突，“无冲突无戏剧”[1]是剧作法则。在“开端”部分，人物的目标和需求已展现，同时，人物实现目标的障碍也已出现。那么，这二者势必产生冲突，接下来的“对抗”部分，就是围绕这个冲突，使各个对立面交织起来，完成对抗的任务。影片《唐人街》中，第二部分就是杰克与一些势力发生了冲突，他们不希望杰克查出究竟是谁该对墨拉雷之死以及争水丑闻负责。这一部分，双方均在各自的目标的指引下，进行着较量与对抗。当我们在讨论影片故事结构时，其实是在思考如何运用电影化的手法暴露人物的灵魂。在不同力量的拉扯下，在一个回合又一个回合的较量中，人性的复杂逐渐展现，人物的形象得到戏剧化塑造，故事的主题也在层层推进中更深刻地展现出来，最终使剧情引人入胜。

经过了影片“中段”部分的冲突对抗设计，剧本迎来第二个重要情节点的出现。一般出现在影片85~90分钟之间。我们仍以《阳光小美女》为例，影片经过了第二部分“全家人对抗途中的重重困难”，每个人的心灵都经受了不同的刺激与洗礼。在影片85分钟时，主人公奥莉弗的爸爸和哥哥在奥莉弗即将登台时迫切地提出让奥莉弗退赛的建议，因为他们在看到赛场的状态后，感知奥莉弗上台必遭嘲笑，所以竭力阻止。如此大的反转——全家人克服了重重困难才实现的参赛心愿，在即将登台之时，发生了彻底转变。这让观众的心理随剧情的发展而呈现波澜，随之而来的便是整部影片的高潮——奥莉弗登台表演。重要情节点Ⅱ的设计，在故事高潮到来之际，使剧情呈现特殊状况与重要悬念，让观众的心理期待值急速上升，继而也极为有力地推进了故事高潮的到来。反观众多优秀电影，影片

[1]［美］悉德·菲尔德：《电影剧本写作基础》，世界图书出版公司，2012年。

高潮往往紧跟情节点Ⅱ的出现而出现。

最后来到第三部分，通常在影片90~120分钟，是故事的“结局”。故事如何结束？主人公的目标有没有达成？主人公的心理状态是否发生彻底转变？影片故事需要一个强有力的结尾，以便使观众进一步理解剧情并引发共鸣。模棱两可，含义暧昧的结尾，现在已过时。目前的电影剧本大多贯彻这一基本结构。戏剧性结构被规定为：一系列互为关联的事情、情节或事件按线性安排最后导致一个戏剧性的结局。至于如何安排这些结构组成部分，决定了你的电影的形式。

第三节

电影剧本的蒙太奇结构

早在两千多年前，亚里士多德在《诗学》中曾提到，结构技巧可以起到打动观众情感和帮助观众净化灵魂的作用（即教育作用）。他说：“只要有布局，即情节有安排，一定更能产生悲剧的效果”。[1]美国戏剧电影理论家劳逊曾说：“电影的结构是为了满足主题的需要。”[2]除前文所谈电影剧本结构的三大部分之外，电影剧本往往涉及电影这一艺术样式独一无二的剧作结构——蒙太奇结构。电影剧本不是用文学思维完成的，而是必须借助电影思维才可以完成。通过蒙太奇手段，电影的叙述在时间空间的运用上取得了极大的自由；通过镜头、场面、段落的分切与组接，对素材进行选择和取舍，使得表现内容主次分明，实现剧情的高度概括和集中。电影剧本由许多段落构成，每个段落由若干场面构成，每个场面则由许多不同角度、景别和运动方式的镜头组成。

电影的蒙太奇结构直接影响着故事发展是否符合电影思维与审美；影响着故事发展进度的节奏缓急；影响着故事脉络的流畅程度与轻重层次。苏联电影编剧格里戈里耶夫说：“当我写作电影剧本的时候，在我的眼前就出现了一个小小的银幕，就像是在剪辑台上。而我感受到了它。我在用语言写作我的影片。”影视编剧有别于小说家和舞台编剧最重要之处在于，影视编剧在落笔之前，头脑里就出现了未来影视作品的图像。一般电影由五六百个镜头组成，电影剧本的蒙太奇结构要求编剧必须用镜头去描述故事。

场面，即在同一时间和空间中展示的情节为一个场面。它通过若干镜头组成，也不排除由一个镜头组成。传统影片和现代影片在场面数量上有着明显差别。一部传统影片的场

[1]［古希腊］亚里士多德：《诗学》，人民文学出版社，2002年。

[2]［美］约翰·霍华德·劳逊：《电影的创作过程》，中国电影出版社，1982年。

面一般在50个左右，如美国电影《魂断蓝桥》[1]有59个场面；因科技的发展和审美趋势的转变，现代影片大多会在时空转换上做足文章，在变化的背景中表现人物思想及性格，因此场景数目就明显增多，如日本影片《人证》，这一影片内有175个场景。随着电影行业的发展，一部电影中场景数目的增多，也表明了电影创作思维的改变，与观影喜好及需求的转变。

一组场面可以表现一整段剧情，这一整段剧情就是电影的段落。一部影片直接由若干个段落组成。虽然也存在一个场面构成一个段落的情况，但绝大多数的情况下，段落不止由一场戏构成。以下，以影片《魂断蓝桥》为例，展示这部影片蒙太奇结构与故事结构的划分。

除去序幕和尾声，影片《魂断蓝桥》可分为七段：

第一段：相遇，2场–11场，共10场；

第二段：结婚，12场–21场，共10场；

第三段：开除，22场–28场，共7场；

第四段：沦落，29场–36场，共8场；

第五段：生还，37场–40场，共4场；

第六段：舞会，41场–49场，共9场，其中48场为高潮；

第七段：自杀，50场–58场，共9场；

1. 第一段："相遇"是开端；
2. 第二至六段："结婚"、"开除"、"沦落"、"生还"、"舞会、出走"是中段；
3. 第六段末尾处："诉说隐情"是全局高潮；
4. 第七段："自杀"是结局。

创作素材的提炼与布局，情节的巧妙安排，使得电影剧本结构成型，故事剧情实现电影化发展。总体来看，电影剧本的结构与故事内容紧密相关，受人物形象塑造的目标性牵引，并时刻担负着推动情节向观众的兴趣点上靠拢的任务。任何优秀影片无不具备一个经得住推敲和考量的剧本结构，在此严密框架和艺术构思之下，电影化的故事情节才得以精彩呈现并环环紧扣、步步推进。加之，蒙太奇手法的独特运用，多种类素材和表现手段的排列组合，使电影剧本创作拥有了无限可能性，也正是这无限的可能性让电影艺术永远保持奇幻的色彩，永远散发着无限的魅力。

[1] 电影剧本《魂断蓝桥》，见汪流：《电影剧作结构样式》，科学技术文献出版社，1993年。

第二章

戏剧剧本结构

关于戏剧活动的起源，学术界普遍较为认可的是古代巫术活动和祭祀仪式，如原始社会时期的交感巫仪模仿、皇帝时代的图腾拟态、西周时代的驱傩仿生、商周时代的人化拟神等。随着无休止的时间长河的流动和古代文化的发生发展，逐渐由具有较强娱神的实用作用的巫术、祭祀仪式发展为娱人的非实用作用的自由随意、逗人发笑、观赏的表演形式，直至今日产生了内容深刻、隐敛且繁复的戏剧流程和创作模式。

当实用性的祭祀表演继续朝向表演独立性迈进的同时，仪式过程中的审美趋势则朝主导地位发展一步，真正的戏剧产生了，这样的戏剧活动一般是为了使观众能够欣赏戏剧过程，而需要演员扮演角色且叙述一定长度的故事。在此戏剧活动中，人们从中获得欣赏娱乐、喜怒哀乐、满足好奇心而品咂人生百态、宣泄自身情绪和情感，进而设身处地地追寻另一种人物和人生。由此可见戏剧活动的中心环节是演员与观众的二元结构关系，是发生在活生生的演员扮演活生生的人物演给活生生的观众看的一种活动模式。

当代戏剧活动越来越趋向于“豪华配置”，其综合了剧作、演员、导演、观众、舞美等各个环节。在复杂的剧场艺术创作过程中，编剧、导演、舞美、演员、观众等各个“剧场角色”的相互配合，共同见证了一部戏剧作品的诞生。除却演员与观众的二元关系，其他复杂性的环节则是通过演员表演才拥有了存在意义，通过演员表演将其他附加成分杂糅于戏剧演出向观众传递信息、感觉，与观众产生交流和共鸣，并且作用于贯穿动作完成其演员自身、观众和导演的最高任务。表演创作方式并非一成不变，其创作目的就是为了塑造出鲜活的人物形象，当今的表演创作一般采取内部到外部和外部到内部相向而行的一种创作模式。外部到内部一般指的就是找出能够揭示人物真情实感的外部表现形式，以刺激内部的情绪和情感，最终达到外部与内部的统一，而这些创作基础则是以剧本创作为蓝本。

透过演员与观众的二元论结构，演员的行动在某种程度上需要依托于“一定长度的动作的模仿”。关于戏剧的名称，在日耳曼语系中有theatre、play、drama，theatre指的是剧场，是演出场所和地点；play有扮演、游戏的意思；而drama指的就是观众欣赏和演员表演的“一定长度的动作的模仿”。由此“drama”跨过戏剧发展的距离，在当代戏剧中，狭义上有了“剧作”的最初意义。因此剧作成了连接演员与观众的纽带，成了戏剧活动的第三个结构，合并起则为“三元结构”。

假若以成熟戏剧为基础研究，早在2500年以前古希腊悲喜剧奠定了整个欧洲戏剧的文学基础，如埃斯库罗斯、索福克勒斯、欧里庇得斯、阿里斯托芬、普劳图斯等人都有遗作留世，直到越过文艺发展缓慢的中世纪，一直延伸至文艺复兴时期、古典主义时期和浪漫现实主义时期，整个西方戏剧史就是一部宏大的剧本文学史，直到19世纪末才逐渐打破这种剧本独大的戏剧创作模式。换眼看去，中国宋、元戏剧的文化繁荣，如金院本、元杂剧等亦是世界文化宝库中的晶莹璀璨的戏剧文学作品。因剧本特有的文学性和戏剧性，因此不仅可成为案头之书、亦可成为场上之曲。因此世界戏剧史上的各个经典剧本直到今天依然活跃在戏剧舞台，或是被改编成电影、电视剧，在各个亚戏剧领域生根发芽。

在戏剧创作的过程中，剧本文学性潜藏着内容、调性风格，尤其是剧本规定情境的设定和戏剧冲突的合理突转，对最后二度创作产生了巨大的、直接的影响。在我国戏剧文化的发展过程中，尤其是明清时期，剧本创作目的不仅仅是作为演出的蓝本，有很大一部分的戏剧文学作品，即所谓的“案本”是供人阅读而存在的，而上演的剧本则重新获得了生命力，因此就具有了灵动鲜活的剧场性。为了上演剧本，剧本的创作必须在剧目的演出时间、空间限制内来编织情节、矛盾冲突、性格、关系等，焦菊隐先生在其论文集中提出：“写小说，可以在同一个时间内写两个地点，两个事件，也可以同时并叙客观世界和人物的主观世界，还可以作编年史式的描写，由读者陆续阅读。剧本却必须在一个几十立方米的舞台空间里、在短短的两个小时以内演完。这尤其考验剧作家的创作能力。”深度挖掘生活意义、营造出合理诗意的境界、精雕细琢每一个戏剧人物、编织跌宕起伏的戏剧情节和戏剧行动、设计合理复杂多彩的人物关系、设定精准美妙独立思考的戏剧创作主题、探寻唯美的舞台表现形式等，这些都是剧作文学性的基础体现，演员将这一切在舞台时空中通过人物行动化为视听语言，这则是演员的二度创作过程。

需要提及的是戏剧不同于电影、电视剧的创作模式，戏剧创作是鲜活的现场性创作，而电影、电视属于复制性创作。舞台艺术永远无法被其他艺术形式替代的最为重要的原因就是它是鲜活的面对面的艺术交流。演员在舞台上的行动与观众之间形成虚拟的难以割裂的“气场”，这种鲜活的观演关系与电视、电影的观演关系完全不同，现场的直接感受与电视机前的间接感受最为显著的特点就是不会存在“八分之一秒延迟”，现场观众可直接受到演员现场表演的刺激。此外电视剧、电影具有可复制性，可以无限制地在不同的地点播放，但是舞台艺术则不能被复制，每一场的演出都有其独特性，其演出效果也不尽相同。假如某场演出中某一演员当天表演的“能量和力度”高于其他场次的演出，那么和对手之间的交流也会发生变化，人物外部动作上也会有些许的变化，由此造成本场观众不同的反馈，最后呈现出不同的演出效果。戏剧表演要求演员创造、表演与观众接受交流活动必须当众完成，要求必须在固定的时间、空间内突出观演关系的聚众性质。由于戏剧表演的这种特殊的活性媒介传播形式，将戏剧和电影、电视甚至是广播剧等扮演叙述性作品的复制性传播形式直接区别开来。另外电影、电视剧与戏剧的渊源颇深，它们之间固有的规定情境设定、假定性、演员创作角色等角度看来如出一辙，但是一旦引入了媒介传播的性质特点，其他相同的点则被完全盖住了所有光芒。电影、电视通过电子、胶片等科技产品贮存和复制了演员的表演过程，包括演员语言、动作等。当欣赏活动发生时，电影、电视通过影像的形式传递给观众信息，由此可见电影、电视在最早期虽然来源于戏剧，但是在其独自发展的过程中，逐渐切断了演员扮演角色且表演一定长度行动的当众性，最终阻止了创演者与观众之间的直接交流。

学院派进行表演教学时，则是采取了逆向创作模式，从影视作品入手，重新架构于戏剧创作。演员表演创作过程中，基督教教义中的“三位一体”术语经常用来表述表演创作的重要特点。演员在舞台上既是创作者、创作材料和工具，也是最终的创作结果，表演就是以人物内心真情实感为基础，通过演员自身、外部动作及语言揭示人的真实的精神生活，以达到塑造人物的目的。

在本书中的剧本无一例外都进行了排演，学生以电影、电视剧人物行动情节为基础，深度挖掘出人物丰富复杂的思想情感，并把这种情绪情感借助于人物行动在舞台上表现，而其中人物形象则成了学生创演的依据基础。由电视剧、电影改编的小剧本则成了演员二度创作的新的蓝本，在此过程中重新设定了规定情境、甚至增加或者删减人物，或是改变人物性格和人物关系。学生以此为创演活动的原动力，开始重新寻找形象创造和人物行动，最终达到“理想地表情达意”的创作目的。重新架构或者直接截取的小剧本，在一定程度上是为了演员的表演创作而创作的，为了演员的一系列行动或是承载演员行动去感染观众并引起观众共鸣而进行重新的构架。一部戏剧作品到底是“戏保人”？还是“人保戏”？剧本的好坏决定演员发掘生活意义的深度，演员的好坏决定是否能够把剧本想要表达的内容表现得淋漓尽致，由此可见剧本的意义，而剧本就成为演员扮演角色的重要准备条件。在表演教学中，重新改编的电影、电视剧小剧本，在一定程度上必然依附于学生的表演。剧作是戏剧发展的航船，是戏剧的载体之一，也是戏剧的本身构成之一。剧作是可能性极大的艺术，因此在戏剧创作时必须给剧作留出充分的创作空间，看似挥洒自如的表演，需要极为严谨的思考和艺术处理，真正使剧本成为“一剧之本”。

第三章

影视剧片段改编方法与难点

谈到影视剧片段改编，不得不说说戏剧（话剧）的特点。众所周知，表演教学是以舞台表演为基本的教学手段，所以在改编的过程中要遵循戏剧表演的基本规律。在戏剧作品中，通过短短的几个小时的演出时间，就要将整个故事作品的思想内容传达给观众，同时还要打动观众，使观众产生共鸣。所以，戏剧作品中的人物设置、矛盾冲突、人物关系之间的纠葛等要素都要集中在一起来围绕着一个核心事件展开。也就是说一个戏剧作品要通过一个事实引发矛盾进而演变成激烈的冲突，从而上升为“事件”，最终改变场上人物的行动轨迹与人物关系。人物与人物相互之间的动作又会引发出新一轮的矛盾冲突，从而揭示出剧本的主题思想。

一、舞台场景设置合理化

在进行影视剧片段改编的过程中，难免会出现类似的场景。男女主角先是在公司里因为意见不合发生争执，男方觉得对方不可理喻暂时离开公司走到楼下。此时女方追了下来在路上继续争吵，进而吵到了男方的家里。在影视剧作品中为了使剧情更加丰富精彩，还会同时在男女主角争吵的过程中运用蒙太奇的手法穿插另外人物的戏。对于改编者来说，可能会觉得男女主角争吵的这场戏很精彩，想将这场戏改编成影视剧片段作为自己的作品。但在改编的过程中发现自己喜欢的这场戏有三个场景，于是就在舞台上营造出了三个不同的场景进行表演。表演之后会因场景设置导致这样的问题出现：舞台场景营造略显凌乱、人物上下场衔接不紧凑、剧本结构松散。这是由舞台场景设置不合理所导致的。出现这样的问题该怎样调整？作为舞台表演，场景设置一定要合理，同时要符合舞台表演的创作规律。将三个不同场景同时设置在舞台上在常规的表演中是不可取的。如果将这个片段的场景合理化其实有个最简单的办法，就是将三个场景改成一个主场景。假设主场景设置为家里，去掉公司这个场景，人物上场的地点直接就是在家门口，由于争吵进而来到家中。这里需要强调的一点是，既然家是主场景，那么重要的戏份一定要在这个主要的场景中发生，同时衔接好屋内与屋外的戏份与人物的上下场。根据改编片段与剧情的需要，上述三个场景可以选择其中任意一个场景作为主要场景。

在这里还需要强调一点，就是在有多个场景的影视剧片段改编中，因为舞台场景设置合理化的因素要设置一个主要场景时，在所改片段中的核心事件和内容的发生与其他删减的场景没有必然联系的情况下，可以进行合理的设置。否则，可能会出现因舞台场景设置合理化的问题，而导致所改片段的内容与规定情境不吻合的情况发生。所以，在影视剧片段改编中，故事内容、人物关系、矛盾冲突、场景设置等都要以影片所提供的核心事实为依据进行合理的改编，同时还需进行不断地修改、加工、提炼、磨合，最终才可能改编出比较成熟的影视剧片段作品。

二、影视剧片段改编选材

在影视剧片段的改编中，我们改编的片段也要符合戏剧舞台表演要素。要有鲜明的人物性格特征、强烈的矛盾冲突与事件（对抗）、复杂的人物纠葛等。那么，在实践的过程中会发现，学生在选择影视剧进行改编的时候，会出现因影视剧片段改编选择的不恰当，造成所改片段结构松散、人物性格不鲜明、人物关系交代不清楚、事件起因与发展不明确等问题。在以往的改编作品中，经常会出现以咖啡厅、家里客厅为规定情境的作品。在这样的作品中，通常都会出现同一个问题，规定情境制约了演员的行动。例如规定情境是在咖啡厅里面，男女主人公进来面对面坐下，每人点了一杯咖啡。两人在谈论着将来结婚买房子的事情，刚刚开始气氛还算融洽，但在全款买还是分期购买这个问题上两个人产生了分歧，进而发生了争执，最终女主人公以“你不爱我”为由生气地走了。从简单的描述中，能够看出整个事情是围绕着结婚买房来展开的，但因为这个规定情境的制约，男女主人公只能在座位上进行交流，没有过多的肢体动作与行为动作，哪怕是在最激烈的争吵中也只是有一些肢体动作，而戏剧舞台表演恰恰又是以行动为核心。行动在戏剧舞台表演中是尤为重要的。在咖啡厅里的男女主人公缺少的是行动，但行动本身是受规定情境影响的。哪怕是男女主人公想行动起来，因规定情境的限制，主人公也行动不起来。所以，学生在选择影视剧片段改编时要根据戏剧舞台特点进行合适的选择与合理的改编，这是改编一个优秀的影视剧片段的前提。

三、事件与矛盾冲突的重要性

在一个完整的舞台剧本中，所有的故事情节都是围绕着一个中心事件来展开的。在人物为了完成或达到某种目的不断地推进故事向前发展的过程中，会有一个个小的事件与矛盾冲突来阻碍人物向前发展。人物只有在不断地完成与解决好这些小的事件与矛盾冲突，才能最终奔向最高任务，最终揭示主题思想。

在片段的改编中，故事情节也必须要围绕着一个核心的事件来展开。下面通过对电视剧《幸福在哪里》的改编片段分析事件与矛盾冲突在剧本中的重要性。首先我们先了解一下所改片段的剧情。1978年恢复高考，此时的麦秋对父母给自己安排相亲对象极力地反对，甚至有些反感。一气之下跑出家门，正巧碰到路过的向远，两人不经意之间的碰面，使向远对麦秋生了好感。麦秋来到了附近的湖边平复情绪，向远得知麦秋相亲的事之后，在湖边找到了麦秋，向远以为麦秋想不开要跳湖，想去拉麦秋，结果两人在慌乱之中一同掉到了湖里。上岸后在两人的聊天中向远告诉麦秋自己有高考复习资料，麦秋考大学心切，于是随着向远回家，就想看一下去年的高考试题分析。刚巧向远的发小也是他的暗恋者米朵看见向远带了个姑娘回家很不开心。麦秋和向远两人在家里换了身干净的衣服，正聊得欢，麦秋的哥哥田借粮带着两个人闯进向远的家。田借粮看见自己妹妹被别的男人带走，并换了一身衣服，以为自己妹妹被占了便宜，一顿着急，就带着人和向远打起来。片段是从两个人上岸后开始的，剧情是以“麦秋得知向远家中有自己需要的高考复习资料，决定去向远家里看看”为切入点来展开的。在对人物性格与心理活动进行一个简单的梳理时，我们不难发现，麦秋对于向远来说是属于“一见钟情”，更准确的说应该是“喜欢”，这种喜欢没有任何附加条件，没有任何原因与理由。“就像一个人欣赏一朵莲花一样，就是从心底很单纯地喜欢它”。而麦秋通过刚刚与向远因一个“意外”同时掉进水中，上岸后对这个突然闯入自己生活的小伙子感兴趣起来了，总的来说不讨厌他。在这种气氛与心理活动下，两个人产生了相同的磁场。当麦秋得知向远有高考复习资料时，激动得一定要去向远家里看看这些书。这个“想去看”的心理活动是基于麦秋一心想考取大学，完成自己的理想。但同时还要满足另一个前提条件，也就是麦秋对眼前的这个小伙子感兴趣，彼此间有着相同的吸引。而这种感兴趣又是建立在麦秋感觉眼前的向远对自己无害，可以信任他所说的话。所以，在符合这两个先决条件的时候，“想去看”的这个心理活动才能够真正地成立，缺一不可。向远拉着麦秋来到了自己家的楼下，为了避嫌，两个人走进向远家里的走廊时，要若无其事地，“偷偷”地进到向远的家里。来到向远的家中麦秋就迫不及待地想要看高考复习资料，而向远担心麦秋衣服湿久了会感冒，执意要求她先换身衣服再看高考复习的资料，麦秋拗不过向远只好答应了向远的要求。通过这个表演中的细节不难发现向远的细心、体贴的性格特点。而这个细心与体贴无不透露着自己对麦秋的喜欢与喜爱。在麦秋进屋换衣服时，向远也拿了一件干净的衣服去公共水房换衣服，刚巧碰到了暗恋自己的发小米朵在洗西红柿，向远本想溜走，但被米朵给叫住了。米朵刚刚看到向远把麦秋带回了家，心生醋意地数落了向远，还要刨根问底地问个究竟。在米朵的心里向远就是自己爱慕的对象，而这种爱慕更像是一种“崇拜”，但在向远的心里，最多只是把米朵当做自己的妹妹看待，就像一个没长大的“小屁孩”。作为米朵这个角色来说，虽然自己醋意大发，但还是将自己盆里的一个西红柿扔给向远吃，从这个动作来说，足以证明向远在自己心中的位置。虽然米朵这个角色在整个片段中戏份不多，但人物形象与性格很是鲜明。两个人换好衣服准备吃烩饼（影片中是向远特地给麦秋做的烩饼，但在改编与创作中，将这段戏改成了王大妈给向远送来的烩饼。目的是能够使片段中的人物在向前发展的过程中使剧本结构紧凑一些，同时方便在舞台上进行表演），麦秋在满满一箱高考的复习资料和只听说过的书籍面前时，兴奋得不知所措。两人就在这愉快的气氛中聊着彼此的理想与兴趣爱好。和谐的气氛被突如其来的一群人打破了，不是别人，正是田麦秋的哥哥田借粮与罗红（田借粮的未婚妻），还有两个混混，田麦秋的哥哥一脚将向远家的门踹开，发现自己的妹妹正和别的男人聊天，而且两个人聊得还很“亲热”。整个片段的“事件与矛盾冲突”在这一刻展开了。事件的起因是，原本麦秋已经被家里安排好了相亲的对象，对方家里提出只要麦秋同意跟汪喜订婚，汪喜妈立马办退休，让麦秋顶替进入国营纺织大厂。这对麦秋的家庭条件来说是一件求之不得的好事情，因为在当时想进这种国营大厂托人找关系都要好几百元，同时汪喜家还给准备了一个12平方米的房子。但麦秋打心底不同意这门亲事，她追求自由恋爱。麦秋妈之所以一直撮合这门亲事，还有一个重要的原因是麦秋的哥哥还有半年就准备结婚了，麦秋妈一心想着让麦秋嫁出去，同时还能给哥哥腾出一间房子来。作为麦秋的哥哥田借粮一心也想着让自己的妹妹早点嫁人，好能腾出一套房子来完成自己的婚事。田借粮的未婚妻罗红也一直催着田借粮让他的妹妹尽早嫁人，同时准备好“三大件”（手表、自行车、缝纫机）来娶自己。当田借粮得知自己的妹妹麦秋非但没有按照母亲的意愿完成这门亲事，还跟另一个男人在一起时，就发生了刚刚破门而入的场景。田借粮带人过来只有一个目的，就是要把妹妹带回去商量订婚的事情，只有解决了妹妹的婚事，自己的婚事才有着落。让田借粮没有想到的是，妹妹非但不听自己的话，还护着向远。向远此时说了一句话“就为了自己占套房子，逼妹妹结婚”，这句话刺激到了田借粮。田借粮让两个混混把向远控制住。向远的手和脚被这两个人给固定住，同时抬了起来。就在此时，罗红发现了麦秋的衣服在椅子上，而麦秋现在身上穿的却不是自己的衣服，田借粮以为麦秋被向远占了便宜，于是狠狠地在向远的屁股上踢了几脚，以教训向远。麦秋想上前帮向远，被罗红给拦住了。向远在不断地解释自己跟麦秋没有发生任何关系，但田借粮根本不听向远的解释。向远与麦秋百口莫辩，于是向远挣脱了两个混混的束缚，抡起椅子与田借粮一伙人打了起来，向远与田借粮两个人打到躺在地上，相互掐着对方的脖子。此时，麦秋的一番话最终平息了这场冲突与对抗。田借粮带着妹妹麦秋与未婚妻还有两个混混一同走出了向远的家门，向远发现麦秋忘记拿高考复习资料了，转身追了出去，要将资料递给麦秋，此时田借粮阻拦向远靠近麦秋，向远抓住田借粮告诉他一定要麦秋去高考，将资料递给麦秋后，转身跑走。到此，整个影视剧片段改编就结束了。

通过对整个片段的分析与梳理，我们不难发现，矛盾冲突最为激烈的地方是田借粮踹门而入一直到最后结束。而片段的前半部分，主要的事实是麦秋来向远家里看高考复习资料，在这个过程中又穿插了一个小的事情，也就是“向远与麦秋换衣服从而引出向远与米朵的交流”。这个小的事情也促使这个主要事实“麦秋来向远家里看高考复习资料”的过程展开不会显得单调与平淡。片段前半部分的主要事实间接地影响和直接地推动了后面矛盾冲突的展开，人物与人物之间产生了强烈的对抗，在相互的对抗中将整个片段推向了高潮，极具观赏性和娱乐性，从而使故事情节变得愈加精彩。最终演员在排练与演出中得到了技能技巧的提升。我们从中不难发现，事件与矛盾冲突不管是在全剧或是片段中，它的重要性都是不言而喻的。

四、影视剧片段改编的完整性

在影视剧片段改编的过程中，会涉及所改片段的场景、人物、人物关系、演员上下场的衔接等方方面面需要改动的地方，恰恰是这些需要改动的地方要根据影视剧所提供的时代背景为依据进行合理的修改。在实际的编排中，往往会出现因故事的缘由交代得不清楚、不具体导致整个片段在演出的过程中使观众看不明白故事的来龙去脉。问题往往出现在学生截取、修改、编写的影视剧剧本的过程中，在剧本开头的部分，没能足够清晰地交代清楚人物关系或对核心事件发生的过程铺垫得较短，都会导致这类问题的发生。发生这样的问题主要有两个方面的原因。一方面是学生在改编影视剧作品的过程中直接截取其中的一个片段，只做了简单修改与调整。另一方面是学生在初次改编作品的时候，对改编影视剧作比较生疏，还没有学会如何选择合适的影视剧作品进行改编，在改编中还没有掌握改编作品的方法。出现这样的问题，教师要及时给予正确的指导，让学生能够准确地知道哪里出现的问题，应该怎么样去解决。才能够在后续的改编作品中得到提升与进步。

影视剧片段改编的完整性在这里还需特别强调，虽然是片段，但也需要有头有尾。一般情况片段从开始交代人物关系，为接下来发生的事件铺垫情节，展开矛盾冲突，持续的对抗与冲突，直到结束。但在以往改编的作品中，会出现没有结尾或结束感不强的情况。原因是没有在改编的影视剧作品中进行收尾的编写。一方面是学生对片段作品完整性的意识不强，另一方面是学生知道存在的问题，但是不肯花时间进行编创。不管是哪个方面的问题，保持改编片段作品的完整性是一个优秀的影视剧片段改编最基本的前提。

上述对改编片段方法的浅略阐述，主要是方便初学者能够在影视剧片段改编中尽快地步入正轨。影视剧结构和戏剧结构有着截然不同的表现方式，但只要能够深入地了解影视剧作品的结构和戏剧作品的结构，在改编影视剧片段作品中注意正确的方式与方法，通过不断地实践与创作，反复地修改与磨合，终究会有一个优秀的影视剧片段改编作品呈现在你的面前。

第四章

影视剧片段改编剧本——教学说明

《夜店》

——根据杨庆同名电影改编

景—— 一间小型的24小时超市，屋子里摆设着各种商品，舞台右侧放着一台坏了的冰箱，中间靠左侧有一个小型的单独的收银台，左侧有一个柜子，上面摆着购物篮，门上挂着一个装饰物。一有人进店就会发出欢迎光临的声音，整体是一个标准型的超市，给人一种琳琅满目、很有条理的感觉。

时　间： 晚上

地　点： 超市

人　物： 水　哥（何三水）【一位彩民爱好者，有着一夜暴富的梦想，整个人充满了小市民色彩，喜欢斤斤计较但又本性善良】

李俊伟【外号是小钢牙，胆小，但有一颗真挚的心，很爱唐晓莲】

唐晓莲【一个普通而单纯的超市收银员】

轮　胎【水哥的远方亲戚，憨厚、老实，笨手笨脚，略显"傻气"】

朱　辽【幽默风趣，让人啼笑皆非，但有勇无谋】

男顾客【体型略胖，有贼心没贼胆的胆小怕事的男人，有爱心】

女顾客【男顾客的老婆，小名叫小辣椒，性格泼辣，急脾气】

故事简介： 故事发生在一个8月的晚上，一个小型的24小时超市里，营业员李俊伟一直纠缠营业员唐晓莲去看电影但被唐晓莲拒绝。朱辽因有了一个实习的机会便到超市买东西，而后小闹了一场笑话。随即何三水带着轮胎前来超市向老板娘要账。

剧　　情：

【唐晓莲和李俊伟在超市里整理着东西。李俊伟站在冰箱前从口袋拿出手机对着唐晓莲偷拍着】

李俊伟：（走上前去）晓莲啊，要不我们周末去看电影呗！好不好？

唐晓莲：没兴趣！（冷漠的整理着收银台）

李俊伟：这可是上周刚上映的，可好看了，我们一起看吧！（从口袋里拿出电影票）

唐晓莲：（不在意）没兴趣！

李俊伟：（死皮赖脸）要不……我们一起去吃个饭，吃个饭好不好？

唐晓莲：没时间！（擦着桌子，抬头对李俊伟说）你外面的那个牌子修了吗，它都不亮了，赶紧去修！

李俊伟：那我先去修啊，等我一会儿哈！（小跑着去了店门口）晓莲，一起去看电影吧，这个电影真的很好看的！（修完牌子又小跑着回到了晓莲的边上）

唐晓莲：（不在意）你冰柜修了吗？它不制冷了。

李俊伟：我修了啊！修了呢。

唐晓莲：你什么时候修的呢？

李俊伟：（不好意思，轻声）没……没修好呢。

唐晓莲：赶紧去修！（说完又低头整理着收银台）

李俊伟：哦。（失落，准备走回冰柜）哎，这个这个……（突然转身还想说电影的事）

唐晓莲：（打断）我去倒垃圾，你快去修好！（拿起垃圾出去倒垃圾）

李俊伟：（对着晓莲的背影说）唉，那个电影真的很好看！

【唐晓莲没有理会李俊伟，李俊伟望着离去的晓莲，失落地看了看电影票，把票放回了口袋，失落地走到冰柜边，然后拿起扫把准备扫地】

【音乐起】

【朱辽上场，随着音乐边跳舞边上场】

李俊伟：（上前去摘掉朱辽的耳机）哎！神经病吧你！这么晚来干什么？

朱　辽：告诉你，哥们儿要火了！（嘚瑟）

李俊伟：（扫地附和着）哦。

朱　辽：真的！哥们儿要火啦！

李俊伟：哦。

朱　辽：明天有个剧组找我去试戏，你猜演什么？今天晚上，准备在你这儿试演一遍！

李俊伟：演个路人甲，还是尸体乙？

朱　辽：（兴奋，嘚瑟）NO！ NO！ NO！这个是男一号！那个我要在你这里试一下戏噢！

李俊伟：你在我这儿试啥戏啊？

朱　辽：一会儿呢，我会以一个全新的面貌出现在你面前，你可以有点惊讶，但是你千万不要害怕，当然！你要是真的有一点害怕的话，也可以表现出来，我不会笑话你的。（嘚瑟，抖着腿）你忙你的，不用招呼我！

【朱辽来回寻找着可以放置DV的地方，看到门口的门框不禁标志性地笑起来】

李俊伟：你有病吧！（说着走向前去）

朱　辽：就是这里。（拿着夹子，走到门框跟前，把夹子夹在了门框上，对着镜头）你那个……这里有头套吗？

李俊伟：什么头套啊？我这里没有头套！

朱　辽：那那个呢？

李俊伟：哪个啊？

朱　辽：就是丝袜！

李俊伟：呀！你现在好这口啊，那！那！那！那个柜台！（指着丝袜的地方）

朱　辽：（走到丝袜区，拿了一盒）借我用用哦！

【唐晓莲上场看见朱辽拿着丝袜，朱辽对着晓莲诱惑式地闻了闻丝袜】

朱　辽：拿走了哦！（说完走出店门）

李俊伟：你还没给钱呢！

朱　辽：（喊着）给什么钱呀，哥们儿要火了！

李俊伟：晓莲我不认识他，不认识。（走到晓莲跟前）那个那个，你要不要考虑一下。（傻笑）

唐晓莲：冰柜你修好了没啊！

李俊伟：修好了，修好了！

唐晓莲：真的修好了？

李俊伟：真的修好了！

【唐晓莲狠狠地看着李俊伟】

李俊伟：没有！我去修。

唐晓莲：你没修好不会叫人去修啊！快去修啊，修不好就打电话叫人过来修。

【李俊伟默默地走到舞台右侧，下场。何三水急匆匆地上场】

唐晓莲：欢迎（热情，看见是何三水立马冷淡）光临 。
何三水：你们老板娘呢？
唐晓莲：不在。（无视）
何三水：那她今天晚上还来吗？
唐晓莲：不知道！

【何三水转身准备走，吸气，犹豫下又冲回去】

何三水：那你们老板娘欠我的钱到底还不还了？！
唐晓莲：我说你烦不烦啊！我怎么会知道啊！要不你直接去问老板娘？（不耐烦）还有什么事啊？
何三水：买包烟。
唐晓莲：什么烟？
何三水：白沙。
唐晓莲：哪种白沙？
何三水：最便宜的！

【何三水气愤但强忍，不停回头张望，何三水拿钱往桌上一扔，急忙拆开包装】

唐晓莲：四块五，还差一块！

【何三水又找了一元。找了半天给了钱，何三水看了李俊伟一眼，点火】

唐晓莲：超市禁止抽烟，要抽出去抽！
何三水：（看着李俊伟并熄火，生气地把烟扔在地上，看向唐晓莲）怎么就不让人抽烟了？！不让抽烟你卖给我干什么？！（气愤）我的钱你们都欠了一个多月了，别以为这样拖下去就可以把账赖掉！

【李俊伟逐渐靠近唐晓莲，唐晓莲不耐烦】

何三水：告诉你，今天我不但抽烟我还要拿回我的钱（从地上拾起烟点上）欠债还钱是天经地义的对不对？你们以为我跑到这儿来是要饭的啊？

【李俊伟准备制止但被吓到】

何三水：我要拿回我的钱！你们到底给不给！（怒吼）
唐晓莲：我说你有完没完啊？！钱是你和老板娘的事！你在这儿抽烟，我们是要被扣工资的！李俊伟，让他出去抽！
李俊伟：水哥你出去抽吧。

【抱着何三水下场，再上场】

何三水：你大爷！（冲上舞台推了李俊伟一把）看我一个人好欺负是不是？两个人欺负我一个是不是？等着啊，轮胎？轮胎！

【轮胎进来】

轮　胎：（头戴头套冲进指人）谁？大表哥谁！ 啊，谁？！
何三水：（愣住）干啥啊！ 你戴这玩意干啥的啊？！
轮　胎：打劫啊！
何三水：谁说是来抢劫的！我们是来要账的！
轮　胎：（大吼，冲过去）要账！ 要账！账呢？！把账交出来！

【唐晓莲准备打电话，被何三水制止】

何三水：（指唐晓莲）不许打电话！我说不许打电话！！
轮　胎：不许打电话听到没有！（砸东西）
李俊伟：水哥。
何三水：把电话放下！
李俊伟：水哥，有话好好说嘛。

【李俊伟想阻止轮胎，被推倒】

何三水：放下！（轮胎抢过电话）把它给砸了！

【李俊伟把唐晓莲拉到身后，何三水和轮胎二人砸电话】

轮　胎：谁要是打电话报警，我就打谁！
李俊伟：干嘛呀！？谁说要报警的啊！你不是要账吗！不是要打电话给老板娘吗？！
何三水：你也没说要打电话给老板娘啊！

【朱辽头戴丝袜冲进来】

朱　辽：哎呀，这没有人物性格，再来！

【全部人都看着他。说完朱辽又走出了超市。众人回过神来】

何三水：那你再打个电话。
唐晓莲：电话都这样了还怎么打啊！（捡起电话）

【朱辽再次冲了进来】

朱　辽：打劫！

【左右没人搭理】

朱　辽：呀！你的头套哪儿买的？（对着轮胎）谁给你戴的！
轮　胎：我自己戴的怎么了？
朱　辽：哎呀！我忘了录了。

【何三水冲上前拿电棍把朱辽电倒在地】

李俊伟：朱辽！朱辽！
何三水：想抢我的钱！找电啊？！（放电）
何三水：（翻收银柜）啊！怎么才这点钱啊！

【唐晓莲要向前被李俊伟拉住】

李俊伟：把钱放回去！你要再闹我们真报警了！
何三水：你别吓唬我！今天不把我的钱拿到我不会走的！
唐晓莲：好，李俊伟打手机报警！
李俊伟：我……
何三水：（拿电棍靠近）你打一个试试！
唐晓莲：别怕他，你打！
何三水：你打一个试试！
唐晓莲：李俊伟，别怕他，你打！
何三水：把手机给我！
李俊伟：不给。（推着唐晓莲向后退）
何三水：把手机拿过来听到没有？！我电你啊！
李俊伟：我不给。
何三水：轮胎你干嘛的啊！过来啊！

【轮胎在拖朱辽，听到后抢手机】

轮　胎：哦。
何三水：把他的手机抢过来！
轮　胎：把手机给我。
唐晓莲：不给！
何三水：抢过来！
唐晓莲：不给。

【朱辽醒过来，偷偷摸摸准备逃走】

朱　辽：哈哈！拜拜！

【朱辽准备出门却撞在大柜子上，晕了过去】

何三水：啊哈！把手机拿出来。

【抓住李俊伟头发，唐晓莲顺势踩了何三水一脚】

何三水：啊！
轮　胎：你敢踩我大表哥！
何三水：别以为你是小姑娘我就不敢电你！

【何三水准备电唐晓莲，唐晓莲捂住头】

李俊伟：（制止）等一下！

【三人看李俊伟】

李俊伟：你不是就要钱嘛，我给你想办法。

【李俊伟计划让水哥把朱辽和唐晓莲绑起来关到里面房间，他自己跟水哥在超市卖东西卖出去收到的钱都归水哥。女顾客上场】

女顾客：哎呀，你还跟着我干嘛呢！

【女顾客冲进店里，一位男顾客拉着她】

女顾客：（甩开）哎呀，你别拉我。

【男顾客转身去拿柜子上的购物筐，因为个子太矮，拿不到】

女顾客：你是不是有病啊，你怎么就这么牛逼哄哄觉得自己是个人物呢！你自己什么样什么情况你还不了解吗！你就好意思拿我的钱吃我的喝我的去养别的女人，我，我真的挺佩服你的你知道吗！你看你连个篮子你都拿不稳你脑子被狗啃了是不是，呵，你说，你怎么就好意思出轨了，我问你怎么好意思出轨！你出轨，你出轨去啊你还站在这干什么呢你，巴黎圣母院还缺个敲钟的你怎么不去啊。

【男顾客自言自语地嘀咕】

女顾客：说什么呢你，说什么呢你！
男顾客：（绕着跑）我付钱去，付钱去！

女顾客：你们这冰箱是怎么回事儿，不冷都不知道去修一下的嘛，生意还想不想做啦！

【何三水走上前去】

女顾客：不用过来了，我已经没有兴趣了，你还“夸夸夸”地走上来，叫你结账没有听见吗！你就好意思吗？整天跟着我，看到你我就一肚子火你知道吗！我都不好意思跑去和别人说你出轨了，你小的时候是不是被扔上去三次然后只被接到两次啊，我每次和你说这么多怎么就没触及你的灵魂呢！

【何三水学着收银机发出“滴滴滴”的声音】

女顾客：你滴什么滴啊你给收银机配音啊你！

【轮胎从后台走出】

女顾客：谁啊你，你以为你带个头套玩暗黑者啊你，你看你那下嘴唇割下来都能炒一盘菜了呢！

【轮胎冲了上去，被何三水拉下】

女顾客：干什么呢你，你还想打人啊你，我怕你啊！

【轮胎看着女顾客不语】

女顾客：你还看是吧，我叫你走啊，我叫你走啊！

【轮胎下场】

男顾客：这人三聚氰胺吃多了吧！

女顾客：你嘚瑟什么啊你，你也三聚氰胺吃多了啊，结账去！不要拿我的包，用你自己的钱。

【何三水继续学着收银机“滴滴”】

女顾客：你怎么还“滴”啊你，你这人是不是有病啊，你说你们这一个店都什么人啊，一个神经病戴着头套，冰箱坏了也不修，还一个人“滴滴滴”的！

男顾客：（跳起来说，打断）行了你！你难道没有看出来吗，他们都是聋哑人！（拉着女顾客走到前面）

【何三水听完冲上前去】

男顾客：唉，大哥，来这里。有两百块钱不用找了，我的错，我的错，没教好。（自己拿袋子装东西）

女顾客：能不能赶紧的，弄完赶紧走啊！一群奇葩！（自己走出超市）

男顾客：小辣椒等等我！
何三水：这冰箱怎么坏了，赶快去修一修，然后把这儿打扫干净。

【李俊伟默默地去拿工具修理。何三水转身去找轮胎，轮胎站在杂志柜看美女杂志】

何三水：轮胎。
轮　胎：嗯。
何三水：哥问你一件事呗！
轮　胎：问。
何三水：咱俩今天为啥来啊？
轮　胎：要钱。
何三水：为啥要钱呢？
轮　胎：（笑）没钱了呗。
何三水：咱俩为啥没钱了呢？（拿走轮胎的杂志）那哥给你说个事你能答应吗？
轮　胎：嗯。
何三水：能把你脑袋上这玩意儿摘了吗？
轮　胎：那不行！（又拿了本看）
何三水：为啥啊？
轮　胎：摘了他们就不怕我了。
何三水：轮胎啊，目前的形势非常地严峻。（何三水又拿走杂志）

【轮胎又拿了一本边走边看】

何三水：想的都完全不一样是不是，你刚才也看见了，人家顾客对你的造型非常地不满意，这直接关系到咱们俩的要钱计划啊！对不对！

【轮胎还在看，何三水让轮胎停了下来】

何三水：你说，顾客看到你这个样子都害怕了，咱俩还怎么收钱啊！（把杂志拿走）哥这都是为了你好（拿走轮胎手上的杂志，顺手卷起杂志）看着你哥行不行。

【轮胎傻傻地挠挠头看着何三水】

何三水：它又不是纯棉的，戴在脑袋上本来就捂得慌。你自己平时，又喜欢吃蒜。有什么味道啊口气啊，捂在里头熏不熏得慌啊！
轮　胎：我有鼻炎，闻不着。

【对着何三水哈口气，何三水瞬间变脸然后追打轮胎】

何三水：（生气地追着轮胎，用杂志打轮胎）你摘不摘！摘不摘！摘不摘！你摘不摘！摘不摘你呀！反了你了！你造反啊？！你摘你还不摘！要不是你这个傻瓜！傻不拉唧被人骗了钱我们至于这么惨吗！哈？你进了城就了不起啊？啊！你还混上KTV了！混上KTV！混上KTV了你！你戴上面罩！你反恐啊你！！！

轮　胎：（轮胎阻止何三水打他，唯唯诺诺）别打了！我摘还不行吗！！

何三水：这才是我好兄弟。（抓了抓轮胎的头捏了下脸，看向李俊伟）小钢牙，小钢牙！

李俊伟：哦，来啦！（跑向何三水）水哥。

何三水：轮胎刚才贪嘴拿了点吃的，我都记在这张单子上了。你拿去算一算，从我九千五里面扣掉！

李俊伟：啊？

何三水：让你算你就算，我是一个做事分明的人，轮胎吃的东西，我是不会算在你们头上的，去吧！

李俊伟：哦，酸奶两块七，一箱是十二瓶。面包是四块八，花生米是三块四，薯片是七块五，冰激凌是七十。一共……

何三水：（走过）一百一十八块一毛。

【李俊伟在算账，轮胎和何三水都在吃】

何三水：嘿，这玩意儿味道怪怪的你吃吃，我请你。

【李俊伟不吃，俩人推托着】

李俊伟：我不要啦！

何三水：你知不知道我为什么要一直买彩票？

李俊伟：不知道！

何三水：你以为我买彩票是为了钱吗？

李俊伟：那你为了什么？

【音乐】

何三水：我这个人平时没有什么特殊的爱好，我从小就喜欢算术。六年前我发现了彩票。我确信我自己总有一天，（激动）能算出一组彩票中奖的数字来。但我是孤独的，因为从来没有人相信我，你嫂子离开了我，单位抛弃了我。但是我从来没有放弃过！他人笑我太疯癫，我笑他人看不穿。终于有一次，我算中了一组彩票中奖数字，但是却让你们老板娘王素芬给毁了！你知道算中彩票中奖数字，却让别人毁掉的几率是多少吗？三百二十万分之一！我知道她不会承认！她一直看不起我，她认为我是一个臭要饭的，但我是一个做事分明的人，我有我的原则，我等了两个多月，我就是要等一个机会！我要争一口气，不是为了证明我自己了不起，我要让大家知道我何三水失去的东西我一定要拿回来！！！

何三水：我们俩认识的时间虽然不多……

李俊伟：我……

何三水：但是我觉得，你是一个很不错的小伙子。一定要像我这样，敢于坚持自己的梦想！他们有什么了不起？！有房有车就厉害吗？有房有车就是成功吗？自食其力并不可耻，现在医学已经证明……（何三水突然肚子疼痛）

李俊伟：水哥！

何三水：（憋不住）我去上厕所。（匆匆跑走）

【李俊伟开始整理商品，看了看刚刚何三水吃的东西。何三水上完厕所出来面带痛苦】

何三水：小钢牙我刚才吃了过期的食物不能全部怪你，因为我也有错。但是你看东西是你摆上柜台的，你怎么着也得负一部分的责任吧。这样好不好，你来负百分之七十五的责任。

李俊伟：（百口莫辩）啊？！

何三水：一百六十二块八毛的百分之七十五。应该是一百二十二块一毛好不好？

何三水：你不满意啊？那一毛钱算了行不行？

【朱辽和唐晓莲偷偷用电棍电晕轮胎逃出房间】

朱　辽：（从角落钻出来，奸笑）大表哥！

【二人靠近，拿出电棍】

何三水：你们俩怎么出来了？轮胎呢？！

朱　辽：轮胎？轮胎被我放了气儿了！李俊伟到我后边来，电棍现在在我手里，你想怎么样？啊？想怎么样？害怕了吗？！

唐晓莲：别废话了！赶紧把他绑起来好报警啊！

朱　辽：别害怕，一切尽在我掌握中 。

【何三水拿出更大一号的电棍】

唐晓莲：还有一根。

朱　辽：哥。（谄媚）

何三水：唉，我还制不了你了！（电向朱辽）

【电飞了朱辽，二人很惊讶 ，何三水得意】

参考视频来源：电影《夜店》

注：电影《夜店》编剧 杨庆

《夜店》教学说明

一、故事简介

《夜店》讲述了一群都市小人物在一个晚上，一家24小时超市里发生的一串环环相扣又丝丝入趣的惊险搞笑故事：无业游民但做人很有原则的何三水（徐峥饰演）在超市买了张中奖彩票却被老板娘赖账，情急之下他带着侄子轮胎准备“抢劫”超市一晚上的营业额来讨回公道，并手忙脚乱地绑架了小店员李俊伟（乔任梁饰演）和唐晓莲（李小璐饰演），自己穿上制服掌管起超市，却碰到一系列无厘头的顾客而闹出一连串笑话，无奈只得“请”回真正的营业员帮忙。“绑匪”戏剧性地用人格魅力征服了“人质”，他们为了完成“绑匪”的“公道”目标打出超市全场五折的疯狂招牌，引来顾客蜂拥。就在何三水快要“抢”够自己中奖彩票额度的时候，超市却来了个真正的劫匪……

二、关于时代背景

在现在21世纪的大都市，“夜”这个字其实越来越多地代表的是时尚、年轻、前卫，年轻人常说：“真没劲！十点钟就睡觉？我们的生活才刚刚开始！”越来越多的娱乐项目在晚上开放，年轻的男女们更喜欢在晚上出没在这样的一些娱乐场所。一听到夜店这个词，也许我们第一时间想到的是酒吧、迪吧、KTV等地方，而在我们这个片段当中，夜店其实是一间24小时的超市，在很多大都市随处可见的一些24小时连锁超市，是许多白领一族、加班族、夜猫族的首选购物之所，夜店的货架上只摆放最畅销、最时尚、最便捷的高品质产品。一些方便营养食品，如午餐肉和方便营养汤这些凭借营养丰富、口味多样、方便开启等特点赢得了众多时尚白领青睐的产品。也正是因为超市的开放性，形形色色的人都有可能出现在这个小小的便利店中。

三、人物介绍

何三水，年龄大概在45至50岁之间，秃顶，典型的农民工，游手好闲，喜欢赌博，做着一夜暴富的美梦，性格上比较大大咧咧，脾气粗暴，喜欢爆粗口，不过人还是比较善良的，没有什么坏心眼。

轮胎，跟随何三水进城打工，同村，因为何三水的年龄跟他自己的父亲差不多大，所以两人一直是以叔侄相称，没有文化，也没有什么远大的理想抱负，为人比较憨厚，有些笨手笨脚。

李俊伟，25岁，由于从小胆子比较小，不喜欢说话，经常被同学欺负，上课不能够专心听讲，所以从小学到初中成绩都很一般，初中毕业读了中专，毕业后由于学历不高，也找不到合适的工作，所以来到了这间便利店上班。在工作的时候最喜欢做的事情就是用手机偷拍晓莲，没事的时候喜欢跟晓莲搭讪摆酷，想尽一切办法让晓莲注意到自己。

唐晓莲，22岁，一个普通家庭的乖乖女，长相不错，卫校毕业由于家庭的经济条件不好，没有找到自己对口的专业，所以来到了这家24小时便利店上班，晓莲比较聪明，便利店里的各种商品摆放在哪里都记得特别清楚，把整个便利店打理得也是井井有条，不过喜欢说话，所以老板对她也并不怎么赏识。

朱辽，26岁，东北人，从小就有一个做演员的梦想，在这个城市租了一个很小的房间，每天跑到各个剧组去投简历，希望能有一个剧组看上自己让自己出演一个角色，但是自己的表演水平根本不尽如人意但又自我感觉良好，性格外向，由于长时间接触剧组，整个人也浮夸起来，说话喜欢吹牛，穿衣打扮也想要另类，能让别人记住自己。

四、关于表演

整个片段就是围绕着何三水到超市要钱，但是老板娘不在超市，这件事情没有办法解决，最后打起超市商品主意来进行的。

何三水在来的路上已经做好了一切的心理准备，今天要是拿不到钱肯定是不会走的。在非常心急的情况下，又怕自己一个人掌控不住全局所以带上了侄子“轮胎”。何三水之前已经多次来超市找老板娘了，但是都没有找到。唐晓莲跟李俊伟都在正常的工作。这次何三水的决定却出乎了李俊伟、唐晓莲的预料，“今天我必须拿到钱”，他的态度让这两位店员非常地无语。何三水决定要把收银机里的钱全部拿走，结果打开收银机才发现里面只有几百块的零钱，所以此想法也作罢，突如其来的举动让唐晓莲跟李俊伟很害怕，以为是来闹事的，所以晓莲决定让李俊伟报警来制止何三水，结果没有想到的是何三水为了此事早做好了准备，他把在门口把风的轮胎叫进超市，拿出电棍威胁晓莲，李俊伟见此情景为了保护晓莲出此下策，让何三水把超市里面的东西卖掉然后把钱凑齐。此主意一出，晓莲心里立刻想到的是老板娘那张恐怖的脸，于是开始阻止李俊伟继续给何三水出主意，但是说出去的话就犹如泼出去的水，没有收回的余地，就在此时，一声号叫突如其来，把在场的几个人都吓了一跳，正是刚刚来过超市的朱辽，刚刚来的时候朱辽提醒了李俊伟，不管发生什么事都不要害怕。结果这次进来他把自己装扮成了一个头戴丝袜手拿大砍刀的劫匪，进门并伴随大喊“抢劫”。在大家的鸦雀无声中，朱辽自己又觉得哪里不对，摇摇头走出了超市，随之又来一次“抢劫”，搞得场上的人不知所措，何三水更是摸不着头脑，二话没说直接拿起电棍电晕了朱辽。话说刚才李俊伟出的主意还不错，何三水听了也觉得这个主意可行，于是叫轮胎把李俊伟、唐晓莲、朱辽三人关进超市的办公室，自己便在这超市里当起了“老板”。场上刚刚稳定下来，就有顾客来光顾了，是一对正在吵架的夫妻，吵架的缘由可以从吵架的内容得知，原来是丈夫背着妻子在外面拈花惹草，结果被妻子发现，妻子脾气火暴毫无情面地数落着丈夫，丈夫大气都不敢喘，就在夫妻拿好了东西准备结账的时候，尴尬的事情又出现了，何三水根本不会用红外收银机结账，只是平日里见到东西往上一摆就有“嘀嘀嘀”的声音，于是何三水开始模仿收银机声音给客人结账。在一旁正生气的妻子见到这个景象更是不爽，又给何三水一顿臭骂，谩骂声很大，此时轮胎在办公室里也走了出来，轮胎头戴悍匪帽子，身穿军大衣，外部形态让人不寒而栗，结果也被正生气的妻子一顿臭骂后又回到了办公室。何三水也并没有回话，只是觉得很委屈，此时在一旁不说话的丈夫终于爆发了，一拍桌子喊道：“行了！你别太过分了，难道你还没有看出来吗？啊？他们都是聋哑人。”此话一出何三水更是一头雾水，刚要说话的时候被丈夫打断，迅速结账并道歉，匆匆离开了超市。此时何三水心里也是一肚子火，于是叫来轮胎，让他把帽子摘掉，说会吓到顾客，轮胎不听，于是何三水把刚才憋的一肚子火全部撒在了轮胎身上。轮胎委屈地回到办公室。何三水又把李俊伟叫出来修冰箱，因为刚才顾客光顾的时候提到了冰箱不制冷，在这时何三水又把自己的想法跟李俊伟说了一遍，说自己并不是来抢劫的，只是来拿回属于自己的钱，也是没有办法，生活也不容易。一边说一边随手拿起超市架子上的一罐吃的吃起来，结果竟然拿到了过期食品，没说几句就开始闹肚子。就在这时被关在超市办公室的唐晓莲、朱辽二人制服了轮胎抢到了电棍出来了，正准备营救李俊伟的时候，却不料何三水身上还有一个更大的电棍，朱辽又一次被电晕过去，唐晓莲、李俊伟只好又一次被关进了超市办公室。整个片段结束。

《刀客家族的女人》

——根据杨文军同名电视剧改编

景—— 一个宽大的客厅，中间放一个大方桌，桌上摆着一些水果盘和茶杯，桌子两边各放一把椅子，大方桌斜后方放一张小桌子，上面摆个花瓶，整个客厅的陈设看起来像大户人家。

时　间： 20世纪30年代的一个早上

地　点： 家里

人　物： 余化龙【石泉寨的当家，智慧、勇敢又大气的硬汉，热血爱国，是一名抗日英雄】

余老八【是个顽劣不堪、懦弱、不思进取，又有点痞气的土匪】

余定邦【石彩凤的儿子，性格固执，少言寡语，孝敬父母】

祖奶奶【刀客家族中权力的象征，最大的当家】

石彩凤【命运多舛的女人，余老八的妻子，被顽劣不堪的余老八因赌博而卖给潘家，导致其母女分离，因而怀恨在心不择手段想要报复】

潘老七【亦正亦邪的纯爷们，在面对家族利益和一己私利时，是个十足的豪门恶霸】

七　婶【原剧中人物身份是“七叔”，改为七婶，年长，做事讲究原则】

明　月【余化龙的二房媳妇，年轻漂亮，有勇有谋】

莲　花【余化龙之妻，高县长之女】

故事简介： 仙人洞内余老八赌红了眼将自己妻儿输给了潘家。石彩凤不愿意离开余家，不久潘老七带着人马来石泉寨接亲，余老八没办法只好忍痛将石彩凤和余定邦送出余家，潘家为了报复余家，将抢来的石彩凤砸了明火，这次遭遇从此改变了石彩凤的一生，但是未曾想到余化龙去救石彩凤，发现石彩凤被砸了明火，因为余家女人“万万不可失节”的规矩，余化龙最后只能在悲愤和无奈中带走余定邦，而将石彩凤留在了潘家。

剧　　情：

【余老八跪在地上。石彩凤生气地指着余老八】

石彩凤：余老八，你就是个畜生！你为什么不把自己输出去啊？你为什么不把余家祠堂输出去啊？你为什么不把石泉寨给输出去？！我十五岁就嫁到你们余家了，我到底做错了什么？让你把我像一个物件一样的输了出去！（跑到余老八面前，一边打一边喊）为什么？为什么？为什么？为什么……你到底还有没有良心啊？你还是不是个爷们儿？！

【余定邦跑进屋】

余定邦：娘，有人来了。

【潘老七带着人大摇大摆地进屋】

潘老七：余老八，商量好了吗？我是来接人的。

石彩凤：我是烧过女人香的人。余家的女人，命丢得，脸丢不得！（走过去拿起刀放在脖子上）

余老八：彩凤！你干啥啊？你把刀给我放下！

石彩凤：你放开我，放开我！你把我们俩输出去，这是明叫我们俩死！放开！（一把推开余老八）你让我死，让我死！！（说完，把刀放在脖子上）

余定邦：（哭喊）娘！娘！

【石彩凤听见余定邦的叫喊无奈地放下刀。潘老七一挥手，后面的人押着石彩凤和余定邦出去。路上碰到到迎面走来的石泉寨的人】

石彩凤：救命啊！救命啊！放开我，放开我！！（抓着）三嫂，三嫂，三嫂救救我！三嫂救救我！三嫂，救救我呀！！三嫂！（被下人拉回去，又挣脱，上前抓住）七婶儿，七婶儿你救救我呀！七婶儿，我不能走啊，我这一走我这一辈子就完了呀！七婶儿啊，七婶儿……（被下人再次拉走）余老八，你浑蛋！我做鬼也不会放过你！！

祖奶奶：等等！

石彩凤：（冲上前）老祖宗，老祖宗，您一句话，您一句话就能救我的，我知道您一定会救我的。（祖奶奶一把把石彩凤搂在怀里）我知道我知道您一定会救我的！

祖奶奶：孩子，余家对不住你，老祖宗对不住你！

石彩凤：您会救我的，您一定会救我的！！

祖奶奶：彩凤，彩凤！别忘了，别忘了余家女人的规矩！

【潘老七命人拖走石彩凤和余定邦，其余人无奈地看着。老祖宗气愤地走进大厅，全部人都

跟着一起进来，随后余老八被拖上来】

余老八：（冲上前，跪地求饶）老祖宗，都是我的错。我不是人，我是畜牲啊！我不该赌博，我不该输了老婆和孩子！

祖奶奶：列祖列宗的脸都让你丢尽了！（起身）七婶。

七　婶：在。

祖奶奶：把他赶出石泉镇！

余老八：老祖宗，老祖宗你听我说啊！我求求你了，我不想当孤魂野鬼啊！

【两个丫鬟拖走余老八，余老八不停地求饶，这时，余化龙进来】

余化龙：等等！

余老八：（挣开丫鬟的手，冲向三哥跪地求饶）三哥，三哥求求你救救我！

余化龙：（一脚踹去）九奶奶，您千万别因为这个混账王八蛋气坏了自己的身子骨。

祖奶奶：你问问这畜牲，他都干了什么勾当！

余化龙：九奶奶，我一回馒头山就听说了，余老八死性不改，让您老人家丢脸了。

祖奶奶：他丢的不是我的脸，是祖宗的脸！

余化龙：是，余老八丢的是祖宗的脸，理应受罚，没有规矩不成方圆不是吗？可是九奶奶，我刚才在门外听到说要把余老八赶出石泉寨，以后不能再姓余了。

祖奶奶：打我和你九爷爷打下这片天下以来，从没有丢过这样的脸！

余化龙：九奶奶，您说的是！但是这样的处罚是不是重了些啊？谁都知道，余家的人宁可让人砍了脑袋，也不愿意被逐出祠堂啊。

七　婶：老祖宗这也是在执行族规呀，你是当过兵的人，自然知道国有国法，军有军规的道理，谁都知道，你跟老八是一奶同胞的兄弟，如果你想护短的话……

余化龙：（打断）七婶，我说过护短的话吗？

七　婶：这说话听声，锣鼓听音，还用说那么明吗？

余老八：七婶，你是真想把我……

余化龙：闭嘴！你他妈输什么不行，把自己老婆孩子输出去！

余老八：（举起手）三哥！我手背啊！！

余化龙：手背是吧？！

【余化龙上前一把把余老八抓起来扔在桌上，用脚踩着余老八左手手腕，抽出一把刀砍了个指头下去，然后把刀扔了出去，余老八疼得直打滚。所有人都不敢出声】

余化龙：余老八，你把自己命输了可以，但你不能输余家的女人跟孩子！这是头一回，如果再有下一次，我把你其他的手指头都给剁了！把人带走！找个郎中。九奶奶，孙儿这么处置您觉得还行？

【老祖宗愤愤地离去】

余化龙：这事怪不得石彩凤，做一天余家的女人，这辈子她都是余家的女人。

莲　花：可老八已经把人输出去了，哪还能抢回来啊？咱们石泉寨什么时候做过这种言而无信的事情？

明　月：那是八哥自己把嫂子输出去的，咱们没有理由去抢啊，对不对？

七　婶：唉，我早就说过，咱们余家就是不能姑息这种，吃啥啥不剩，干啥啥不行，只知道败坏家风的人。

余化龙：七婶儿啊，别说老八是我兄弟了，那就是条狗，他也是余家的狗！这人我救定了！

【余化龙说完便出门，明月等人也随即跟着走出门。潘家，潘老七一身酒气地进来】

潘老七：怎么样啊？还是我们潘家好吧？呵呵……（看向余定邦）这小崽子长得一点都不像他爹，把他弄出去。

石彩凤：放开他！你们干什么？放开他！潘老七，你想干什么？

潘老七：砸明火！美人儿，是你自个儿脱呀？还是爷给你脱？

石彩凤：潘老七，你要是再犯混的话，我三哥知道了，会扒了你的皮！

潘老七：拿余老三吓唬我。我告诉你，如果现在余老三在这儿，我就连他带你一块儿砸喽！

【潘老七把酒瓶扔在地上，开始脱自己的衣服。石彩凤向潘老七一脚踢过去】

潘老七：你个臭娘们儿，余老八把你当个玩意儿输给老子了，你还想为余家守贞洁？跑，往哪儿跑啊？！

石彩凤：潘老七，我生是余家的人，死是余家的鬼。我求求你，你放了我吧！

潘老七：说得好，你进了我们潘家的门，就得做我们潘家的女人。

【石彩凤踢了一脚潘老七，跑进里屋】

【画外音】

石彩凤：放开我！放开我！放开我！！潘老七……

【从房间内扔出衣服来。过了一会儿，潘老七边穿衣服边走出来。石彩凤失魂落魄衣衫不整地走出来，忽然看到余化龙走来】

石彩凤：三哥。

余化龙：听说你让潘老七砸了明火了，真的还是假的？

石彩凤：我不是自愿的，我是被逼的三哥！

余化龙：余家的规矩你自然不会不知道。你是进过节女堂的人，不管是被逼的还是自愿的，做了不该做的事，那就只能当不该当的人！

石彩凤：三哥。

余化龙：（大声）别叫我三哥！

【音乐渐起】

石彩凤：三哥，你别这样。我不想留在潘家，你带我回余家吧，我是余家的女人。

余化龙：你不是余家的女人！余家没有过你这样的女人！！

石彩凤：我是余家的女人！我是！！

余化龙：那你为什么还活着？！彩凤啊，你要是死了，那叫志气！余家不但会把你风光大葬，还会在节女堂给你找个好位置，可是你选错了路，做错了人了。

石彩凤：你浑蛋！余老三，你太欺负人了。路是我选的吗？你们余家的男人做错了事情，让我一个女人来承受。你以为我不想死啊？我也想死！可是我死了余定邦他怎么办？余定邦他还小……

余化龙：你放心，余定邦是余家的人，我自然会带回去。

石彩凤：不行！三哥，你把余定邦留给我，你不能把我们母子俩分开！

余化龙：余定邦是余家的种子，余家的种子怎么会长在潘家的地里头？（转身便走）

石彩凤：三哥！三哥！三哥！三哥……

【石彩凤无奈地倒在地上】

参考视频来源：《刀客家族的女人》正片第一集

注：电视剧《刀客家族的女人》改编自董陆明小说《拉锯地带》

《刀客家族的女人》剧照一

《刀客家族的女人》剧照二

《刀客家族的女人》教学说明

一、电视剧中的戏剧化情节

《刀客家族的女人》这部电视剧的第一集，极具戏剧性的故事情节就吸引了观众。影片刚开始所展现的是在仙人洞内，一群赌客围着一张赌桌，情绪激动、神情略带紧张的余老八在大声叫喊着手中牌的点数，众人屏住呼吸期待着牌的点数，结果余老八最后还是输了。心有不甘的余老八在众人的嘲笑声中还要继续赌一局。然而余老八沉浸在赌博游戏的情绪里，却浑然没有意识到这一局他已经将自己的衣服都输给了对方，已经没有了再开一局的赌本。准备起身回家的余老八被潘老七叫住，显然是想让余老八再赌一局，而赌注就是余老八自己的老婆和孩子。看到这里，大部分观众心里被眼前余老八所要下的赌注所吸引，期待着余老八最终的决定。而戏剧化的情节出现了。余老八本是不想将老婆和孩子做为赌本的，但余老八这个赌徒没能抵挡住潘老七的激将法，毅然决然地用老婆和孩子作赌本，一心想要翻盘，决定继续赌下去。剧情随着余老八的这个决定持续地升温，周围的赌客还在源源不断地给原本就赌红了眼的余老八继续加热，邻桌的赌客也被这局的赌注所吸引，纷纷凑了过来。赌桌周围的气氛也随之达到了最高点。观众看到这已经被眼前的情节所吸引，甚至是难以置信。前所未有的赌注、赌红眼的余老八、潘老七的激将法、赌客们不怕事儿大的心理，将剧情推向了高潮。赌局开始，人物干净利落地拿着手中的牌，伴着强烈且节奏分明的音乐，看着余老八紧紧握着手中的牌，渐渐地将牌面打开。赌桌周围的空气已经凝固了。观众的情绪已经被这紧张的气氛所深深地吸引，心都提到了嗓子眼儿。所有人都在等待余老八揭开手中牌的点数，瞬间余老八将牌放在赌桌上，“一对儿”天牌。众赌客都在为这一场赌局余老八赢定了所叫好，包括电视机前的观众也被这局的结果所感叹“余老八终于赢了”，表面上不管是赌客还是观众，似乎都是在为余老八能够赢感到高兴。但冷静下来仔细地分析，不难发现，观众真正为余老八感到高兴的是，余老八的老婆和孩子没有被输掉，这是最令人欣慰的一件事。剧情到这儿，所有人都认为余老八能够挽回这局不成问题。但戏剧化的情节又出现了，剧情急转直下，让所有人都始料未及的是，对手将手中的牌摊开，“至尊”。余老八输了，他将老婆和孩子输给了潘老七。所有人都被这眼前的一切所惊呆了，谁都没有想到结果是现在这样。看到这里，这段惊心动魄极具戏剧化的故事情节暂时告一段落，但故事还没有结束，只是刚刚开始。

余老八的老婆石彩凤得知他将自己和孩子当赌注输给了潘老七，生气至极，责骂着余老八发泄着自己的不满与愤怒。而此时的余老八就像打了蔫的白菜，已经没有了赌场上的锐气。他后悔都来不及，何况余老八连后悔的机会都没有了。此时，潘老七带着一群人马来石泉寨要人。故事情节从这儿又悄然展开了，主要是围绕着石彩凤最终是否能够留在石泉寨而展开的，但不管石彩凤怎样哀求，石泉寨没有一个人替她说情或是挽留她。哪怕是石泉寨权利的象征祖奶奶也没有办法将石彩凤留下来，只能忍痛将石彩凤送出余家。石彩凤的命运从这一刻起即将被改变。来到潘家的石彩凤还不知道“危险”正一步步逼近自己，潘老七出于对余家的报复，决定要砸石彩凤的明火，这对石彩凤来说是万万不可接受、也绝不可以发生的事情。看到这里，对于石彩凤的遭遇观众大都抱着一种同情的心情，而接下来发生的事情既是观众不愿看到的，又是故事情节设置的必然走向。在石彩凤强烈的反抗下还是没能抵挡住潘老七所要报复的行为，石彩凤最终被砸了明火。在得知石彩凤被砸了明火后，石泉寨彻底地与石彩凤“划清了界限”，石彩凤的命运与性格从此发生了改变。

借用《刀客家族的女人》片段来对电视剧中的戏剧化情节进行粗浅的阐述。之所以在这里谈“戏剧化的情节”，是因为在表演片段教学与学习的过程中，始终离不开剧本片段结构与戏剧化情节设置这两个重要环节，这也是构成戏剧片段的两个重要条件。这里对《刀客家族的女人》这部电视剧的第一集进行分析，不难发现其中的戏剧化故事情节设置与日常教学中的表演片段教学内容相吻合，这就可以根据影视剧所提供的基本的时代背景与故事情节进行合理的改编，最终作为片段素材进行排演。改编影视剧片段最主要的目的也是为了能够在日常表演实践教学中，更好地引导学生学会改编小说与影视剧片段，同时为表演实践教学提供可参考和借鉴的作用。

二、关于人物性格分析

关于石彩凤的命运，可以从片段的开头部分说起。石彩凤是余老八的妻子，因余老八在仙人洞内的一次赌博，赌红了眼，将老婆和孩子输给了潘家。也就是说石彩凤的命运是被迫改变的，而不是自己主宰。这就不难理解片段开始，石彩凤情绪激动地责骂余老八。潘老七上门要人，石彩凤苦苦哀求希望能够留在石泉寨，但最终不得不被潘老七带走。石彩凤作为余家的女人，就得守余家女人的规矩，也就是说在余家能进节女堂的女人，就是能为余家守贞节的女人。虽然石彩凤被潘老七砸了明火，但依然一心想回到余家，可是这余家女人的规矩成了一道不可逾越的底线。石彩凤看着眼前触手可及的石泉寨，但她却再也回不去了。石彩凤这个人物的性格色彩，也就是从这儿开始发生变化的，而这种变化是从内心开始产生的。作为石彩凤来说，整个事件的起因都是因为余老八的赌博，将自己输给了潘家，而自己并没有做错任何违背余家规矩的事情。余家大大小小、上上下下没有一个人来同情挽救自己的处境，哪怕余化龙来救自己，在得知自己被砸了明火后，也放弃了这个念头。这对石彩凤是一种伤害，这种伤害导致石彩凤心怀怨恨，从而不择手段想要报复余家。

九奶奶这个人物身上散发着强大的气场，这与她的身世背景有一定的关系。九奶奶年轻时看上了九爷爷，这个亲王格格决定与九爷爷一起私奔去闯荡江湖。石泉寨就是九奶奶和九爷爷一手建立起来的，九奶奶也是石泉寨最有威望的女领袖，她一手定的余家女人的规矩就是“守贞”，而石彩凤就是余家“守贞”的牺牲品。九奶奶做事果敢，体现出一个强势的女主人的人物性格。

余化龙是石泉寨的当家，也是余家的顶梁柱。在得知石彩凤被余老八输给了潘家后，九奶奶决定将余老八逐出祠堂，余化龙觉得这样做不妥，想挽留余老八。可余化龙与余老八是一奶同胞的兄弟，难免有人对余化龙的做法表示不满，认为他有护短的嫌疑。余化龙为了阻止石泉寨人的闲言碎语，同时又为了保住余老八不被逐出祠堂，当众砍掉余老八的一根手指作为惩罚。随后准备亲自去将石彩凤救回来。从余化龙的行为动作中可以看出，他是一个智慧与勇敢并存且又大气的硬汉形象。

余老八是个典型的烂泥扶不上墙的人物，赌博成瘾的他是个真正的赌徒。作为一个正常人，哪怕是个地痞流氓都会有着自己做人处事的原则。而在余老八这个人物身上却一点儿也找不到。他是一个十足的“浑蛋”，在赌场上竟然能够将自己的老婆和孩子作为赌注给输了出去。事后又不敢对自己的所作所为去承担任何惩罚，甚至是逃避责任。不思进取、懦弱、顽劣不堪的特质在余老八这个人物身上体现得淋漓尽致。

三、关于角色塑造

整个片段是围绕着“余老八将自己的老婆和孩子作为赌本输给了潘老七”这个事件来展开的。作为石彩凤来说，她可预见的最多也就是余老八将钱输光，过些天等有钱了再去赌。但石彩凤万万没有想到的是自己和孩子被余老八给输了出去。这是石彩凤不能接受的事实，她恨、她怨、她声嘶力竭地责骂余老八，发泄着自己心中的不满和委屈。石彩凤的命运这一刻即将被改变了。在塑造与诠释石彩凤这个角色的时候，演员要抓住这个角色内在的情感体验。石彩凤对余老八的所做所为既愤怒又憋屈，却没有任何的办法去改变已经发生的事实。当潘老七进门要人时，石彩凤甚至把刀架在自己的脖子上，不惜以死来抗争。从石彩凤这个行为动作中来看，我们不难发现，石彩凤已经被逼到了绝路，她用这种方式来抵抗，表达着自己做人的底线与尊严。石彩凤与潘家两个阵营的对抗从这一刻显现得再明显不过。事件的起因是余老八，而此时的余老八却与这两个阵营没有丝毫的关系。按理说余老八不管怎么也应该与自己的老婆站在同一战线上，一致对外。而他并没有这样做，自知理亏的他这时已经变成了“哑巴”。但在处理余老八这个角色过程中，更要抓住其“灵魂”，也就是说走进他的内心。仔细分析不难发现，余老八对自己的所作所为后悔不已，而后悔的真正原因不是他良心发现，而是他感到自己这次“玩大了”，后果很严重。这样的后果他自己也无法承担，所以余老八害怕了。在害怕心理的驱使下，他真的后悔自己所做的一切，这个胆小、懦弱的余老八此时真的“傻眼了”。他既不能保护自己的老婆和孩子，同时又不敢跟潘家对抗。这个余老八的软弱的性格在这儿也体现得淋漓尽致。此时的石彩凤指不上任何人来帮助自己，她真的想一刀下去结束自己的生命，而就在这时她的孩子叫了她一声妈，看着眼前还没有长大的孩子，她不忍心将他一个人丢在这个世界上。万念俱灰却又不能不管自己的孩子，她本能地让刀慢慢地滑落在地上。从中能够看出，石彩凤这个角色内心的情感纠结。一方面是对余老八的愤恨，同时不惜以死抗争着潘家，还有对自己孩子的不忍之心通通夹杂在石彩凤这个人物的心中。

在分析石彩凤这个人物心理行动线时，能够看出她心里充满着委屈和不满。她被余老八输给了潘家，被带到潘家后又被迫让潘老七砸了明火。这个带着悲剧色彩的人物此时心理已经发生了变化。石彩凤一直想不通的是为什么余家男人犯的错，偏偏让自己来受惩罚，这于情于理也说不通。她委屈、她不满、她恨所有人，这也是石彩凤这个人物的性格主线。

相比较石彩凤这个复杂的人物心理行动线，余化龙这个角色就显得轻松得多。演员在处理好余化龙这个角色时应主要抓住“这件事我得管”的角色任务。他是余家的顶梁柱，在得知余老八将自己的老婆和孩子输给了潘家，同时九奶奶要将余老八逐出祠堂时，余化龙及时赶到。演员要准确地塑造好余化龙这个角色还要捋清这个人物的行动线。其一，余化龙首要任务是阻止九奶奶将余老八逐出祠堂。作为石泉寨自己内部的事情，表面上余化龙是在帮助九奶奶将事情处理妥当，担心九奶奶因一时生气，做出不稳妥的决定。但其实在处理余老八这件事情上，余化龙多多少少都存在着私心。之所以要保住余老八是因为他与余老八是一奶同胞的兄弟，连着血脉。同时，余老八如果被逐出祠堂，那他就真的会一无是处变成“废人”了，这也是余化龙所担心的。其二，余化龙的任务是要将石彩凤救回来。但因石彩凤被潘老七砸了明火，余化龙最终将石彩凤留在了潘家。所以，演员只要抓住余化龙这个角色的两条行动线，就能够清晰地将这个人物的基本脉络捋清楚。

九奶奶是个具有鲜明特点的人物，她端庄、大气、雷厉风行。作为石泉寨最具有权威的人物，她把控着这里的规则。在潘家上门要人时，九奶奶从容地面对这一切。潘家拿出了余老八赌输的凭据，九奶奶为了石泉寨的脸面，为了石泉寨的人，提出了可以让潘家挑选石泉寨一样东西作为对石彩凤的交换。潘家竟然得寸进尺，想要余家老祖宗留下来的一块地作为交换。这对九奶奶来说是不可能同意的事情。事情发展到这一步，对于余家来说只能眼睁睁地看着潘家将石彩凤和孩子带走。在石彩凤临走时，九奶奶抱着她跟她说了一句话：“别忘了，别忘了余家女人的规矩。”九奶奶真正想向石彩凤传达一个什么样的信息？通过分析不难理解，这是告诉石彩凤，她是烧过女人香的人，是余家的女人，一定要守住贞洁，哪怕是以死来守。九奶奶话里有话，但这代表着忠贞，代表着一种气节，一种可贵的精神力量。而这种气节在九奶奶的身上也能够看得到。九奶奶被余老八的所作所为激怒了，决定执行族规，将余老八赶出石泉寨。余老八做出这样荒唐的事情也理应受罚，他不仅是丢了自己的脸面，更是将整个石泉寨的脸给丢光了。九奶奶是不能忍受这样的事情在石泉寨发生的。石泉寨的人命丢得，脸丢不得。所以，在处理九奶奶这个角色时，不单单是诠释这个人物的权威性，更要从她的性格中体现出一种从容和气节。

《唐山大地震》

——根据冯小刚同名电影改编

景—— 舞台中间最里边两扇屏风，一扇窗户；屏风前面一把长沙发，沙发前面一个茶几；舞台最右边两扇屏风，屏风上两张照片；屏风前面一张桌子，桌子上有一个大箱子；舞台最左边一扇门。

时　间：2008年

地　点：方家

人　物：元　妮【方登、方达的母亲，早年遭遇唐山大地震失去丈夫，后来在艰难的姐弟抉择中选择了弟弟，心里对姐姐方登存了一辈子的愧疚】

小　河【方达的媳妇】

方　登【方达的姐姐，因为地震中母亲放弃了自己而心存怨恨也导致自卑心理】

方　达【从小与母亲相依为命，虽然肉体残缺却上进懂事】

故事简介：32年前唐山大地震，方登和方达一起被压在同一块水泥板下，元妮选择了弟弟方达。方登在尸体车上醒来因为记恨母亲元妮没有回家，成人后参加汶川地震救灾与弟弟方达相认，回家见母亲释怀心结。

剧　情：

【音乐起（地震救人时的声音）】

【元妮在家包水饺，手却一直不停在抖，小河在一旁看着】

元　妮：（转过身来看向小河）啧，你总盯着我干啥呀？

小　河：妈，你血压没事吧？

元　妮：（继续包饺子）我没事。大悲能受，（看向小河）大喜就能受。你姐的家在哪呢？（继续包饺子）

小　河：加拿大。

元　妮：（停下沉默一会）她躲我那么远呢！

小　河：妈——

【元妮不再说话继续包饺子，小河也在一边帮忙】
【一会儿门口传来了方达的声音，姐弟两个回家了】

方　达：妈！姐回来了！

【元妮没有反应，小河看向元妮】
【小河正走出来开门，方登自己推门走了进来站在门边】

方　达：（指着小河）这是我媳妇小河。
小　河：姐。

【方达上前走到厨房窗口，小河走到门口去接过方达的行李】

方　达：妈，姐回来了。
元　妮：先进屋，进屋吧。
方　达：哎（走到方登面前）姐，进屋吧！

【方登往里走，方达跟在后头，小河去里屋放行李】

方　达：（走到茶几旁倒水）震后住了三年地震棚，就搬这儿来了，一住就是30年，后来给妈买房子，她也不搬。

【方登看了眼方达，然后一直往前走，墙上挂着她和爸爸的遗照】

方　达：（赶紧上前拿下方登的照片）这照片怎么还挂着呢？老太太尽顾着高兴了，把这给忘了。（将照片递给刚出来的小河）

【方登没有说话，静静地看了一会儿爸爸的照片，低头看到了一个木盒，上面写着她的名字】

方　达：从小学到高中（上前把那个木盒打开，方登拿出一本书）每一年开学，买两份课本，有我一份，就有你一份。

【方登看了一会儿，转身走到一边抱着身子不说话】
【元妮进屋】【音乐起】

元　妮：登——

【方登慢慢转身】

元　妮：（哽咽）我给你道个歉吧（边说边扶着桌子跪下）
小　河：妈，你这是（说着要上前去扶，被方达拉住）

元　妮：你是从哪儿冒出来的？啊？这么些年，你怎么就不给我个信儿呢？我还以为你跟你爸在一块儿呢？！

方　达：（上前拉元妮）妈，起来……

元　妮：（激动大哭）我成天地惦记你们俩呀，我惦着你们32年，你们怎么不理我呢？你到底是上哪去了？你咋才回来呢？登啊……

方　达：妈，起来吧！（方达拉不起来，与母亲一起跪下）

【方登上前跪在元妮前边，元妮赶紧拉住方登的手】

元　妮：登啊……

【元妮用劲地摸着方登的脸一直哭，方达低着头，小河在后边捂着嘴哭】

方　登：妈，起来吧！

元　妮：登啊……

【元妮不起来，方登突然起身走到一旁蹲下】
【元妮起身抹了眼泪走到一边茶几上拿了一个西红柿，走到方登身边摸着她的头】
【音乐渐弱】

元　妮：西红柿都给你洗干净了，妈没骗你！

方　登：（抬头看着元妮）妈，这些年，你是怎么过来的呀？！

元　妮：我过得挺好的。（在方登身边蹲下）

方　登：女人一辈子有几个30年啊，你为什么呀？

元　妮：我真的过得挺好的，我要是过得花红柳绿的，就更对不起你了。

方　登：妈！对不起！（崩溃大哭）对不起！我从第一眼看见方达，我就开始恨自己，他是我弟弟，他能活着，多好啊！妈，对不起！对不起！我折磨了您32年，32年！我没有办法原谅自己！对不起！妈——

【元妮抱住方登，方登回抱住元妮】【音乐渐强】

方　登：对不起！妈，对不起！

【元妮拍着方登的背，方达抱住小河】

参考视频来源：电影《唐山大地震》

注：电影《唐山大地震》改编自张翎小说《余震》

《唐山大地震》教学说明

一、影片的时代背景

电影《唐山大地震》是根据张翎的小说《余震》改编而成，由导演冯小刚执导。徐帆、张静初、李晨、陈道明、陆毅和陈瑾等联袂出演。电影描述了1976年发生在中国唐山的7.8级大地震中，主人公的一双儿女同时被压在了石板的两端，这位母亲只能选择救姐弟之一。母亲最终选择了救弟弟，但姐姐却奇迹生还，后被解放军收养，32年后家人又因地震意外重逢，母女二人最终相认。

二、影片的剧情介绍

时间是在1976年，地点是在唐山，这座中型工业城市，有一家四口，方大强，妻子李元妮，还有一双儿女方登和方达，他们一家人虽然住在一个很小的房子里，但却很温馨和睦。方大强经常出门在外，影片一开始就是姐弟俩高兴地迎着爸爸回家。回家后的一个傍晚，在社区外的马路上，方大强和元妮躲在卡车上亲热，突然地震了。

为了救孩子，方大强死了，方登和方达被压在了石板的两端，无论救哪一个另一个都可能会送命，最后无奈之下，元妮选择了体弱多病的弟弟。震后，元妮独自辛苦地抚养着儿子，而方登却意外地活了下来，被军人王德清夫妇领养。就这样，方登一直不愿意去想过去，她一直恨着自己的母亲，一恨就是32年，直到32年后的汶川大地震，他们的生命轨迹才重新走到了一起。

三、片段事件

而此影视片段主要是截取了整部电影的结尾片段，当然也是全局的高潮。母亲得知女儿死而复生，内心的激动与感情的纠葛通过包饺子的双手、低垂的头和不敢正视女儿的眼神而表现得出神入化。最后，母亲为当年自己的决定给自己的亲生女儿下跪认错，母女两人哭得撕心裂肺，终于相认。

四、人物分析

李元妮——一名纺织厂女工，一对龙凤胎的妈妈。在地震中她选择救弟弟方达，放弃姐姐方登。震后的32年里，李元妮独自抚养着儿子坚强地生活着。她每年都要为丈夫和女儿烧纸，每次都要告诉丈夫和女儿新家的地址，一遍又一遍；她拒绝了对她有好感的男士的追求，放弃了重新拥有幸福生活的机会，孤独地生活着；她也执拗地拒绝了儿子让她住进高楼大厦、改善生活条件的提议，一直住在她认为丈夫和女儿已经熟悉了的平房小屋，等待着亲人的归来。她带着对已逝亲人的感激和愧疚，守着心里的那堆废墟在生活，最常说一句话就是："没了，才知道什么是没了！"

方登——她还有另外一个名字叫王登，劫后余生的她被王德清所救。长大考取了杭州医学院，求学中与一名研究生发生关系，成为一名单亲母亲。在这32年里，她一直恨着自己的母亲，恨她选择了弟弟而放弃了自己。在她奇迹重生后，她就选择了远离母亲，再也没了声息，她借这种方式表达着心中的不满，也以这种形式报复着母亲。地震后的她被一对解放军夫妇收养，一切生活都还不错，但其与养父母之间存在着隔阂，对他们比较冷漠，其实这都根源于自己的"被放弃""被伤害"。读书期间她意外怀孕，坚决地拒绝了不愿承担责任的男友让其做人工流产的要求，宁愿放弃自己大好的前程也要留下这个孩子，就是因为她是"地震孤儿"，尝过那种"被放弃"的滋味。其实，震后的这么多年的时间里，她一直承受着没有停止的心灵余震，童年的阴影使得她一直不愿意原谅母亲，直到汶川大地震，在参与救灾时目睹了一位母亲对女儿的无奈选择，并且知道了母亲这些年一直生活在自责和愧疚之中后，才开始了她的心灵救赎之旅。

方达——方登的弟弟，在地震中失去一条胳膊。他一直说母亲给了他三次生命：第一次是出生时；第二次是小时候的一场大病，母亲的坚持使他逃离了鬼门关；第三次就是唐山大地震时，母亲放弃了姐姐而选择了他。他很感激母亲，也在尽自己最大的能力孝敬着母亲。为母亲买房，想让她生活得好些，把自己刚满月的儿子留给母亲害怕她孤独……对于过去的灾难，他不能也不敢忘记，但那时他毕竟还只是个孩子，他要长大，生活还得继续。地震没有把他摧毁，反而使他更加努力自强，最后终于有了自己的一片天地！

小河——方达的妻子，和方达育有一子。一直深爱着方达，从未嫌弃过他。性格开朗、活泼，有时也会跟方达吵架，但最终会听从于方达。

五、教学要求和改编说明

1. 由于是影视剧截取改编为戏剧片段，首先是要求学生对整部影视剧系统地把握，包括时代背景、人物关系、行动线索、矛盾冲突等，而不能简单地只去看改编内容的影视片段，否则在不了解的情况下只能是瞎演，或者是纯粹地复制。

2. 改编过程中，片段的时间、地点、人物关系、矛盾冲突、情节等需要改编作者做大量的分析工作，这个是比较难的，因为影视剧和舞台还是有大量不同之处，还需要引导学生把握住人物的行动，明确人物行动目的与内心意向，将人物行动的目的明确地规定为自己的舞台任务之后再鼓励学生大胆地去改编。

3. 在注意角色的性格化创作的同时，要监督学生不要简单地去“演”性格。

元妮、方达、方登、小河四个人的人物形象各异，性格也比较鲜明，他们每一个人的身上都有一个主题思想，都有一个故事，而这些故事又是串联在一起的。不要简单地去演所谓的“悲伤”“难过”“恨”，而要真正地走入他们的内心。要明白，影视剧的人物性格展现跟戏剧舞台的人物性格展现是不一样的，电影主要是靠镜头的组接，是导演的艺术，而戏剧则要在舞台行动中逐渐展示，一定要从人物的具体言行中，挖掘出人物的心理活动。只有挖掘出有血有肉的性格特点和受真实思想感情支配的行为举止，才能创造出富有生命力的舞台艺术形象。

4. 注意让学生去观察生活和积累生活，让学生学会给自己创作出一个角色生活的环境。

现在的学生，可能对20世纪80年代的生活感受甚少。衣服的样式单调、颜色单调；食物基本还要靠粮票、奶票等供应，年底买肉还要排队，生活物质还是很紧张的；交通工具基本是公共汽车和步行。所以，了解和熟悉生活是很重要的，要去了解当时的生活，再通过艺术加工，为自己设立一个规定情境。

5. 注意作品的地域性；可以用带有唐山口音的方言说台词。为了能够找到唐山人的生活习惯和表达方式，除了看电影外，还可以查阅相关资料等。比如，去了解唐山的乐亭大鼓、唐山皮影等，可以直观地感受唐山的风土人情。

《归来》

——根据张艺谋同名电影改编

景—— 舞台最左侧靠里一扇门，靠门边一个衣架，门里后侧一个桌子。桌子上有一个储物架，储物架里有茶叶、碗之类。桌子下面有一个热水瓶，门里靠左一张饭桌，桌边各一把椅子，舞台靠右边一张床。床前一张书桌，书桌上有照片、台灯之类；舞台正中间一个煤炉，炉子上一个烧水壶。

时　间：1976年11月的一个上午

地　点：陆家

人　物：陆焉识【上海旧知识分子，本是上海大户人家的少爷，聪慧倜傥，后遭到“文革”的迫害，逃狱后又被抓住。“文革”平反后回家，奈何此时妻子冯婉瑜已经精神错乱，不认得他，但他不放弃，坚持使用各种方法唤回她的记忆】

丹　丹【冯婉瑜和陆焉识的女儿，擅于跳舞，非常出色，但是因为父亲的原因导致其只能当小角色而不能担任主演，后其被骗告发了自己的父亲，最终后悔不已】

冯婉瑜【人民教师，深爱自己的丈夫，为了救丈夫的生命，付出了自己的贞洁给方师傅，也因此失去了一些记忆，不认得陆焉识】

李主任【居委会李主任是一个年代气氛很浓的角色，她是促使陆焉识归来的润滑剂，在陆焉识出逃的前期，她带着农场书记、干事等人来问话冯婉瑜时也是体贴入微的态度。在闪转腾挪之间，不打伞、扔衣服、踢皮包的细节体现着她对农场书记、干事的不满，引而不发、撬而不露。在电影的后期，为了让冯婉瑜接纳自己的丈夫，她甚至拿出了公函劝说，有理有据，虽然没有被接纳，但是依旧给陆焉识安排了住处，这样一个简单的角色体现了那一时代中国女性身上独有的品质，平凡之中带点小个性，尽心之中蕴含大关怀】

杨秘书【此角色为衔接人物上下场增加的人物，同时也将部分人物合并成了一个人物，年轻小伙子，踏实肯干，有办事能力】

故事简介：“文革”结束后，陆焉识终于平反回家，却发现家中的一切早已物是人非。女儿丹丹放弃了自己的芭蕾梦想，成为一名普通的女工。而更让陆焉识深受打击的是他深爱的妻子冯婉瑜因患病已然不再认识眼前的他。

剧　　情：

陆焉识：丹丹，这是去哪儿呀？

丹　丹：我们单位，毛纺厂职工宿舍。

陆焉识：丹丹你不跳舞了？

丹　丹：早就不跳了。走吧。

陆焉识：丹丹，你单位我就不去了，我还是先回家吧。

丹　丹：我有事儿和你说。

陆焉识：什么事？着急吗？

丹　丹：要不等我下了班再说吧，我只请了三个小时的假，我得赶紧过去了。

陆焉识：哦，这样吧，我还是先回去，有什么事回家再说。

【陆焉识拿过丹丹手里的行李就走，丹丹想说什么却没说，转头去了单位，陆焉识回到家敲了几下门，发现门没锁，就走了进去，但屋里没人在。陆焉识在屋里刚看了一会儿，冯婉瑜就回来了。冯婉瑜看见地上的行李很奇怪，陆焉识看见冯婉瑜就站起来朝她走去】

冯婉瑜：来啦。

陆焉识：婉瑜，我回来了！

冯婉瑜：这都是你的东西？

陆焉识：是，是我的行李。

冯婉瑜：坐吧，你先坐，坐，坐，坐……

陆焉识：哎！

【陆焉识走向椅子，冯婉瑜转身放菜】

陆焉识：婉瑜。

冯婉瑜：你还好吧？

陆焉识：好好。

冯婉瑜：你累了吧，喝点儿水，我给你倒点儿水。

【冯婉瑜去泡茶，拿起茶叶罐打开盖子倒了茶叶，把茶叶罐放回去，倒开水。倒完开水发现多了一个盖子，也不是盖在暖瓶上的，找了一会儿才盖在了茶叶罐上。这一切陆焉识看在眼里】

陆焉识：家里都还好吧？

冯婉瑜：家里都好。
陆焉识：是丹丹到车站接的我。
冯婉瑜：哦，丹丹去接的你啊。丹丹跳舞，跳芭蕾舞，累，练功。
陆焉识：家里边没什么事儿吧？
冯婉瑜：没事儿。
陆焉识：你呢？
冯婉瑜：我好，都好。
冯婉瑜：你没吃饭吧？你在这儿吃饭，我去买点东西。买点吃的，在这儿吃饭。你坐着。

【冯婉瑜抱起衣服出门。陆焉识拿起棉被铺床。冯婉瑜走在路上忽然感觉有什么不对，转身进门】

冯婉瑜：方师傅！你在这儿干什么？
陆焉识：你叫我什么，什么方师傅？
冯婉瑜：请你出去！
陆焉识：你怎么了？
冯婉瑜：出去！
陆焉识：婉瑜，我是焉识！
冯婉瑜：你是谁？
陆焉识：陆焉识啊！
冯婉瑜：你胡说什么，你出去！出去！
陆焉识：你怎么了！
冯婉瑜：（过来抱起棉被）你出去！出去！

【这时，李主任和杨秘书上场】

李主任：小杨，快跟上！冯老师？冯老师？

【李主任走到门口，冯婉瑜正抱着陆焉识的行李往门外扔】

李主任：哎哟！冯老师，你这是在干吗呢？
冯婉瑜：李主任，李主任，你快让他出去！（走到陆焉识面前推他出去）出去！你出去！
杨秘书：主任，这冯老师不是犯病了吧？
李主任：别胡说，你快去毛纺厂把丹丹找回来。
杨秘书：哎！
李主任：冯老师，你别激动，你先坐下，啊！
冯婉瑜：李主任，你快让他出去，我不愿他在这里！
李主任：好好好，那你先坐下。陆焉识，你先去门口等丹丹，这里我和她说。

陆焉识：李主任。
李主任：去吧。

【陆焉识走出门，李主任看了看冯婉瑜并坐下】

李主任：冯老师，你有哪里不舒服吗？
冯婉瑜：没有。
李主任：好。你为什么不让你丈夫进门呢？
冯婉瑜：李主任，他不是我丈夫！他不是！我丈夫焉识在大西北改造呢！
李主任：冯老师，他们都回来了！
冯婉瑜：没有，没有，没有。

【丹丹回来，在门口】

陆焉识：丹丹，你妈她怎么会不认识我了呢？！
李主任：丹丹，快点儿进来。冯老师，我把丹丹叫回来了。
丹　丹：妈。
冯婉瑜：你回来干什么？
李主任：你叫声爸，叫声爸给你妈听，证明他就是你爸。

【丹丹不叫】

李主任：叫爸呀丹丹，你快点叫爸呀！
冯婉瑜：她能证明什么！你问她，她认过她爸吗？当初就是她大义灭亲，将他爸再给抓了回去！我不想看见她！
李主任：你看你妈现在这样，你不叫爸，回来也没用。（看向冯婉瑜）冯老师，我再给你讲一遍，时代变了，陆焉识平反了，已经正式通知街道了，按理说公函是不给个人看的。
冯婉瑜：有公函？

【李主任将公函递给冯婉瑜，冯婉瑜拆开看】

冯婉瑜：陆焉识！焉识活着回来就好，我明天去火车站接他。
杨秘书：不用接，这不已经来了嘛！
冯婉瑜：他不是，不是。

【李主任拿过公函】

李主任：冯婉瑜同志，你相不相信组织？
冯婉瑜：相信。

李主任：我是不是代表组织？

【冯婉瑜点头】

李主任：那你是不是应该相信我？
冯婉瑜：相信。
李主任：那好。（将公函放进包里，站起拉过陆焉识）我现在以组织的名义向你保证，站在你面前的这个人，就是你的爱人陆焉识同志！
陆焉识：婉瑜！
冯婉瑜：我知道他是谁，他姓方，他是方师傅！我不愿意让他在我家，你让他出去，出去！我不要他在这儿，你让他出去吧！

【冯婉瑜自顾自地走到床边，留下一群人。陆焉识想上前，却被李主任拦住走向门外】

李主任：她这个病就这样，时好时坏，表面上看不出来，脑子的问题。冯老师现在不让你进屋，你也不能让冯老师受刺激。（看向小杨）他还得找个地方住。小杨，你家那个小卖屋边上的小杂屋空着呢吧？
杨秘书：空着呢。
李主任：那你先住那吧。
陆焉识：谢谢组织。
李主任：对了，按规定要给你落实政策，还回原单位上班吗？
陆焉识：她都这样了，再说吧！
李主任：也行，缓缓吧。那儿离家近，你也方便照顾冯老师，丹丹你去帮你爸收拾收拾，走吧。

参考视频来源：电影《归来》
注：电影《归来》改编自严歌苓小说《陆犯焉识》

《归来》教学说明

该片主要讲述了知识分子陆焉识与妻子冯婉瑜在大时代际遇下的感情变迁的故事。

一、关于时代背景

20世纪70年代，与家人音讯隔绝多年的劳改犯陆焉识，因思念心切在一次农场转迁途中逃跑回家。他的行为给怀有芭蕾舞梦想的女儿丹丹带来巨大的压力。女儿想方设法阻止母亲冯婉瑜与父亲陆焉识相见，结果使夫妻俩近在咫尺，却只能再次相隔天涯。

“文革”结束后，陆焉识终于平反回家，却发现家中的一切早已物是人非——女儿丹丹放弃了自己的芭蕾梦想，成为一名普通的女工；而更让陆焉识深受打击的是，他深爱的妻子冯婉瑜，因患病已然不再认识眼前的他。深厚的感情、生活的变故，迫使陆焉识做出了对他来说最荒诞却又最合理的人生选择。

二、关于人物角色阐述

陆焉识出国留学后，回国担任大学教授。他是被这个时代所摧残的人物。对于陆焉识这个角色的性格，可以从影片开头的部分陆焉识逃跑回到家中要与冯婉瑜见面这场戏的行为动作中来分析。陆焉识深夜伴着大雨披着雨衣戴着口罩只露出戴着眼镜的一双眼睛来到自家楼下，陆焉识冒着被抓的风险和更为严重的惩罚，只为上楼与冯婉瑜能够见一面。从这个人物的行为逻辑中来看，就能够充分说明陆焉识对冯婉瑜的爱是流淌在血液里的。这个爱与思念也体现在这之前陆焉识与冯婉瑜多年没有相见，时间越久，思念与爱意就越浓。陆焉识之所以选择晚上又是在一个下雨的夜晚准备与冯婉瑜见面，就是不想让任何人发现自己，所以越不被旁人察觉越安全。当陆焉识来到楼下时，发现在冯婉瑜家附近有劳改农场的人员在时刻准备抓自己。陆焉识感觉情况不对，转身走开，他从另一个楼道口进到楼顶，从楼顶的通道爬下来，来到自己的家门口。在门口的这场戏中，陆焉识先是趴在门上听屋子里的动静，然后又趴在地上看门缝中有灯光露出，可以确定家里有人，冯婉瑜应该在屋里。从这一系列的行为动作中可以看出，陆焉识是一个非常谨慎、细心的人。他的动作小心翼翼生怕惊扰了邻居被人发现。同时内心在见还是不见的矛盾中挣扎。人物的内心活动表达准确，表演真实质朴。在这场戏中，两个演员没有一句台词，却清晰地刻画出了人物性格特征，交代了故事内容。

冯婉瑜是陆焉识继母娘家侄女，虽在影片中没有提及冯婉瑜的身世，但还是有必要了解，这对塑造角色有着很大的帮助。冯婉瑜的角色性格严格上来说应该分两段来分析，也就是冯婉瑜患病之前与患病之后，但仔细研究发现其实冯婉瑜的角色在处理上前后虽有所不同，但角色性格与角色色彩是一样，不能够人为地、生硬地去解释前后两段人物性格有何差异。冯婉瑜多年没见到陆焉识，在看到陆焉识从门缝下塞进来的纸条得知明天要在火车站见一面。这对冯婉瑜来说是突如其来的、期盼已久的，也是忐忑不安的。能够和陆焉识见面从内心深处来说是难以相信、是喜悦，但更多的是对陆焉识冒着危险来见自己的担心。对于冯婉瑜来说，她对陆焉识的想念与心中的爱其实是无法用语言来形容的，从冯婉瑜得到消息后就精心为陆焉识准备馒头，而且准备得很多这个行为动作上来说，冯婉瑜知道陆焉识过得不好，吃得就更不用说了。从另一个层面来解释，以冯婉瑜现状来说，能够为陆焉识做的也就只有这些了。从她与女儿丹丹的对话中："你怎么就不为我想呢？""从小到大都为你想，这次要为你爸想。"也能够看出，不管别人怎么看自己的丈夫，在她自己的心里，陆焉识是自己最爱的人。然而这次见面却让她意外受伤，最终得了一个叫"心因性失忆"的病，对以往的人和事儿大都记不起来了。对于冯婉瑜这个角色来说，她的角色性格并没有因这次意外而发生变化，变化的是她的行为特征与行为逻辑。

丹丹是陆焉识和冯婉瑜的女儿，从小学习舞蹈，年轻时怀抱着芭蕾舞的梦想。自己刻苦地训练与出色的舞蹈功底，让原本能够跳主演的她因为父亲的身份而遭受巨大压力，最终没能如愿。所以对于丹丹的人物性格来说相对比较容易把握，一个是丹丹的角色年龄跨度小，二是角色的心理情感是比较单一的，这种单一指的是只有一条线，就是对父亲有憎恨感。这种憎恨来自自己对舞蹈的热爱与跳舞本身这件事情对自己的"不公平"，起点就是因为父亲的身分让自己遭受到了这种"不公平"的待遇。所以，丹丹会强烈地阻止妈妈见爸爸，以便让自己能够如愿以偿。但最终丹丹只是跳了个群众角色，这对丹丹来说是不能接受的，想必换做谁可能都接受不了这个结果。之所以说丹丹憎恨父亲，还有一个细节能够体现出来，就是陆焉识为了能够唤醒冯婉瑜对自己的记忆，让丹丹将以前一起拍的照片找出来，结果发现所有与自己（陆焉识）的合影全部用剪刀剪没了。"文革"结束后，丹丹成了一名工厂女工，丹丹对于父亲的憎恨随着时间的推移不会显得那么强烈了。陆焉识被平反后，丹丹开始逐渐地接受父亲，开始慢慢融入这个原本不完整的家庭。

居委会李主任是一个与年代十分融合的一个角色，如果对这个角色加些色彩的话，那么这个居委会李主任就是一个有着人情味儿的人。她跟农场的那些人对待冯婉瑜家人的态度截然不同。在具体分析李主任这个人物的时候，就可以从李主任带着农场书记与农场干事来向冯婉瑜问话这场戏来分析。在来冯婉瑜家的路上时下起了大雨，居委会李主任没有给农场的两个人撑伞，而是一个人走在最前面，农场的两个人一起披着一件大衣跟在后面。到了冯婉瑜的家里，农场的人顺手将刚刚遮雨的大衣挂在了衣架上，而李主任在关上门后顺手将衣服放在了地上。然后在农场的两个人坐下后，李主任给他俩倒水喝，在准备走到冯婉瑜边上的位子的时候，"不小心"踢到了农场两个人的皮包。在对这些细节的处理中能够发现，居委会李主任对农场书记和干事的不满。同时在台词中也能体现出李主任的态度。冯婉瑜问农场书记："请问他为什么跑？你们把他怎么了？"农场书记答："这是谁问谁呢？"李主任接话："这不是了解情况吗？这么多年都没有音信了，也是人之常情。"从李主任的态度中能够明显地看出，她对农场书记与干事的不满和对冯婉瑜遭遇的同情。在陆焉识被平反后，李主任在冯婉瑜没有接纳陆焉识的时候，依旧给陆焉识安排了一个住的地方，哪怕是一间放杂物的房间，从李主任的行为动作中能够看出她对冯婉瑜一家的照顾，也体现出她自己所特有的人格品质。

三、关于表演中对角色性格的把握

这个片段主要围绕着陆焉识被平反后回家与家人团聚这件事来展开。丹丹这个时候已经在毛纺厂工作了，对于丹丹跳舞的事情显然作为父亲的陆焉识还不清楚是因为自己的原因才导致丹丹不能跳舞。而对于跳舞这件事，虽然过去了很多年，但丹丹的心里依然对父亲有成见。虽然时间看似抹平了丹丹的"伤痛"，但依然有着明显的"伤疤"。丹丹请了3个小时的假去接父亲，在与父亲的交谈中能够看出对于母亲冯婉瑜的病还不知道应该怎样向父亲讲，而陆焉识又急于回家。所以，丹丹也就没有再细说关于母亲的事情。从陆焉识急于回家的心情来分析，不难发现对于冯婉瑜的想念、思念已经让他迫不及待地想与自己的妻子见面，与家人团聚对于陆焉识来说是一件多么幸福的事情。但是在陆焉识与丹丹的交谈中，似乎又看不出陆焉识的喜悦，反而父女之间有着一条看不见的鸿沟在阻隔着彼此之间的情感。这种阻碍来自哪儿？其实仔细分析不难看出，陆焉识与丹丹相互之间都有着一种"陌生感"，这种感觉的存在是源于父女之间长时间不在一起，导致亲人之间的一种生疏。

陆焉识来到家门口准备敲门时发现门是开着的没有锁，而这个不锁门的习惯是冯婉瑜与陆焉识在车站分别后留下来的。这个看似简单的留门的习惯，其实是冯婉瑜内心对陆焉识的一种期盼与希望。期盼着有一天他能够回来，希望回来后能够直接找到自己熟悉的家。陆焉识看着自己熟悉而又陌生的家，内心有着复杂与说不出的情感。这个家里熟悉的味道，熟悉的家具摆设，还有书桌上熟悉的老照片，都让这个人生经历不同寻常的男人"陶醉"其中。此时，冯婉瑜买菜回到家里。这是陆焉识被平反后第一次与冯婉瑜见面，这个见面对于陆焉识来说他等待的时间"太久了"，终于能够在一起。在两个人见面的情感把握与处理上，演员一定要抓住陆焉识这个角色对能够与冯婉瑜团聚的期盼，这种期盼时间越久，积蓄的情感也就愈发强烈。见面时的情感流露也就愈发真实。对于冯婉瑜这个角色来说，情感的期盼与陆焉识是一样的。不过，冯婉瑜患了"心因性失忆"的病，她已然不认识眼前这个真实存在的丈夫陆焉识，而只是客气地招呼。演员在处理冯婉瑜患病后的状态时，首要前提要抓住其"心因性失忆"的具体病因。然后再根据冯婉瑜的基本的角色性格与这个病因有机地融合到一起。所以，演员在把握与处理冯婉瑜这个角色时需要

“花些心思”。在冯婉瑜把陆焉识赶出家门时，居委会李主任将丹丹叫回家中，陆焉识得知冯婉瑜得了病。此时，居委会李主任让丹丹叫陆焉识爸爸给妈妈听，以便换起冯婉瑜的记忆，而丹丹并没有叫爸爸，从这里也可以看出，丹丹由于跳舞的事情一直记恨着陆焉识。

关于居委会李主任在这个片段中的角色性格处理要点在于抓住这个人的上场任务。李主任的主要任务是来告知冯婉瑜她的丈夫被平反了。因为作为居委会主任，冯婉瑜的情况除了丹丹，就是李主任最清楚不过了。李主任看到冯婉瑜已经记不得陆焉识了，她又要如何完成让冯婉瑜想起眼前这个人就是陆焉识的任务，居委会李主任是怎么做的呢？首先，她是让丹丹回来，当着陆焉识的面叫一声爸爸给冯婉瑜听，以便唤醒冯婉瑜对陆焉识的记忆。但由于丹丹对爸爸的记恨，丹丹并没有叫。李主任第一次的尝试没有成功。不过，还有第二个办法，李主任从公文包中拿出文件给冯婉瑜看，以此来证明眼前的这个人就是陆焉识。冯婉瑜对李主任和这个文件是很信任的，但即便李主任这么说，冯婉瑜也不相信眼前这个人就是自己的丈夫陆焉识。从这个侧面也能够反映出，冯婉瑜得的这个病是比较严重的。李主任没有更好的办法去解决和唤醒冯婉瑜对陆焉识的记忆，只好先让陆焉识在小卖部的一间屋子里住下，先缓一缓。从李主任的行为处事方式上，能够看出这个人物是一个负责任、有着热心肠、人情味儿的人。

《马文的战争》

——根据余淳同名电视剧改编

景—— 舞台中间一个长沙发，沙发前一个茶几，茶几上放着一个烟灰缸，舞台左侧放着一个柜子，上面摆放着一个相框（结婚照片），舞台右侧是正门，舞台右后方是卧室。

时　间： 晚上

地　点： 家

人　物： 杨　欣【一名设计师，风格时尚，游离在两段婚姻与情感之中，执着寻找幸福的中年女人，离婚后因房子的问题，不得不和前任丈夫、现任丈夫两个男人生活在同一个屋檐下】

马　文【一名软件工程师，一个非常现代的职业，杨欣前夫，富有幽默细胞，经常有喜剧感极强的话语，更是充满京味儿的"贫"。婚姻失败，出轨的妻子离婚不离家，被迫成为"蜗婚族"，和前妻、儿子和前妻的现任丈夫李义住在同一个屋檐下。胆小懦弱的"普通男"】

马　虎【杨欣和前夫马文的儿子，活泼、可爱】

李　义【杨欣的新任丈夫，没有太大的本事和心眼儿，和新婚妻子的前夫住在同一屋檐下】

故事简介： 杨欣和李义的新婚之夜。马文独自一个人先回到家，心情沮丧，想直接回屋睡觉，但是看到柜子上放的杨欣和李义的结婚照片和满墙贴的结婚喜字，实在无法控制心中的怒火，于是，坐在沙发上一个劲儿地抽烟。直到一根烟抽完，马文依然很生气。走到柜子旁把结婚照片反扣过来，又把喜字从墙上扯了下来，这才解气，做完了这些，回屋去睡觉了。

剧　情：

【马虎上场】

马　虎：（敲门）爸爸，开开门！

【没人答应】

马　虎：爸爸！开门啊！

【依然没动静】

马　虎：爸爸！开门！！

【马文慢吞吞地从屋里出来给马虎开了门，坐在沙发上抽烟】

马　虎：爸爸，你怎么这么晚才开门呀？！（转头看见地上的一片狼藉和柜子上反扣过来的结婚照片，什么都明白了。浅笑一下，高声地）你愿意嫁给他吗？？我愿意！你愿意一生一世都守护她吗？无论经历任何困难、病痛的折磨，都不离不弃吗？我愿意！

马　文：哎呀，你烦不烦？

马　虎：哼！早知今日何必当初！（整理喜字）

【杨欣和李义上场，正好看见马虎在扯喜字】

杨　欣：马虎！你干什么呢！啊？这碍你事了？（拿过喜字）

马　虎：这……这不是我弄的！

杨　欣：不是你弄的是谁弄的？我都看见你弄了！

李　义：杨欣，算了！小孩子。

【马虎生气地跑到电视机前自顾自地看电视】

杨　欣：（回过神来，好像明白了是怎么回事，甜蜜的）来，李义，先喝杯水！（边给李义捏肩按摩）你晚上喝了这么多酒都没怎么吃饭，胃肯定特别难受，你要不要我再给你做点儿饭？

李　义：我没事，不吃了。

杨　欣：那……厨房里有水果，要不要吃点？

李　义：那我吃点儿水果吧。

杨　欣：那好，你等着啊，我这就给你去洗。

马　文：马虎！把电视关了！

马　虎：干什么呀？！我看电视也碍你们事了？！

马　文：你……别把眼睛看坏了！！

马　虎：哼！

杨　欣：来，李义！吃点水果，解解酒。

【李义接过水果，拿给马虎】

李　义：小虎啊，来，吃点儿水果。

马　虎：哦，那个……我不想吃了，你就放那儿吧。

李　义：吃点儿吧……来，叔叔给你剥一个。

马　虎：哎呀！我说了我不吃了！

杨　欣：小虎！你怎么跟你叔叔说话的？

李　义：哎呀，杨欣，没事儿，不吃就不吃吧，孩子嘛。

杨　欣：李义啊，如果你不舒服的话，你就先进屋休息吧。（示意他，她要和马文谈谈）

李　义：可……

杨　欣：听我的，去休息。

李　义：那好……

杨　欣：小虎，你明天好像还有期末考试对不对？今天晚上就早点睡觉，别看电视了。

马　虎：我不，我再看一会儿。

杨　欣：那你考试怎么办？

马　虎：考试有什么大不了的！

杨　欣：有什么大不了的？！你都不把考试当回事了是吧？今天你不睡也得睡！（上前挡住儿子，并用手关掉了电视机）

马　虎：你干嘛呀！（推开妈妈又重新打开）我就是要看！

杨　欣：你这孩子！（气得一屁股坐到沙发上，转头对马文）你管管你儿子！他现在连我的话都不听了！

马　文：哼，法律上可是把儿子判给你了，让我管不大好吧……

杨　欣：判给我就不是你儿子了？你就不能说两句？你看看他……

马　虎：哎呀哎呀！行了行了！你们俩有完没完！我不看了去睡觉还不行吗！

杨　欣：哼！（转身回了屋子）

【马文看杨欣离开，心中还有发不完的怒火。进屋端了个盆出来。杨欣对马文视而不见，当杨欣端着水盆出来的时候，突然闻到了马文在抽烟】

杨　欣：谁让你在屋里抽烟的？

马　文：我抽烟怎么了？

杨　欣：从以前到现在，什么时候允许你在这个屋子里抽过烟？

马　文：你也知道那是以前！

杨　欣：就算是现在也不能抽！你赶快给我把烟掐了！

马　文：你！

【马文依然没有掐掉烟】

杨　欣：（又端着水盆出来）哼，我就知道你没有掐掉。你可别忘了马文，我们的公约上可不允许你在公共地方吞云吐雾！

马　文：你还没完了是吧？我抽我的烟，你睡你的觉，你少管我！

杨　欣：哼，不想让我管你是吧？！其实马文，这也很简单，你搬出去，我想管也管不了了！

马　文：我搬？！你怎么不搬呢？

杨　欣：对不起啊，我并不想占你的房子，可是，这房子也有我的一份啊。

马　文：杨欣，你别欺人太甚了，你们要结婚我不拦着你，但是你们别在这里结啊，死皮赖脸就住进来了，我不说你就拉倒吧。

杨　欣：我就在这里结，你能把我怎么样？有本事你也结啊！我说马文，你说，咱们这么住着有意思吗？

马　文：哼！有意思啊！

杨　欣：说真的，你怎么就不能再找个女人重新开始你自己新的生活啊？

马　文：那多没意思啊！我呢，也考虑过了，这样是没什么意思，也显得我这个人特别不够意思！不过，住着住着，意思来了！！很有意思！有意思得不得了！

杨　欣：有意思是吧！？我会让你觉得更有意思！你前妻绝对够意思！（关门）

李　义：老婆！怎么了？

杨　欣：哼！没什么！就一个大男人心眼儿小，真少见！

【马文独自一个人在外面又抽起烟来，并且注意着里屋的动静】

李　义：老婆，不生气，要不要我出去跟他谈谈。

杨　欣：用不着！他那种人根本不讲理！有什么好谈的！

李　义：嗨，早晚我们能让他搬走。等他搬走以后啊，为了解气，我给你把他的房间改成厕所！

杨　欣：哈哈！是啊，咱们现在的厕所是有点小，李义你真行，亏你想得出来！哈哈。

马　文：（这气啊……这时马文想到，能帮他的也只剩儿子了，于是将儿子叫醒）小虎，小虎！

马　虎：哎呀！爸爸，干嘛呀大晚上的又把我叫醒！明天还考试呢！

马　文：（拉过儿子，坐到沙发上）马虎，爸问你件事，如果爸爸搬出去住的话，你会不会不高兴啊？

马　虎：我可不管你们之间的事……

马　文：嘿！臭小子，我可是你爸，难不成你觉得叔叔比你爸爸好？

马　虎：我没那么说……爸，就算是他对我再好，我也只能叫他叔叔，不能叫他爸爸，就算你对我再怎么不好，我也得叫你爸爸，不能叫你叔叔，这个道理我懂。

马　文：再叫一句。

马　虎：爸爸。

马　文：好儿子，帮爸爸一个忙，好吗？

马　虎：什么忙？

马　文：你呀，就到妈妈屋门口大喊：妈妈！我肚子疼，我要吃饭……

马　虎：干嘛呀爸爸！我又不饿！

马　文：不饿可以装饿嘛！是我儿子就帮我这个忙。

【杨欣从屋里走出来要上卫生间，正好看见】

马　文：你记得一会儿先去敲门，大喊啊，越大声越好！就说你饿了！

【马虎看到杨欣，使劲给马文使眼色，马文转过头，突然发现杨欣】

杨　欣：小虎，给我过来。

马　虎：额，我要去睡觉了！

杨　欣：你过来！你跟你爸爸就不学点什么好！

马　虎：我……行了行了，你们说！我不管我睡觉！

杨　欣：（冷笑）马文，你少来这套！一个大男人，你俗不俗？！

马　文：俗！当然俗！要是不俗，你怎么会和我离婚？！

杨　欣：哼！知道自己俗就好！跟你这个没出息的爸爸什么好也学不到！你看看人家李义，他可从来不会教小孩子们这些。

马　文：我不行？我又俗？你那个李义是真行！他有能耐到外面去啊！

杨　欣：马文你给我小声点！李义是没多大的能耐，你得意什么？你又有多大的能耐啊？再说了，李义是我的丈夫，这房子有我的一半，也就有他一半的一半！

马　文：哈！你要是不说我气还不打一处来，这李义是个什么东西，没离婚的时候就跟你不干不净，他怎么有脸踏进这个门！

杨　欣：你给我说话注意点，我们的公约可是予人方便自己方便，我希望另一方给予理解支持和配合！还有，公约上还写了，任何人在十点之后都不能在客厅逗留，请你履行公约，谢谢！

马　文：配合？我配合个屁！我到现在配合你的还不够么！那家伙要是个男人，他就不应该上这个门，有能耐他就自己找房子去！

杨　欣：马文！你别给我瞎嚷嚷，你……要是让李义听见……我可跟你没完！

【李义从里屋走出来】

李　义：我已经听见了……

杨　欣：李义……

马　文：呵，兄弟，我没别的意思……我就是……实话实说。

杨　欣：你听我的，你就安心住着，他还能把我们赶出去不成！

李　义：（对杨欣）你不用管，我是时候跟他谈谈了，你先进去吧！

杨　欣：可……

李　义：进去吧，（对马文）我觉得咱们应该单独谈谈了。

马　文：没时间。

李　义：那你找个时间，我请你喝酒。

马　文：没兴趣。

李　义：咱俩别这样行不行？

马　文：李义，我挺佩服你！我见过没脸没皮的，但是没见过你这么没脸没皮的。

李　义：咱有话说话，别没完没了，我怎么没脸没皮了？

马　文：行，我跟你说事，这房子该你住么？杨欣没跟你说吗？这房子我们什么时候买的，是我们离婚之前买的，主要是当初马虎要上学，换句话说，我们俩是要在这房子里好好过一辈子，你怎么就大大方方住进来了？

李　义：我是在你们离婚之后住进来的。

马　文：是，我是跟杨欣离婚了，可是这个房子是我和我老婆的共同财产，一人一半，有你什么事？

李　义：我提醒你，杨欣过去是你老婆，可她现在是我老婆，我住在我老婆这里也合理合法，怎么了？

马　文：那好，咱们说点感情上的事，这感情上的事可说不清楚，她过去是我老婆，现在她是你老婆，但是将来指不定她又成了谁的老婆，到时候你住哪儿？你想过没有！

李　义：这还真用不着你操心，马文，咱不用阴一句阳一句的。我知道你什么意思，我也知道我欠杨欣的。但凡有个办法，我不能觍着脸搬到你们这里来住，我跟杨欣说过，杨欣跟你提过，要不你们俩就把房子卖了，钱平分，杨欣哪怕让你拿大头都行，或者你走，我们把你房子的那部分钱补给你，或者我们搬走，你给杨欣相应的赔偿，你要是说你同意上面哪一条，咱现在就办！可你什么都不同意，你要我怎么办？

马　文：哼，凭什么卖房子啊？我不卖！这个家还是我姓马的说了算！

【门突然被杨欣踢开，杨欣一直在屋里面偷听】

杨　欣：还我姓杨的说了算呢？这家也有我的一半！凭什么就听你的！李义你不用管你就住这儿，他还能把咱们赶出去不成。

李　义：马文你这就没意思了，咱们都是成年人了，能不能想个方法把问题解决了！你在这儿跟我胡搅蛮缠什么！

马　文：轮到你说什么话了？这房子有你什么事？你算老几？我就是不卖房子！你管得着

我吗？

杨　欣：马文你是不是个男人？别老做那些让我瞧不起你的事！

马　文：你说谁不是男人？你大气！你大气你别跟我争这套房子啊？！都带着新的来跟我争了！啊？！

杨　欣：你说我什么？

李　义：杨欣，别跟他一般见识。

【吵得正凶，马虎从屋里出来，十分生气】

马　虎：还让不让人睡觉了你们？

杨　欣：儿子……

马　虎：你们有完没完！吵够了没有！自从你们离婚以后这个家就没安生过一天！你们天天这样，想过我的感受没有？你们还把我当作你们儿子吗？你们就尽管吵好了，你们……（突然马虎感觉到肚子剧烈地疼痛，不禁疼得蹲下身来）

杨　欣：怎么了儿子？儿子！

李　义：小虎，怎么了？

马　文：行了行了马虎，别给我装病，我不跟你妈一般见识，不吵了！

杨　欣：装什么装啊！儿子是真疼！

马　文：啊？！怎么回事？儿子！

杨　欣：是不是急性肠胃炎又犯了？哎呀那可怎么办呀！

马　文：怎么办？！赶快送医院啊！快点，你去拿儿子的病历，带上钱，我背他！

李　义：要不要我背他？

马　文：闪开！我是他亲爹！

【李义看插不上手，就过来帮杨欣找病历拿钱，可是反而帮了倒忙】

杨　欣：哎呀不是这个，你就别给我添乱了！找到了！

李　义：要不要这钱……

杨　欣：（一把全抢过来）啊！谢谢了昂！（转身追马文）马文！你慢点，别摔着儿子啊！（急忙下场）

【李义一个人被留在了场上，一瞬间觉得自己好像是多余的人】

李　义：哎！你们……我……我这算怎么回事儿啊！哎！

参考视频来源：电视剧《马文的战争》

注：电视剧《马文的战争》编剧 陈彤

《马文的战争》教学说明

《马文的战争》是由深圳广电集团深广传媒有限公司、北京电视台、上海文广新闻传媒集团、北京鑫宝源影视投资有限公司、北京丰联文化发展有限公司联合出品，余淳执导，宋丹丹、林永健、李崇霄等主演的都市情感电视剧。

该剧讲述了两对离异夫妇，四个中年男女为追求幸福和梦想中的好姻缘进行的一场没有硝烟的“战争”，上演了一出都市家庭情感剧。

该剧 2008年10月9日在北京卫视和上海卫视黄金档同时播出。

一、关于时代背景

在飞速发展的21世纪，随着外国文化不断流入中国，中国百姓的思想越发开放，有的人不再被自己所不喜欢的婚姻束缚，勇敢追求属于自己的幸福。

故事围绕一场没有硝烟的“战争”展开。几年前，杨欣爱上同事李义，和马文火速离婚，因没有房子，他们仍住在同一套两居室里。几年过去了，李义却一直没有离婚，杨欣仍和马文住在一起，两人建立了一种有趣的前夫前妻关系。杨欣一直等李义离婚，马文则希望杨欣回心转意，有意无意间总跟杨欣搭讪，心存复婚的想法。就在马文觉得自己有了希望的时候，李义却突然离婚了。杨欣兴高采烈要嫁李义，而李义却因离婚而失去了所有财产，杨欣和李义只好暂时住到她和马文的房子里。就在这样奇特而又尴尬的情境中，丈夫与妻子，前夫与前妻，父母与儿女，纷繁的关系把几个家庭的情感交错在一起，经历了骤变、裂痕再到弥合的过程，演绎出一部都市家庭悲喜剧。

二、关于人物

杨欣，一名设计师，风格很时尚的中年女人，性格大胆豪放，有心计。她不甘心于争吵和无聊的生活。执着寻找着自己的幸福。就在这时，一个让她无法自拔的男同事李义走进了她的生活，在激情之下，杨欣决定放弃充满争吵和无聊的生活，与丈夫马文离婚。由于两人性格都比较倔强，马文很快就和杨欣离了婚。离婚后公司领导不同意夫妻同一个单位，杨欣又辞掉了公司的工作，表示自己的诚意逼着李义也离了婚。李义净身出户没有住处就住到了杨欣家里。于是杨欣就不得不和前任丈夫、现任丈夫两个男人生活在同一个屋檐下，关系是极其微妙的。其实杨欣对于两个男人是动摇的，一方面是自己的新欢李义，是她不顾一切所追求到的幸福。两个人就像热恋中的情侣。一方面是自己的前任，在一起生活多年，俨然已经成为了习惯。再加上马文有意复婚并不断地展开攻势，让杨欣的内心摇摆不定。但是面对已成的事实，她又要竭尽全力维护新感情。

马文，一名软件工程师，性格倔强，喜欢损人，杨欣的前夫，富有幽默细胞，经常有喜剧感极强的话语，更是充满京味儿的“贫”。对于前妻，马文一直没有放弃，想尽了各种办法挽回。从这一点来看马文是一个比较专一的男人，但是碍于面子，在李义面前没有过多地体现。杨欣遇到什么问题都会第一时间找马文解决，马文每次也是毫不犹豫帮忙，这点体现了两个人之前多年生活在一起的一种习惯。而对李义，马文是排斥的，一心想把这个“情敌”赶走，所以处处刁难李义。

李义，杨欣的新任丈夫，没有太大本事，心眼儿也不大，由于在和杨欣结婚之前有自己的家庭，也为了让自己的前妻和女儿过得更好李义净身出户，和新婚妻子的原老公住在了一个屋檐下。李义也有李义的小算盘，他有意化解马文的敌意，让马文认清现实，并着手帮助马文重新找到幸福生活。他为马文介绍了很多有房子的离婚女人，但最终由于种种原因，一个都没有成。最后，李义想到自己的姐姐李芹。马文渐渐跟李芹互生好感，李义也感觉即将从这场战争中逃脱出来。就在这时，自己的前妻得了绝症。他的内心深深体会到自己爱的还是前妻，与杨欣争吵之后两人离婚。

马虎，马虎是杨欣与马文的儿子，他并不像他的名字那样，是个糊涂孩子，而是一个极其精明的“小大人”。他的内心深处十分希望自己的爸妈能够复合，但又不想看到他们为了房子整天“战争”。他时常劝马文再找一个，这让马文十分地费解。但在种种变故之后，他终于盼来了想要的完整的家庭。

三、关于表演

片段主要讲述杨欣、李义婚礼结束后，马文先回到了家中，由于心情郁闷无处发泄，将家中的喜字撕坏。这时，杨欣与李义回到家中，发现有人破坏，杨欣就找马文理论。马文将过错推到了马虎的头上，马虎没有狡辩替马文背了黑锅。李义在婚宴上喝酒过多，导致身体不适，杨欣照顾李义引起了马文的嫉妒。两人回房间后，马文叫来了马虎，指使马虎去杨欣屋里捣乱，马虎借口睡觉回屋去了，郁闷的马文一人在客厅抽烟，恰巧杨欣出门打水为李义擦拭，发现马文违反“合约”在家中抽烟，两人发生了争吵。这时李义听到争吵声出来，劝住杨欣并表示自己愿意与马文坐下来谈判。杨欣选择了回避，谁知马文根本不吃那一套，与李义越吵越凶，脱口而出的“这个家还是我姓马的说了算”更是让气氛陷入了僵局。在三个人吵得不可开交的时候，马虎从房间出来，对三个大人说出了心声。现场的气氛瞬间凝结，此时的马虎感到身体不适，捂着肚子坐在地上，马文以为马虎是在演戏，劝他不要装了。后来发现马虎确实有异样，马文、杨欣就急忙拿起东西带马虎去医院。这时的李义显得特别尴尬，后来看着二人背着马虎冲出门去自己也跟了出去。

在这个片段中，演员在处理马文这个角色时，要抓住马文在这场戏中的心理状态。自己亲眼目睹了老婆和别人结了婚，还住在了自己的房子里，参加婚礼是为了给“第三者”和抢走自己房子的人一点颜色看看，没想到把自己气到了。回到家中的马文非常郁闷和愤怒，却又无处发泄。所以当他看到墙上那大大的喜字时忍不住将其撕烂。在看到杨欣对喝多的李义百般照顾时，马文的醋意由心而生，这一点从马文找马虎去捣乱就可以看出。他想挽回这段婚姻挽回这段感情，但是越这样杨欣就对李义越好，以此来刺激马文搬出去住。马文很想与杨欣重修于好，但是碍于面子和面对杨欣的冷漠，马文就只能采取争吵的下策。

杨欣在这个片段中的作用是来制造矛盾的，事情的起因就是因为再婚，因为房子。杨欣为了寻找自己的幸福，选择离开马文和别人在一起。但是由于客观原因只能与马文共处一室。杨欣的目的就是让马文离开，与李义过属于自己的幸福生活，所以她想尽一切办法刺激马文。

李义没什么能耐，但是他心中有自己的算盘。马文的“现在是你老婆，将来指不定是谁的老婆”让李义十分愤怒，并对马文说了实话，希望马文将房子让出来。要么卖了双方分钱，要么补偿马文，可是马文都没有同意。在最后，马虎生病李义帮不上忙，看到马文、杨欣为了孩子的那种默契让李义十分地尴尬也感到了危机。

剧中马虎虽然是个孩子，但他是“最清醒的当事人”，他目睹了父母从离婚开始到“李义叔叔”住进来以后的一切，他选择多一事不如少一事，任由大人过他们想过的生活，但这并不等于要忍受无休止无意义的争吵，这样畸形的“家”，最终让他无法忍受。

《山楂树之恋》

——根据张艺谋同名电影改编

景—— 舞台最后方三扇屏风。屏风右前一张斜放的床，床头一张桌子，床边一把椅子。舞台左边一扇门，门里边两张斜放的杂物柜，杂物柜最里头一把椅子。

时　间：20世纪70年代的一个下午

地　点：静秋家门口、家中

人　物：老　三【军区司令员的儿子，英俊又有才气，是极重情谊的人，甘愿为静秋做任何事，给了静秋前所未有的鼓励。他等着静秋毕业，等着静秋工作，等着静秋转正。一直等到静秋所有的心愿都成了真，自己却得白血病去世了】

静　秋【漂亮的城里姑娘，单纯、害羞、内敛。因为父亲是地主后代，家庭成分不好，"文革"时很受打击，所以一直很自卑，快乐中不乏一丝忧郁】

静秋妈【学校老师，因丈夫是右派而劳动改造，身负家庭重担，严厉、聪敏、冷静】

静　思【静秋妹，小孩子心性，敬畏母亲的严厉，但又活泼、天真、可爱】

故事简介：静秋与老三的这一次偷偷见面，刚巧被下班回家的母亲撞见，母亲害怕静秋的前途被耽误，要求老三两三年内不要再来找静秋，老三答应等着静秋。

剧　情：

【音乐起】

【老三骑着自行车载着静秋，惹得静秋一阵大笑。老三停下车，扶下静秋，静秋拿下身上披着的衬衣还给老三】

静　秋：你快穿上，别冻着了。

老　三：（宠溺地看着静秋，摸摸她的头）好。你快回去吧，我在这看着你走。

【静秋向前走了几步又回头，从兜里拿出红绳，送给老三】

静　秋:(看了老三一会儿)我还有一年转正期。
老　三:那我等你一年零一个月。
静　秋:我妈不让我在25岁之前谈恋爱。
老　三:那我就等你到25岁。
静　秋:要是到了25岁也不行呢?
老　三:那我就等你一辈子!

【静秋看了老三一会儿,一把抱住了老三】

老　三:(紧紧地回抱住了静秋)傻瓜。

【这时,静秋的母亲领着放学的静思回家,正好见到了他们俩这一幕】

静　秋:妈。
老　三:阿姨。
静秋妈:先跟我回家。

【静思坏坏地朝着静秋笑了笑,跑回家中,把书包挂在门上,去给老三拧毛巾,老三看着静秋妈没敢接】

静秋妈:你擦把脸吧,会凉快些。
老　三:欸!(接过毛巾擦汗)

【静思又走进去给老三拿了把扇子,看了看妈,妈没说话,静思就把扇子递给了老三,老三接过开始扇风】

静秋妈:(看着静思)你先出去吧。

【静思绕到静秋身边撞了一下静秋,坏坏地一笑,就跑出了家门】

静秋妈:这么说,核桃、冰糖、山楂果,还有运动衣、胶鞋都是这位孙同志送的吧。
老　三:阿姨,您叫我小孙好了。
静秋妈:你不要叫我阿姨,叫我张老师。
老　三:是,张老师。
静秋妈:(看着小妹)你出去吧。

【静思走出房间碰了下静秋,关上门时又对静秋笑】

老　三:张老师,您是知识分子家庭,我建议,让静秋坐下说话。

【静秋妈看了一眼静秋,没说话,转过了头,老三站了起来】

老　三：那我也站着。

【静秋扯了扯老三的衣袖】

静　秋：妈。
静秋妈：坐下吧。

【老三连忙拿了椅子先让静秋坐下，然后自己坐在了静秋的身后】

老　三：张老师，您说话，我听着。
静秋妈：我不反对自由恋爱，但是不允许静秋早恋。我丈夫是右派，我也在学校劳动改造，我们这样的家庭，是没有前途的！
老　三：张老师，可能我们对前途的理解有所不同。
静秋妈：当然有所不同，静秋正处在转正期，学校随时可能清退她的，我都已经听到风言风语了。
老　三：这都怪我。
静秋妈：你要真对她好，也不会在乎这一年两年不见面吧？

【老三沉默】

静秋妈：你出身好，可能不能理解我们这样的家庭。
老　三：不，我能理解。
静秋妈：那，我们的目标是一致的了？
老　三：一致的，一致的（看了一眼静秋），她转正前，我保证不来找她。
静秋妈：转正后，如果犯了错误，学校也随时可以不要她的。
老　三：是，不能让静秋犯错误。
静秋妈：那好，我希望你信守诺言，不要毁了静秋的前途。
老　三：您放心吧，张老师，我能等，无论等多久（看着静秋）。
静秋妈：（语重心长）你们还年轻，还有很多时间。
老　三：是，我们还有很多时间。
静秋妈：那好，话都说明白了？
老　三：是，说明白了。

【静秋妈沉默】

老　三：张老师，走之前我还有最后一个请求，可以吗？
静秋妈：什么？
老　三：我想再包扎一下静秋的脚。

【静秋妈没说话，沉默了一会儿，出门看了看静秋的脚】【音乐起】

【老三起身在静秋面前蹲下，将静秋的一只脚抬起并放在自己腿上，为她脱掉鞋子，拿出绷带开始包扎】

老　三：以后踩水泥记得穿胶鞋，别再把脚弄烂了！

【静秋开始掉眼泪】

老　三：静秋，你别哭。我们时间还很多，你放心，我会等你，多久我都等。对了，上次山楂树下我给你的那块料子，你做成衣服好不好？山楂果的颜色，你穿着一定很美！

【为静秋缠好绷带，老三抬头】

老　三：下次见我，穿来好吗？

【静秋哭着点头。老三为静秋抹去眼泪，起身走出静秋家门。静秋起身追着老三走到门口，眼睁睁地看着老三推着自行车远去】

静　秋：（往前追了两步，对着老三大声喊）记得你说的，要等我！

【音乐渐强】

参考视频来源：电影《山楂树之恋》

注：电影《山楂树之恋》改编自艾米小说《山楂树之恋》

《山楂树之恋》剧照一

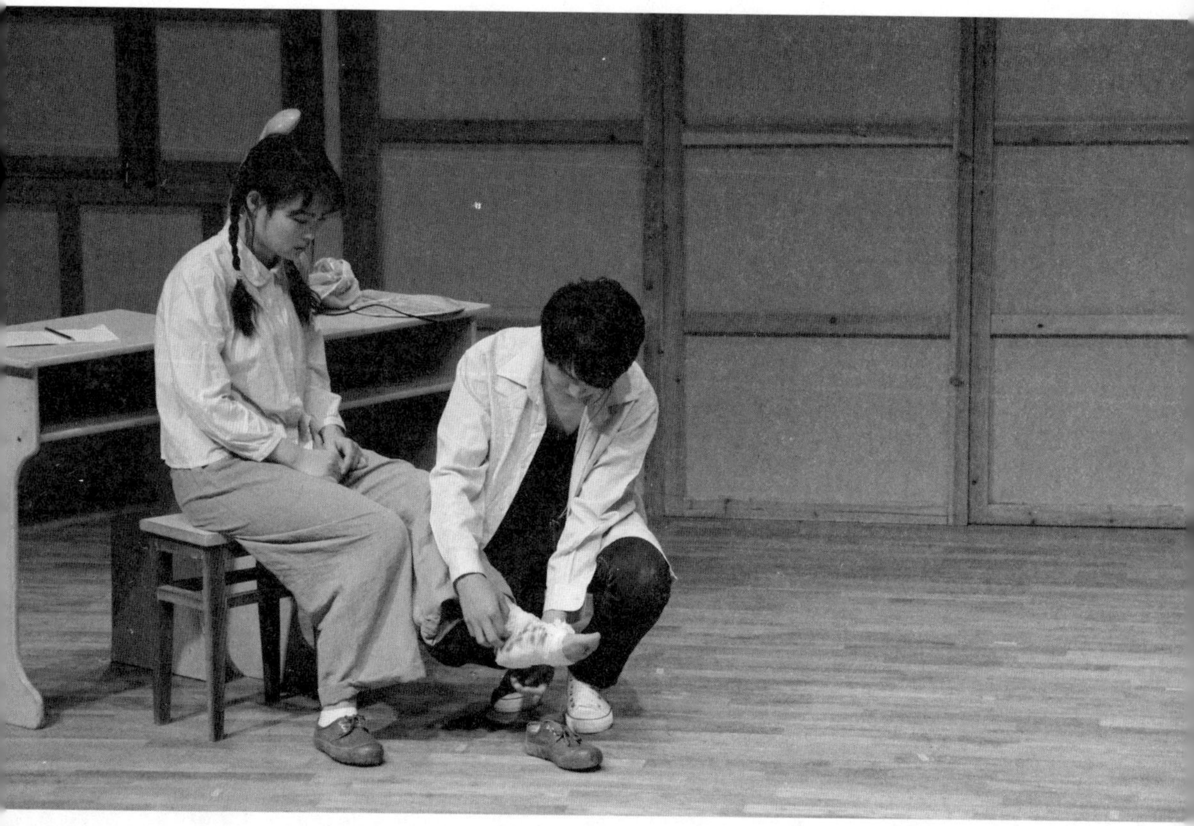

《山楂树之恋》剧照二

《山楂树之恋》教学说明

小说《山楂树之恋》是由美籍华人艾米根据自己好友的经历写成的爱情故事，故事的记录者是艾米，但对话大多是静秋的原话。该书在被张艺谋改编拍摄成电影后，产生了极大的反响。

一、关于时代背景

20世纪70年代初，响应毛主席号召，知识青年上山下乡。老师带着教育革命实践小组来到西坪村采风编教材。高中生静秋被安排在老村长家，村长媳妇介绍情况时，提到了一个名叫老三的小伙子。他是地质勘探队成员，平日作业，很少回家。静秋对老三很好奇，终于两人相见，以山楂树为话题，袒露心扉，互有好感。老三送静秋钢笔，陪她解忧，慢慢两人暗生情愫。但静秋返城时，听到老三有女友的传闻，对他态度骤冷。静秋的父亲被打成右派，母亲在劳动改造，她和弟弟妹妹课余帮母亲糊信封，生活很艰苦。为了能留校，静秋还要辛勤打工。被误会的老三，只得暗暗想方设法帮助静秋，直到两人重归于好。但他们的事被静秋的母亲撞见了。为了静秋的前途，老三在静秋母亲的逼迫下许下了彼此不再见面的誓言……

二、关于人物性格分析

静秋是一个单纯恬静的女孩，在她的话语间也无不渗透着自己的那份纯真的腼腆与纯情的羞涩，在她的内心深处潜藏着自己的小心思——那份属于自己的美好爱情。但是，在那个特殊的年代这份爱情不允许被公开，哪怕只是提及。静秋的父亲被打成右派，母亲在劳动改造，这样的家庭背景让静秋的内心深处会有些自卑，甚至会抬不起头。但她始终没有对生活妥协，为了能争取留校，静秋在考察期间积极参加改造篮球场的劳动。通过静秋的态度，我们能够清楚地看到，静秋很想为家里做一些事情，更准确地说是为了母亲。从这里我们也能够看出在静秋自卑的性格中坚强的一面。静秋的人物性格其实是比较单一的，全剧都是围绕静秋与老三的爱情展开的，这里的爱情对于静秋来说，是朦胧的。因为对于这个羞涩的女孩来说，根本不知道什么是爱情，她会单纯地误以为两个人躺在一张床上就会怀孕。从这个角度来说，又侧面地反映出当时的静秋知识的匮乏，更准确地说应该是当时社会对知识的不重视，在那个知识匮乏的年代，静秋也是众多人当中的一个缩影。

所以，在静秋这个人物性格的处理上，我们不能用深爱老三来形容她的感情，用喜欢老三来说可能比较贴切，但似乎又不能够准确地表达出静秋的真实性格色彩，那我们在处理静秋对老三的爱情时，应该在喜欢与爱之间加一个过渡，也就是刚刚文中所提到的——对老三朦胧的爱情，似懂非懂的爱。这种情感分寸的表达更加贴合静秋的人物性格中对爱情的认知。

老三的家庭背景在当时的年代是比较优越的，老三的父亲是军区司令员，有这样的家庭背景，在老三的身上却丝毫找不到浮夸与纨绔气。老三阳光、帅气、细心、重情谊。在聊天中，老三送给静秋一支钢笔，之所以送这支钢笔是因为静秋的钢笔漏墨水，还蹭到了手上。这个细节能够充分地体现老三细腻的性格，同时，也反映出老三的这种细心，是源于自己工作的特点。他对静秋是一见钟情，老三之所以能够爱上静秋，不是因为静秋美丽的外表，最主要的一点是被静秋的纯真的气质所打动。而这种气质是老三没有见到过的。根据全片做个合理的推断，以老三的家庭出身和老三现在的年龄，老三能够接触到的与自己家庭地位相仿的女孩不占少数，却唯独对静秋情有独钟，也丝毫没有介意静秋的出身。同时甘愿为静秋做一切力所能及的事情，从老三的这些行动中来看，老三表面上是在帮助静秋，而实际上这种帮助是源于对静秋心底里的喜爱。从这个侧面也能够反映出老三对静秋的喜爱是真心的。在这里不得不提到关于静秋对自己的身世的自卑心理，静秋的这种心理在没有认识老三之前就已经存在，但在认识老三之后，静秋的这种自卑心加重了。这个源头就是静秋自认为的——家庭。相反老三却一直在给予静秋鼓励。可见，老三对于静秋的感情是执着的，义无反顾的。

静秋的母亲处在劳动改造期间，由于家庭成分的关系，静秋的母亲也一直生活在压抑之中，身体一直不是很好，每天还要糊信封，静秋和弟弟妹妹们在空余时间会帮助妈妈一起糊信封。静秋的父亲被打成了右派，由于弟弟妹妹还小，母亲把全部的希望都寄托在静秋的身上，就是能够让她留校，别再出现任何差错。正在转正期的静秋，母亲很是担心。作为静秋母亲这个角色，我们从时代背景分析不难发现，由于长期生活在压抑的环境中，在生活中“抬不起头”，在这个现实的生存状态下母亲逐渐地变得少言寡语，内心所承受的煎熬相比外在所表现出来的平静要强烈得多。在处理母亲这个角色的过程中，要牢牢抓住“对静秋的期望”这一条主线的同时，更要注重这个角色的内心体验，也就是心里所承受的压力。这种压力来自两个方面，一个是家庭的缘故，另一个是对静秋的期望。而前者的压力在当时的社会足以让这位母亲留下长期的病痛。反过来分析，我们又可以从另一个角度挖掘出这个角色的另一面——坚强。之所以说静秋母亲性格中带着坚强，是因为在静秋的母亲承受着这样大的心理压力的过程中，她始终对生活还是充满希望的，虽然希望是寄托在静秋的身上。所以，在塑造和处理母亲这个角色性格的过程中，要牢牢抓住静秋母亲的心理活动这条线。

三、关于表演中人物性格的把握

这个片段的主要事件是围绕着“老三骑着自行车送静秋回家，被静秋母亲在家门口碰见”来展开的。静秋与老三之间的关系对于她母亲来说已经不是什么秘密了，只不过对于母亲来说还不知道他们的关系发展到了什么程度，今后该怎么办？外面的风言风语已经让母亲有所警觉。所以，这次的偶然遇见让母亲准备跟静秋与老三摊牌。静秋与老三对于妈妈突然的出现没有任何心理准备。静秋显而易见被母亲的突然出现“吓坏了”，没有思想准备的静秋知道自己“做错了事情”，知道自己不该跟老三待在一起，更不应该在同在一辆自行车上“举止亲密”。这样的行为对于母亲来说是不能够接受的。当所有人走进房间之后，母亲在床头坐了下来，静秋的妹妹给老三拿了一条毛巾来擦汗，又拿了一把扇子。这个简短的行为动作，足以体现出静秋母亲对孩子的教导有方，也非常吻合知识分子家庭应有的教养。从片段中我们能够看出，进屋之后，静秋一直站着没有坐下，这个行为动作能够准确地反映出静秋真实的心理活动。在片段中，演员在处理静秋这个角色的时候，一定要抓住对手的态度，也就是母亲给予自己的刺激。这种刺激主要表现在演员的心理活动上。母亲表面上看似很平静，其实内心里已经对静秋的所作所为极为不满。所以，静秋角色的处理要抓住两个主要的心理活动。其一，静秋不希望自己与老三的感情让母亲知道，但此时已经被母亲撞见，这是静秋不愿意看到的事情。她觉得自己很对不起母亲。其二，静秋对老三是真心的喜爱，但此时她不得不面临在两个心爱的人当中做出选择，要么对不起母亲，要么对不起老三。整个片段虽然静秋角色的台词不多，更多的是母亲与老三的对话，但通过分析，能够清晰描绘出静秋这个角色在这场戏中的心理活动。只要牢牢地把握这两条心理行动线，静秋这个角色在本场戏中的脉络就清晰明确了。同时，也为两个人的分别积蓄了情感体验。对于老三这个人物在本场戏的把握，应该从老三对静秋的爱来梳理。从老三与静秋母亲的对话中不难发现，老三对于母亲的要求一口一个答应，丝毫没有任何意见，哪怕是两个人长时间不能够见面。从简单的几句对白中，能够看出在老三的心中，静秋是放在第一位的，他对静秋的爱是无私的，不想让静秋受半点委屈，只要静秋好就行。所以，演员在处理老三这一角色的时候，应抓住老三对静秋的爱，这种爱是发自内心的、真实的。说到这儿，不难看出两个不同思想阵营的角色已经清晰明了了，事实上，从事件发生的那一刻起已经形成了对立面。在对母亲这个角色的处理上，心理行动相对来说比较复杂一些。通过全剧与台词的分析，我们也不难发现，母亲之所以不让他们之间再有来往，是因为自己家庭的处境，也容不得再有半点闪失，静秋刚好在转正期，怕耽误了静秋的前途。所以，“要为静秋着想”，在这一点上，老三与母亲的意见是“统一”的。在这场戏中，母亲的目的很明确，不能够让静秋在跟老三在一起“鬼混”了。之所以用“鬼混”这个词语来形容，正是因为在静秋母亲的观念中，“像老三这样好的家庭条件，是不可能看上静秋的，也不可能接受自己这样的家庭。两个人是不会有结果的，现在两个人看似很好，如果真的有一天老三不跟静秋好了，出现的后果是自己的这个家庭完全承受不起的。而老三不一样。”其实这个才是母亲不让静秋与老三再待在一起的真实原因。

《山楂树之恋》这个片段，在人物的外在行动中，没有强烈的矛盾冲突与肢体动作。所以，在人物塑造与处理的过程中，一定要抓住人物复杂的心理活动。

第五章

影视剧片段改编剧本——实践素材

《爱情悠悠药草香》片段（一）

——根据蒋家骏同名电视剧改编

景—— 舞台后方三扇屏风，屏风前面三把分开斜放的椅子，舞台左边一扇门，门里边一张桌子，舞台右边一张桌子，桌子两边各一把椅子。

时　间：民国初年

地　点：白府

人　物：马馥芳【白乾笙的大太太，多年不育，心地狠毒，为巩固在白家的地位不惜将二爷的孩子一个个杀害】

梅　香【白乾笙的二姨太，善良，大方，因为马馥芳的狠毒让她失去儿子，所以很恨马馥芳】

桂　琴【白乾笙的四姨太，胆小、懦弱、善良，命运可怜的她最终被害死】

老太太【白乾笙的养母】

秋　琳【白乾笙的三姨太，妖娆妩媚，但做事说话不经大脑】

白乾笙【白家二少爷和当家人，博爱，重亲情对家人很好，深爱采薇】

黄采薇【白乾笙的五姨太，善良，美丽】

故事简介：采薇与二爷成婚当晚，三姨太秋琳小产，秋琳认为是采薇克死了自己的孩子，第二天清晨，当众人在老太太处请安时，秋琳大闹了一场。

剧　　情：

【清晨，马馥芳带着二姨太梅香来给老太太请安。走到门口】

梅　香：老太太。（冲上前去）

马馥芳：（伸手拦住）怎么回事？我大太太还在这里，你一个二姨太竟然敢走到我的前面去，还知不知道规矩？！

【梅香白了一眼，便退到后面，随即看到四姨太桂琴从远处走来】

梅　香：哟！妹妹这一大早是去哪儿了呀？给老太太请安都顾不上了！

桂　琴：回姐姐的话，我看今儿早露气较重，就想着去秋琳姐姐那边的荷花池里采些露水，好给大家泡茶。

梅　香：我看妹妹呀，以后还是少去那边的池子，可死了不止一两个人了！

马馥芳：行了，桂琴以后不要去了，别误了给老太太请安！

桂　琴：是。

【众人走到屋里，于妈正扶着老太太从屋里出来】

老太太：你们都来啦。

马馥芳：给娘请安。

众姨太：给老太太请安。

老太太：都是自家人，不用多礼，都坐下吧！

众　人：是。

【马馥芳上前一步和于妈一起将老太太扶到椅子上坐下，姨太太们各自坐下】

老太太：馥芳，你也坐下吧。

马馥芳：是。

老太太：（转头看向身后的于妈）茶水都准备好了吗？一会儿二爷就该和五姨太来敬茶了！

于　妈：老太太放心，一切都准备妥当了。

老太太：嗯。（发现秋琳的椅子上空着）咦？秋琳怎么没来呀？（看向马馥芳）是不是身体不舒服？

马馥芳：（沉默了一会儿）馥芳正准备跟娘禀告此事。昨晚二更时分，秋琳妹妹半夜惊叫，突然就小产了！

老太太：（激动地站起来）小产？！怎么会这样呢？发生这样大的事，你怎么现在才告诉我！

马馥芳：（焦急地）我怕太晚惊扰着老太太，所以没来禀告，请老太太责罚！

老太太：算了算了（慢慢坐下），你也是怕我担心。可是，可是怎么会发生这种事呢？

马馥芳：（假装难过惋惜）是啊。之前都一直是好好的，大夫还说她身体越来越好，可是，突然就……

梅　香：命中注定，一定是命中注定秋琳妹妹不该有这个孩子。

桂　琴：妹妹真是可怜，上次差点动了胎气，好不容易保住了这个孩子，结果还是发生了这种事，她该有多伤心呢！

【众人沉默】

老太太：昨天才把采薇娶进门，晚上就发生这种事，莫非（细想一会儿，突然激动起来）莫非这采薇是我们白家的克星吗？！

丫　鬟：（从门口进来）老太太，二爷和五姨太来了。

【丫鬟退下，二爷、五姨太进门，马馥芳、众姨太起身】

二　爷：（鞠躬）给娘请安。

马馥芳：（请安）二爷。

梅　香：（请安）二爷。

桂　琴：（请安）二爷。

【二爷点头示意】

黄采薇：（微笑行礼）给老太太请安，给太太请安，给各位姐姐请安。

【老太太将脸别在一边不看，众人也不敢出声，二爷走到马馥芳身边】

二　爷：发生什么事了吗？

老太太：看来二爷还不知道秋琳小产的事吧！

二　爷：（吃惊）秋琳小产？！（转头看向马馥芳）什么时候的事？

马馥芳：是昨晚二更时发生的事，事情发生之后，秋琳已经派人过去蔷薇苑通知，可是被那边的人阻拦了。

【二爷看向采薇，采薇一脸茫然无措】

老太太：你说什么！真有这种事？（看向采薇）好啊，才进门第一天，你就这么大的胆子！目中无人！谁让你这么嚣张的！啊？！

二　爷：这……

黄采薇：采薇不知道这件事情，也从来没有这样吩咐过下人！

梅　香：老太太。（走到老太太身边）一定是那些刁奴自作主张，我看应该跟采薇妹妹没有关系。

二　爷：（也走到老太太身边）娘，采薇刚来咱们白家，恐怕连自己苑里有几个下人都不知道，怎么会有这样的吩咐呢？再说了，采薇的为人我很清楚，她不会做出这样的事情来的！

老太太：哼！

丫　鬟：（从门口进来）老太太，三姨太来了。

【丫鬟退下。三姨太进来，所有人吃惊地看向门口】

秋　琳：（神情呆滞，无精打采）给老太太请安，给二爷请安，给太太请安。

老太太：秋琳啊，你不是身子不舒服，怎么不在屋子里躺着？

秋　琳：老太太，秋琳是来看采薇妹妹的，（转过身看向采薇）采薇妹妹，你刚过门，我有一份大礼要送给你，（慢慢走近抬起手）这份大礼就是……

【秋琳拿掉手上的手帕，露出一把剪子，冲向采薇】

秋　琳：啊！！

【众人惊恐呼叫，离采薇最近的桂琴马上扑倒了采薇，挡在她前面】

二　爷：采薇！

黄采薇：啊！

【采薇、桂琴倒地，秋琳扑空后又立马回头向采薇刺去，却被二爷一把抓住】

二　爷：干什么，放手！疯了你！

老太太：秋琳！

【众人乱作一团】

秋　琳：你克死我的孩子！我要你偿命！啊！

二　爷：（扶起采薇）你没事吧！

【转身发现桂琴受了伤】

二　爷：快去找大夫！

丫　鬟：是！

秋　琳：（爬到二爷脚下，抱着他的腿哭喊道）二爷！是这个女人，就是这个女人，克死了我们的孩子啊！你为什么还护着她！

马馥芳：秋琳，还不闭嘴！

梅　香：秋琳妹妹，你快别再说了，孩子没了大家都很难过……

秋　琳：你们都是猫哭耗子假慈悲！黄采薇你这个贱人，贱人！我要你偿命！啊！！！

二　爷：住嘴！念在你刚失去孩子，我不跟你计较，(转头看下丫鬟)来人！把三姨太给我带下去！

秋　琳：二爷！

二　爷：娘，对不起，让你受惊了。(吩咐于妈)于妈，快带老太太下去休息！娘，儿子处理完事情马上就来请罪！

马馥芳：二爷，对不起，是馥芳没有管理好后宅，才让今天的事情发生，还差点让采薇妹妹受了伤。

二　爷：桂琴，你没事吧?

桂　琴：二爷，我没事。

梅　香：二爷，还是让大家都先回去吧，采薇妹妹和桂琴都受了惊吓。

二　爷：你们都先各自回去，(吩咐到)馥芳，找大夫给大家都看看！

马馥芳：是。

二　爷：采薇，你先回去，我一会儿来看你。

【二爷朝着老太太方向离开，突然一个丫鬟跑上来】

丫　鬟：大太太！大太太不好了！大太太！

马馥芳：怎么了？一惊一乍的！

丫　鬟：三姨太跳荷花池了，您快去看看吧！

马馥芳：什么？！（转身对着梅香）梅香，你快去通知二爷和老太太！桂琴跟我走！（指着丫鬟）还愣着干什么！前边带路！

【梅香赶紧进去通知二爷和老太太】

参考视频来源：电视剧《爱情悠悠药草香》

注：电视剧《爱情悠悠药草香》编剧 程婷钰

《春草》

——根据郑晓龙同名电视剧改编

景—— 一个大厅，中间放一张大桌子，桌子两边各放一把椅子，墙上挂张遗像，舞台左前方摆一个晾衣架，右侧放一把椅子，舞台走廊放两棵树。

时　间： 20世纪70年代初的一个中午

地　点： 外面、家里

人　物： 春　草【性格倔强，勤劳爱学习，对感情执着，不服输】

春　阳【春草的哥哥，仗着母亲对他的疼爱，喜欢和春草对着干】

何水远【贪图享乐又自私，文弱的穷小子】

春草妈【刚强、能干、执拗、传统封建的女人】

故事简介： 何水远答应和春草在一起，两人欣喜若狂地拉着手跑过大街小巷。春草给何水远戴上亲手织的围巾，两人去春草家提亲。春草妈大怒，说何水远是个骗子，几乎要了春草的命。两人下跪苦苦哀求依然无果。母亲气愤地拿着棍子打何水远，他却大喊即使打死他也要娶春草为妻，春草情急之下说自己是何水远的人了，母亲震惊，瘫倒在地大哭。

剧　情：

【何水远和春草在树下聊天】

春　草：你刚才说想和我好是不是假话？

何水远：当然！当然是真话了。

春　草：骗人。

何水远：我没骗你，真的，你知道吗，其实原来我骗你就是想和你好，我第一次看见你就喜欢你。

春　草：又骗人。

何水远：真的，我……其实我骗你就是怕你嫌我们家穷，怕你不愿意跟我好。但是我以后不会再骗你了，永远都不会了。

春　草：我不信。

何水远：你看，你知道吗，其实咱俩呀，就跟那天那个《滚滚红尘》电影里的那对男女是一样的，一见钟情。

春　草：怎么一见钟情啊？

何水远：就是咱俩一见面，我喜欢你，你也喜欢我，一见钟情。

春　草：喜欢我什么呀，我还比你大呢！

何水远：那没事儿啊！你知道吗，两个人在一块儿啊，最重要的就是情投意合、心心相印、两心相悦。呵呵……那你喜欢我什么呀？

春　草：我就是喜欢你四个字四个字地说话。

何水远：呵呵……真的啊？我告诉你，我会的成语可多了，你要愿意听，我天天跟你说，我从早上说到晚上都不重样。呵呵……真的。

春　草：何水远，你娶了我吧！你送我的小镜子我天天照，我看着里头就觉得有奔头。

何水远：你真好，但是你知道吗，我们家欠了好多债。

春　草：好好干就不会穷的，我们俩一起把债还了。我什么都会干，你放心好了。

何水远：那你们家里人也不能同意啊！

春　草：我自己的事，我自己做主，你提亲就行了。

何水远：提什么？

春　草：提亲啊！你不愿意啊？

何水远：没……没有，没有不愿意。

春　草：那就好。

【春草拿出自己织的围巾，给何水远戴上】【音乐起】

春　草：走吧，去我家。

【春草带着何水远准备回家，正好碰上路过的邻家大婶】

邻家大婶：春草，哟！这是谁呀？

春　草：婶儿，这是我对象，何水远。

【大婶儿看看何水远没说话便走了】

春　草：（对着何水远说）走吧。

何水远：你别这么介绍我呀。

春　草：干什么，那怎么介绍，你后悔啦？

何水远：没有啊。

【俩人相视一笑，继续往家里走。进屋】

春草妈：这位是？

春　草：妈，这是我对象，他叫何水远。

【春草妈听到愣了一下。春草妈坐到了椅子上，也让何水远坐下】

春草妈：你说你是谁？

春　草：妈，我刚才不是说了吗，他叫何水远，是我对象。

春草妈：你闭嘴！没问你。

【春草碰了碰何水远的胳膊，何水远站起来】

何水远：我叫何水远，我想娶春草。

春草妈：大点儿声！

何水远：我叫何水远，我想娶春草，您就答应我吧。

春草妈：好啊！把彩礼拿来，比高木工拿得多，我就答应。

【何水远不语，看向春草】

春草妈：我问你话呢！

何水远：我一定对春草好。

春草妈：那你彩礼一定要多了，是不是啊？春草眼界高，人家给五千她都不肯。我看你文弱书生的样子还戴个眼镜，家境一定不错吧。我们春草能干，可脾气不好。你要以后对她好呢，兴许她的脾气还能改。

【何水远看向春草】

春草妈：我跟你说话呢！你干嘛老看她呀？

春　草：妈，何水远……他们家没有钱。

春草妈：没钱？没到什么程度啊？

春　草：就是没有钱！

春草妈：你的意思是说你一分钱都没有就想娶春草。啊？（起身）

何水远：我……我以后一定对春草好！春草说了，说不嫌我们家穷。我们以后一定同甘共苦、奋发图强、自力更生。我们以后一定能大有作为的。

春草妈：你给我出去！

春　草：妈，我有钱。

春草妈：你什么意思啊？想把钱给他让他娶你？

春　草：我……

春草妈：你好啊你！春草，你从小人没扫把高，就一分一分从我这儿挣钱，挣了十几年，想把钱给这个男人让她娶你是不是？高木工对你好，人好，钱又多，你脑袋有没有长糨糊啊你！（起身说话，说着说着就出手打春草）

春　草：你听我说呀！

春草妈：我不听不听！就是不听！

春草妈：让他出去！没三千块钱别想进我的家门！他爸呀，我真是气死了。我们辛辛苦苦种的庄稼，有人不出一分钱就想把它收走，世上哪有这样好的事儿啊！

春　草：妈！

春草妈：你给我出去！出去，出去，都出去！你给我滚！滚出去！出去！（边说边把他们往门外推）

【何水远和春草被春草妈推了出去】

春　草：你也真是的。不是告诉你了吗，我有钱，你就说拿一千嘛。

何水远：我不是答应你了吗，以后再也不说假话了，我刚才还以为你考验我呢。

春　草：真是个木头！

春　草：我妈现在知道你没钱了，打死我也不会同意的。

何水远：那怎么办呀？

春　草：你会跑吗？

何水远：我不会。

春　草：我妈就是会骂人，只要你受得了她骂难听的话就行。

何水远：我不怕！那你妈不会打我吧？

春　草：打你就跑啊！

何水远：那我也不跑。

春　草：只要有你这句话我就不怕了。（说完就要去抱何水远）

何水远：（马上闪躲）诶！别让你妈看见。

春　草：你怕什么呀！我都不怕。

【何水远四处看看，慢慢地把春草搂在怀里】

春　草：走，我们再回去求求我妈。

【春草带着何水远回到家，看到春草妈妈在晒腊肉，何水远就跑去帮忙】

何水远：我来，我来，这活儿应该我干。您让我……

春草妈：滚！

春　草：妈，妈！你听阿远说呀！

何水远：这活儿应该我干，您给我吧！

春草妈：你给我走开！就是说破天也不可能，快回去吧。
春　草：妈，妈，我求求你了！你再给我一次机会吧。我求求你了！
春草妈：你还求我？！你本事大，想给他钱倒贴。你把钱给我，我就听你的。

【说完，春草妈要往前走，被春草拦住，春草一把把春草妈手上的柴火扔在了地上】

春　草：你听我说，我就给你钱……

【话还没说完，春草妈就一个巴掌打过去，两人对视】

春草妈：你说说，你怎么对她好？
何水远：这是我送给春草的信物。
春草妈：怪不得天天照镜子，一面镜子就想娶她啦？
何水远：不是，当然不是了！
春草妈：那你还有什么呀？
何水远：我……我还有一颗心。
春草妈：哼。（冷笑）
何水远：赤胆忠心。
春草妈：心能当饭吃啊？！还有吗？
春　阳：有，还有围巾！就你脖子上的那条。（用手指了指何水远身上的那条围巾）那可是春草亲手织的呀，我这当大哥的，就因为想戴一下试试。诶呦，差点没被她给骂死！何水远，你知道吗？！
何水远：你怎么没跟我说过呀！？
春　草：妈，您就别问了。这事儿我们已经决定了！
春草妈：决定了还来问我？！
何水远：不是不是，不是这样的！我们这次来就是想征求岳父和岳母大人同意。
春草妈：呸！谁是你的岳父岳母！房无一间，地无一垄，喝西北风去啊！
何水远：是是是，我是家境贫寒，但是我和春草以后有信心能过上好日子。我们以后一定生死与共、共渡难关、奔向光明。
春草妈：你这么聪明，怎么到现在还这么穷呢？春草要嫁早嫁了，不是等你来给你还债的！你回去吧，我也可怜你，但我不会把春草嫁给你的。
春　草：妈，你就答应我们吧！我愿意把自己嫁给何水远。
春草妈：不要脸！你愿意，凭什么愿意啊！
春　草：我就是喜欢何水远！他也喜欢我。

【邻家大婶急急忙忙进屋】

邻家大婶：诶，春草妈，你家那个大蒜我来拿点儿……这是怎么回事儿呀？

春草妈：你来得正好，我跟你说说啊。这个姓何的骗子，不知道给我们家春草灌了什么迷魂汤了，一分钱没有就想把她娶回家，你说有没有这个道理呀？！

何水远：我是借，我以后一定还。

春　阳：那你要不还呢？

何水远：君子一言，驷马难追。

春草妈：我说的是现在，不是以后，你没以后，你过来。我和你说就是这位大姐，这几年给我们家春草介绍对象就不下十几个。哼！人家张口彩礼就是五千，你现在一分钱都没有，你说行吗？你自己说说行吗？

邻家大婶：春草，他没钱你为啥……

春　草：我愿意！谁也管不着！（拉起何水远的手）

春草妈：你愿意？！（把春草拉到另一边）你凭什么愿意啊，凭什么愿意啊！你不是心高眼高吗？我还以为你带一个什么货色到家里来呢，你眼珠子就是掉到山沟里去了，你不是瞧不起孟湾村吗？天天想着要进城，天天想着要到山外去，我现在问你，那何家坞是什么鬼地方啊？

春　草：那时候我还不认识何水远，现在他去哪儿，我去哪儿！

春草妈：你在公共汽车上认识的就想嫁了你呀？他是个骗子，你被他骗得差点死了！你忘了你啊？！（边说边推春草）

何水远：（突然下跪）我不是故意的！我不是故意的，我骗春草是怕他不理我，春草现在去我们家也看过了，我以后一定一句假话我也不说了，我一定努力奋斗，拼命赚钱，百折不挠，你行行好，你就成全我们俩吧。

春　草：（走过来下跪）妈，我求求你了！你就答应我们吧！

春草妈：除非我死了，死了也不行！

春　草：妈，我现在没有他不能活！

春草妈：你死了也不能嫁给他！他是个骗子，他是个穷骗子，你这个傻瓜！（说完，用手打了一下春草脑袋）

何水远：我是穷，但我不是骗子！

春草妈：你给我滚！滚！

春　草：妈，你就当没生过我。

【春草妈气得不行，忽然看到放在门口的棍子，冲过去拿起棍子就往何水远身上打】

【音乐渐起】

春草妈：我打死你，我打死你偿命行不行！

何水远：（边跑边说）婚姻自由你不能打人呀，婚姻自由你怎么能打人呢！不要这样，光天化日，你不能打人呀你！你就算打死我，我也要娶春草，我们在天愿做比翼鸟，在地愿为连理枝，我们海枯石烂，永不变心。

邻家大婶：春草！春草！认个错吧，要出人命了！春草！快，你快起来呀你！诶呀，你这孩子怎么这么倔呀！

春　草：我有了！（夺过妈妈手里的棍子）

【音乐渐弱】

春草妈：你说什么？（疑惑）你在说什么？

春　草：我已经是何水远的人了，生米已经煮成熟饭了。

春草妈：（大哭）啊，老天哪，我不活啦！老天爷，春草她中邪了，你打个雷劈了她吧！天哪！我辛辛苦苦养大的孩子，落到这个下场，我不活啦！

邻家大婶：春草妈！春草妈！

春　草：妈，我知道你气，我知道你恨。我没中邪，阿远也不是鬼，我就是他的人。

春草妈：你不要脸！不要脸！我们家的脸都给你丢尽了，你给我死去呀你！你生下来就是要我的命的，我死给你看！春阳，去给我拿绳子，农药什么都行，我不活了！

邻家大婶：春草妈，别这样！你可别这样！

春　草：妈，你就当我死了吧。（下跪）

【何水远看到春草跪下，他也跟着跪下了】

邻家大婶：春草妈，消消气，消消气。

春草妈：你给我滚！滚，滚！老天爷啊！

【音乐渐起】

春草妈：我不活了……

参考视频来源：电视剧《春草》正片第六集、第七集

注：电视剧《春草》改编自裘山山小说《春草开花》

《来不及说我爱你》

——根据曾丽珍同名电视剧改编

景—— 一间干净的病房，摆放着一个沙发，最右边摆着一张病床，病床旁摆着输液吊瓶，再旁边一个床头柜。左侧一张方桌，桌上摆着一个花瓶。方桌两侧各有把椅子。

时　间： 20世纪民国军阀混战时期（下午）

地　点： 督军府病房内

人　物： **慕容沣**【六省大都督之子，父亲被人刺杀身亡后接管父亲之职，统率全军。从前一直不相信世上有爱情，多数与女子逢场作戏，后来尹静琬的出现，让他渐渐爱上了这个女人。慕容沣和程谨之从小青梅竹马一起长大，程谨之一直暗恋着慕容沣，认为从小到大一直和慕容沣很默契，只有自己才能帮助慕容沣，才是慕容夫人。而慕容沣只把程谨之当作好战友、好妹妹】

程谨之【程军统帅的女儿，从小跟随父亲打仗，干练，具有军人风范，思想敏锐、性格孤傲，从小和慕容沣一起长大，一生把自己当作慕容沣的女人】

尹静琬【乌镇的千金大小姐，在火车上救过慕容沣一命，后来其未婚夫许建璋因偷运西药和军火被慕容沣抓入大牢。为了救许建璋答应帮助慕容沣平定政乱，在政治会议上帮慕容沣挡了一枪，刚被抢救回来躺在病床上】

故事简介： 在平定政乱的会议上，尹静琬帮慕容沣挡了一枪。督军府病房内，尹静琬静静地躺在床上输液。护士更换着输液的吊瓶，佣人坐在病房内椅子上快睡着了。程谨之拿着装有消炎药的箱子推门进病房，为了证明自己是慕容沣的女人，结果在病床旁和护士吵了起来，惊扰了尹静琬。慕容沣刚好进病房就看见了这一幕，便吩咐护士将尹静琬带到隔壁房间，程谨之向慕容沣表达爱意，而后两人发生争吵……

剧　　情：

【尹静琬躺在病床上休息。护士在更换输液瓶。佣人在插好花后便坐在椅子上休息。随后程谨之拿着药箱推门进入病房，佣人立即站起了身】

佣　人：谨之小姐。（说完急忙向病床旁的护士招手，示意她过来）

【程谨之直接走到病床旁放下箱子，打开箱子看看病床上的尹静琬】

程谨之：尹小姐，我是来感谢你的，谢谢你替沛林挡了一枪，救了他的性命。要知道，沛林的命就如同我自己的命一样。所以，你也算是我的恩人。我给你带来了最好的治枪伤的药，它可以帮助你快些好起来。（回头对护士和佣人说）去，把我给尹小姐带来的消炎药换上。

佣　人：谨之小姐，没有医生的指示，我们是不敢随便换药的。

程谨之：我曾随父亲征战，枪伤我见得多了。这种枪伤我最有经验，（对护士说）程大夫又是我的哥哥，你有什么好怕的，还不快去。（见护士和佣人犹豫没有行动，上前一步说）怎么？你敢把我说的话不放在眼里？

佣　人：谨之小姐，您请息怒（边说边把护士拉在自己身后）她只是不敢违抗四少的命令。

程谨之：四少那边我自会解释。

护　士：那，尹小姐要是有什么差池，谁都担不起这个职责。

程谨之：混账！你是觉得我会害她，我为什么要害她？

护　士：我可没说什么，是你自己说的。

程谨之：你说什么？你再说一遍！

佣　人：谨之小姐，您别生气，别跟她一般见识。

程谨之：你马上给我滚，立即消失！

护　士：（向前一步）小姐，我是程大夫的助手，又不是你的丫鬟。

程谨之：你……

护　士：你没有权力让我消失。

佣　人：（跑向病床看看尹静琬）哎呀，你们别吵了！别惊动了尹小姐。

程谨之：（冲过去拉开佣人）闪开。

【佣人的身体碰到药箱，药箱倒在了地上，惊动了尹静琬，咳嗽了几声，大家一起看向病床。慕容沣进入房间】

慕容沣：你们在干什么？

护　士：（上前拉着四少）四少，她……

程谨之：沛林，我是来……

慕容沣：（推开程谨之跑到病床前，程谨之正想要解释）你们两个把尹小姐换到我隔壁的房间去，没有我的命令，任何人不得靠近。

护士和佣人：是！四少。

【护士和佣人替尹静琬穿好衣服，将她扶出去。程谨之蹲在病床前捡散落在地上的药，慕容沣将程谨之拉起身】

程谨之：你放开我，你弄疼我了。你这是在做什么？

慕容沣：我倒是想问你，你来做什么！

程谨之：我来看看尹静琬，这样都不行吗？

慕容沣：你这是来探病的样子吗？你根本就是来捣乱的！

程谨之：沛林，你真的误会我了，我带着治枪伤的德国消炎药来拜访她，谢谢她救了你的命。

慕容沣：静琬救的是我的命，我自会感谢她。但是真的用不着你操心（说完背对着程谨之）。

程谨之：沛林，（转身）我好不容易才弄来这些药，亲自来看望，你就是这种态度？

慕容沣：你的好意我替静琬谢谢你了。（说完欲走）

程谨之：（上前面对着慕容沣）沛林，我怎么觉得，你最近对我的态度越来越冷谈了，自从尹静琬受伤之后，你就根本连话都顾不上跟我说。刚才你还对我这么凶，你以前从没对我发过脾气，就为了那个女人，你就对我发这么大的火，你只知道她的伤，可是你有没有想过，我看见你这么关心她，一门心思都在她身上，我又有多伤心，多难过。

慕容沣：我关心的不止是她，我关心的是承州的每一个老百姓，也包括你。

程谨之：原来在你心里面，我已经变成了那些每一个人，是吗？沛林，就因为尹静琬为你挡了枪，而我没有，你的态度就有这么大的不同吗？

慕容沣：谨之，你多心了。（说完走）

程谨之：（急忙拉住沛林的手）沛林，你相信我，如果时光可以倒回去那一天，我也会扑过去为你挡枪，我也会不顾一切地想要保护你。而这些，不止是尹静琬一个人可以做得到。

慕容沣：现在说这些有什么用，我并没有怪你，也没有要求你做什么事情，这不是你的义务。

程谨之：那当然是我的义务。我为了我喜欢的人，可以做任何事情，为了你，别说是去挡一枪，就算是去死，我也毫不畏惧。

慕容沣：谨之，我想你一定是误会了。我并不需要你这样地喜欢我。一直以来我只是把你当做妹妹而已。

程谨之：（转身，难以置信）妹妹……

慕容沣：我们从小像兄妹一样长大。你和信之都是我的亲人、朋友。你是我最聪明的妹妹，很多时候，我都会信赖你的想法和判断。可是，也仅仅是这些。

程谨之：那你为什么这么迟才告诉我，我以为我们两个人一直很有默契，那就是我们两人应该是要在一起的，迟早是要在一起的！这万千的女人中间，只有我最了解你了，只有我才可以帮助你。我以为，你也会像我珍惜你一样珍惜我的。我以为那些我从来没有说出口的话，你早就应该明白的。

慕容沣：我不知道是什么让你有了这么深的误会，我从来没有对你做过非分的事情，也从来没有说过我喜欢你！

程谨之：（上前抱住沛林）不会的，你一直是喜欢我的，只是你自己不知道而已，你看你身边那些女人，她们只不过是过眼云烟。而我和你呢？我们两个人始终都并肩作战。

慕容沣：（拉开程谨之）那不是爱情，我和那些女人，只不过是逢场作戏。我和你只是战友，同生共死的朋友，那和爱情没有关系。

程谨之：那尹静琬呢？她也是你逢场作戏的女人？对不对？

慕容沣：（转身望着门口的方向）我对静琬，是真的。

程谨之：不会的，你是骗我的。你是不会喜欢上别人的。我不信，我不信！

慕容沣：我从来也不信，这世上哪有什么爱情，都是些虚幻的东西。可如今，我信了。是静琬，让我找到了这种感觉。那个时候，我看着她流血不止的样子，我一直在想，如果她活不成了。我这一生再也不会快活。

程谨之：你别说了，你别说了！

【音乐起】

【慕容沣走出病房，程谨之跟着走几步，转身趴在病床上痛哭流涕】

参考视频来源：电视剧《来不及说我爱你》正片第七集

注：电视剧《来不及说我爱你》改编自匪我思存同名小说《来不及说我爱你》

《娘》

——根据曲丽君同名电视剧改编

景——　一个宽大空旷的农家院落，一捆柴火，一张老虎凳，两个小木凳，一袋麦子，一个扫把，一个石台，上面晒着农作物，放着脸盆。

时　间：20世纪30年代的一个清晨

地　点：院子里

人　物：满仓娘【心思全在孩子身上，心地善良】

栓子娘【明事理，有尊严】

孟　氏【金斗娘，得理不饶人，刀子嘴豆腐心】

满　仓【倔脾气，不屈服】

金　斗【狠奸诈，冷血】

栓　子【铁汉子，为了吃饱肚子不惜去做贼抢粮食】

灵　芝【孟氏女儿，和孟氏性格相反，心地善良，喜欢满仓】

故事简介：孟氏家粮食被偷，灵芝叫满仓帮忙看护，而这一边栓子偷了孟家的粮食，送了一袋给满仓家，结果被满仓娘发现了，满仓娘质问他，他说是他娘叫他送的，两人出来找栓子娘的时候，恰巧孟氏来到院子里，发现了这袋粮食，咬定是他们家干的，满仓在巡逻的时候正好碰到栓子偷粮，被满仓制止，好说歹说，满仓要去还粮，结果被栓子打晕，回到家后满仓娘和栓子娘、栓子都回来了，满仓说是被栓子陷害，满仓娘为了他们的安全，就叫他们离开，结果栓子娘不肯走，栓子临走前把娘托付给了满仓娘，当天孟氏就带着替日本人做事的儿子金斗去出气，孟氏和金斗来挑衅，满仓娘害怕惹出什么事端，就一个人担了下来，结果事情越闹越大，栓子娘要用一把剪刀了结此事，幸好满仓娘奋力拦下，满仓娘苦求金斗放过栓子娘，满仓娘为了保护满仓和栓子娘，最终答应当着全村人的面，在孟家门口下跪赔罪……

剧　　情：

【音乐起】

【栓子上场，栓子悄悄地小心地往院子里扔了一袋粮食，满仓娘拿着棍子从屋里出来。满仓娘发现了栓子在偷看，冲出门喊住了他】

满仓娘： 你给俺站住！那口袋粮食，是你扔在俺院子里的？

栓　子： 是俺！（背对着）

满仓娘： 你为啥扔在俺院子里？

栓　子： 是俺娘让俺给你送来的。

满仓娘： 你娘？俺又不认识你娘？她为啥给俺送粮食？

【栓子慢慢转过身，擦了擦脸，摘下帽子】

栓　子： 我是栓子！

满仓娘： 是你！（不相信）那孟家粮食是你劫的？

栓　子： 是俺劫的！

满仓娘： 你为啥做这种事儿？啊？为啥？

栓　子： 为啥？俺总不能眼睁睁地等着饿死吧？

满仓娘： 那你也不能抢人家的啊。

栓　子： 俺不是抢，俺这是替他们家积德行善，总不能撑的撑死，饿的饿死吧。

满仓娘： 你什么都别说了！你把那粮食给人家还回去，俺高低是不能收。

栓　子： 要不要由你，俺听俺娘的，反正俺给你送来了。（转身走）

满仓娘： 你站住！你娘在哪儿呢？走，你带俺去找她去。

【两人下场后栓子上场。栓子扛着粮食，被满仓正好发现并扑倒在地要打他】

栓　子： 兄弟兄弟，别打！是俺！栓子！（抓住棍子）

满　仓： 栓子！咋是你啊！（放下棍子）

栓　子： 是俺咋的，兄弟，你咋还……替他们看家护院来了？你不说俺也明白，人在屋檐下，不得不低头，这老话说的好，这人一穷志就短。

满　仓： 俺是穷，可俺志不短！俺不做贼！！（指着粮食）

栓　子： 可俺也不是贼，要不是狗日的小鬼子把俺逼成这样，俺也不能来抢啊！你要是到了俺这种地步，你也会和俺一样！（情绪激动）

满　仓： 俺就是饿死，俺也不能跟你一样！

栓　子： 好了，俺不跟你争了，俺得走了。（去拿麦子，两个人争了起来）

满　仓： 起来起来。（要拿起棍子打他）

栓　子： 咋的，你还要把俺抓起来，去送官不成？！

满　仓：俺不抓你，你把粮食给俺留下，俺就放你走。

栓　子：行，这粮食俺不要了，俺不要了行吧，给你！（生气放下）不过你记住了，这次可是你欠俺的。（下场）

【满仓扛起粮食，却被栓子偷袭打晕】

栓　子：兄弟对不住了。（扛起粮食便走）

【孟氏去满仓家，刚好看到放在满仓家院子里的粮食】

孟　氏：哎呀哎呀，真是让俺给猜着了！

【开心，下场。满仓慢慢醒来摸着后脑勺，站起身来，刚好看到过来的孟氏】

满　仓：你放心吧，这周围没啥动静，他们应该不会再来了。

孟　氏：是啊，你都在这儿了，他们还来干什么！

满　仓：你啥意思啊？

孟　氏：你小子还有必要在俺面前演戏吗？

满　仓：你是不是看到啥了？（沉思）

孟　氏：哼！俺看到啥了，俺啥都看见了！呵呵……俺这眼里呀可是不揉沙子，跟俺这来蒙人来了，贼喊捉贼那一套不好使！！（激动）

满　仓：你说谁是贼啊？

孟　氏：谁是贼啊，你娘就是贼呀，贼就是你娘！

满　仓：你再给俺说一遍！！！（生气）

孟　氏：（害怕）俺，俺说了，怎么地呀！俺明明白白看到那赃物就在你们家放着。

满　仓：你栽赃！！！

孟　氏：俺栽赃？！回家看看去啊！

满　仓：行！你等着！你要是敢栽赃俺娘，俺饶不了你！

【下场】

孟　氏：（喊着对着他说）吓着你了吧！混小子！哼！（拍拍裤腿）

【孟氏下场。满仓回家看到院子里的粮食】

满　仓：一准儿是栓子这个畜生干的，要是让俺抓着他，肯定饶不了他！（回屋里时听到开门声）

【满仓娘、栓子、栓子娘上场】

满　仓：说曹操曹操到！你还敢再来！啊！（想要打栓子，却被满仓娘拦住）

满仓娘：满仓你干啥？！
满　仓：你说！你为啥把这口袋放到俺家院子里，给俺栽赃，你到底安的啥心！
栓　子：俺给你栽啥赃了？！
栓子娘：是呀！他大兄弟，俺们这也是好意。
满　仓：好意？他先骗俺，把俺打蒙，然后又把这口袋放在俺家院子里，这算哪门子好意？！
栓子娘：栓子！
栓　子：俺是先……先给你家送的粮食，后来才遇上你的！
满　仓：说得多好听啊，你当俺会信吗？
栓　子：信不信由你，俺说的都是实情。
满仓娘：行了，咱们不呛呛了行吗？呛呛也没啥用。
满　仓：刚刚灵芝娘来咱们家，说娘你私通土匪！！
栓子娘：土匪！？这可咋办好，事情闹大了！（害怕）
栓　子：娘，你别怕！出了事儿俺一个人担着，大不了是条命呗，她要俺就给她。
栓子娘：你给她，那娘咋办！你就不管娘了？（抓着栓子）
满仓娘：行了，赶紧走吧！赶紧走吧！赶紧的！
栓子娘：栓子，就听你婶子的吧，赶紧走，娘留在这儿，娘不走了。
栓　子：你咋了娘！
栓子娘：娘心口疼，走不动，带着娘是累赘，娘不能拖累你，他婶子，你叫俺在你这儿待几天行不？
满　仓：不行！你不能留在俺这儿！
栓子娘：你是怕俺给你添麻烦？
满仓娘：不是麻烦不麻烦，一旦有个啥事，俺担当不起。
栓子娘：不能有事，就是出了事，俺也不用你担，他婶子，你就叫俺留在这儿吧。
满仓娘：行！行！想留下就留下吧！（看看栓子看看栓子娘）来，俺带你！
栓　子：娘！俺不能扔下你！
栓子娘：栓子，娘不能有事，你快跟你婶子走，等躲过这阵儿，你再回来接娘。
栓　子：娘！
满仓娘：赶紧走吧！孟家要是来人了就来不及了，赶紧走吧走吧！俺送你走！
满　仓：娘！还是俺去吧！（满仓下场）
栓　子：婶子，那，俺就把俺娘托付给你了。（转身要走）
栓子娘：栓子，娘不能跟着你了，往后千万要照顾好自己！
栓　子：恩，娘，您放心，您等着俺，俺一定会回来接您的，那俺走了，娘。（下场）
满仓娘：婶子，回屋吧！

【满仓娘送栓子娘回屋，回到院子准备把麦子送回去】【灵芝上场】

灵　芝：（急急忙忙地敲门）婶子，婶子，婶子你在不在家……

满仓娘：哎，来了来了（过去开门）哎，灵芝，你怎么过来了？

灵　芝：婶子，我……（忽然看到地上的麦子，往前走去）婶子，你这麦子咋还在这儿呢？

满仓娘：这粮食也不是俺们家的，俺正寻思着给你们家送回去呢。

灵　芝：（支支吾吾，神情紧张）婶子，你，你还是别送回去了，你赶紧把它藏起来吧！

满仓娘：可这麦子也不是俺们家的啊，俺藏起来干啥。

灵　芝：婶子，俺娘把俺哥叫回来了！

满仓娘：什么？！你哥？这可怎么办，这……（情绪焦急）

灵　芝：（看着满仓娘焦急的样子）婶子，俺是偷偷跑出来的，你赶紧把麦子藏起来吧，俺先走了啊。（边说边急急忙忙地跑了）

满仓娘：（追着灵芝）哎，灵芝……

【满仓娘没追到灵芝，转身走回了屋里。孟氏追着金斗上场，金斗大气地走在前面】

孟　氏：金斗啊，你就帮着娘把那麦子找回来，替娘把这口气出了就行了，那伤天害理的事儿，咱可不敢干，啊。（挥挥手）

金　斗：（站定，转身）行了娘！你别啰唆了，俺有数。

孟　氏：你得听娘的，千万千万别给娘惹事儿，啊，金斗。

金　斗：啧，娘，以后你别金斗金斗的！！

孟　氏：金斗咋了？金斗这名字多响亮啊！（自豪）金斗！又有粮食又有钱花，听着就那么福气。

金　斗：啥福气，乡气！（说完转身朝满仓家走去）

孟　氏：（追着金斗）哎，金斗，金斗。

【金斗与孟氏来到满仓家，金斗一脚踏在老虎凳上】

孟　氏：国贤家的（在院子里喊着）哟，国贤家的，你还真是敢当面锣对面鼓的，理直气壮啊！这粮食口袋还在那儿搁着呢。

满仓娘：俺又没偷没抢的，用得着藏着掖着？！（理直气壮）

孟　氏：那你说说，俺家的粮食口袋，它咋就跑到你们家来了，它长腿了？（情绪激动）

满仓娘：这话说的，满仓，穗儿，不全都跟你们说了，俺要是再说，这不也是多余了吗？

金　斗：我看一点儿都不多余，满仓娘，我还没听说过，我要你再给我说一遍。（嘚瑟）

满仓娘：这不是金斗吗，你从日本人那回来了？！

金　斗：满仓娘，叫大号！（嚣张跋扈）

满仓娘：哎呀，按辈数，你还得管俺叫婶子吧。

金　斗：哼，如今这世道已经变了，没那么多穷讲究。
满仓娘：世道再变，这祖宗不能变吧。
金　斗：行了！满仓娘，别跟我扯这些！这到底怎么一回事，你今天必须给我说出个子丑寅卯来！！（生气并指着满仓娘）
满仓娘：那俺就再给你啰唆一句，俺还真不知道这口袋粮食是谁扔在俺院子里的。
金　斗：完了？
满仓娘：嘶——你是没听懂呢还是装糊涂呢？
金　斗：我是不相信就这么简单。
满仓娘：原本就是这么简单！俺是个庄稼人，也玩不出那花花肠子来吧？！
金　斗：你说的话我能信吗？
满仓娘：那你不信你问俺干什么。
金　斗：呵呵呵（冷笑）……满仓娘，你既然说不出这口袋粮食是谁送给你的，那我只能断定是你干的！（指着满仓娘）是你伙同土匪，抢了俺家的麦子！满仓娘，现在可是非常时期，你知道这样做的后果吗？
满仓娘：俺不知道，俺也不想知道，俺就是知道，也是知道俺陈家没抢你们家粮食，俺陈家，真的是不能出这样的人。（点着下巴，理直气壮心不虚）
孟　氏：嘿！国贤家的，俺记得你祖上姓孟啊！
满仓娘：姓孟，这没假，俺不是嫁给陈家了吗，嫁了陈家就得随陈家吧，这也是祖上的规矩吧。（嘲讽）
金　斗：规矩？那你们陈家祖上有没有做贼的规矩！
满　仓：孟金斗！！那你们孟家祖上有没有给人栽赃扣屎盆子的规矩！（从屋里冲出来生气地指着金斗）
满仓娘：满仓，你出来干什么？你回去！
金　斗：哟，这不是满仓吗，看来长本事了啊！（轻蔑）
满　仓：本事俺有的是，俺就是不能让别人欺负俺娘！！（生气）
金　斗：那要是俺娘叫人给欺负了呢，你说俺该怎么办，俺是不是该给他点颜色看看呢？！
满　仓：那你冲俺来，冲俺来，来！来！（一直要走上前）
满仓娘：满仓，回去！（拦住满仓）
满　仓：娘！
满仓娘：没你啥事，你回去！（把满仓推进屋）没你啥事你回去！

【栓子娘听见外面吵嚷，坐立不安】

栓子娘：他婶子，你叫孟家人找俺，俺来跟他们说！
金　斗：屋里谁呀？！谁呀？！谁呀？！（指着屋里）

栓子娘：你不是要找抢你家麦子的人吗，那你找俺！（从屋里走出）

满仓娘：你有啥事跟俺说。

金　斗：你起开！（打量栓子娘）你是谁啊？

栓子娘：俺就是你要找的人，你家的麦子是叫俺儿子抢了。

金　斗：你儿子？（看向满仓）他人呢？

栓子娘：他走了。

金　斗：走了？！

栓子娘：是！俺留在这就是为了要替他担着，你们要怎样发落都冲俺来，不要去为难这位婶子！

满仓娘：婶子，你别瞎说！

栓子娘：俺没瞎说！是俺儿子抢了人家。（神情坚定）

金　斗：满仓娘，听见了吧？！俺娘说你私通土匪，没冤枉你吧！

【众人沉默】

栓子娘：这事儿跟他婶子不相干。

金　斗：不相干？不相干你在她院子里！你儿子抢了俺家的麦子，你说不干俺的事儿？

栓子娘：俺来还你就是了！

金　斗：还？你拿什么还呐？

栓子娘：俺用俺这条命来还！俺一条命，还值不了那几袋麦子？

满仓娘：婶子你就别说了！

金　斗：（点点头）要粮没有，要命一条是吧，跟我耍无赖，（大声耍狠）好！那你就还！今天你要是真敢死在我面前，麦子我不要了！

孟　氏：金斗啊，咱就说麦子咱不扯别的，啊。（抓着金斗）

金　斗：娘，你少在这儿啰唆，出去，你出去！（把孟氏推出门）

孟　氏：哎呀呀，你听娘的金斗！你可不能耍武啊金斗，金斗啊！咱不可胡来啊！（在门口拍着门，急地跺脚，见推不开门便去找东西）

栓子娘：他婶子，你也出去，这儿没你啥事了。

满仓娘：婶子，这是俺家，你让俺上哪儿去，金斗！

金　斗：满仓娘，你闭嘴！我要听她说。你不是要拿命来抵吗？那么来吧，我瞪大眼睛看着你，保准眼睛都不眨一下！（冷血）

栓子娘：哼，俺也不会眨一下眼。（从衣服里拿出剪刀）

满仓娘：婶子，你想干啥？把那剪子给俺！（上前去抢剪刀）

栓子娘：他婶子你别管，俺都这把老骨头了，交给他孟家又能咋的！俺用这条老命了了这事也算是值了！

满仓娘：给俺，管你值不值，（拉着栓子娘）你儿子把你托付给俺，俺得把你原模原样地还给他！

【满仓娘和栓子娘拉扯，剪刀划破了满仓娘的手，顺势掉到了地上】

满　仓：娘！娘！你咋样啊娘？！
栓子娘：婶子，他婶子。（惶恐不安）
满仓娘：没事，没事，（捂着手）金斗，你放了这婶子吧，俺求你了，俺是受人之托，这要是出了什么事，俺可真是担当不起啊。
金　斗：受人之托？满仓娘，你这可是不打自招啊，既然你是受人之托，那你替她还！
满仓娘：俺替她还，（点头）替她还。
金　斗：行，剪子不是在你儿子手里吗，来呀！刚刚那老婆子要干什么来着？拿命抵是吧，照她说的那样，来呀！！
满仓娘：金斗，你还真的要……要俺用命去抵？！可俺还有四个孩子呢，他们还得指望这个娘呢，听得懂吧。（慌张）
金　斗：你除了有条命，（环顾四周）啧啧啧，还有什么，要还，只能拿命来还。
满　仓：孟金斗你这个畜生！！俺今天非宰了你！！（拿起棍子）畜生！！

【金斗见势拔出枪，二人便要出手】

满仓娘：满仓！（拦住满仓）满仓！

【金斗朝天开了一枪，全场寂静，孟氏此时拿着棍子砸开了门】

孟　氏：（冲进来）金斗，金斗！把枪放下，把枪放下！（去抢金斗手里的枪，却被甩开）
金　斗：娘！（看向满仓）呵呵呵，你动啊，你再动动试试，我一枪把你娘给崩了！你信吗？
满　仓：你敢！！
满仓娘：金斗啊，灵芝娘，你，只要让你的儿子把这个家伙放下，俺什么都依着他。
孟　氏：你把它放下放下。（拉着他）

【音乐起】

满仓娘：金斗啊，你就看在跟满仓打小在一个村里长大的份上，他是不懂事，你就别跟他一般见识了，你看在俺有几个孩子的份上，俺……俺给你跪下了（苦苦哀求）赔不是，给你娘赔不是，金斗。（被满仓拉着）

【音乐渐弱】

孟　氏：金斗啊，快点，你看，满仓娘，已经服软了，枪放下吧，快，把枪放下，放下。（害怕紧张地把他的手放下来）

满　仓：可俺不服！

【满仓娘怕事情再闹大，就把满仓拉了下去】

栓子娘：他婶子，（跪了下来，被满仓娘给制止了）你起来，让俺去跪。

满仓娘：那粮食，不管是谁扔在院子里的，俺今天，一准儿给你们送过去，剩下的，俺一准儿还给你们。

孟　氏：金斗啊，那个，娘的气消了，啊，消了，那个麦子找着了，知道是谁拿的就行了，这不是满仓娘也说了，让他们以后慢慢还，啊，咱们走吧，行了。（着急）

金　斗：不行！今天这事儿，不能就这么算完！

【满仓想站起来冲过去，却被娘拉住】

满仓娘：那你还想怎么的？！

金　斗：你不是要赔罪吗？你和这个土匪娘去我家门口跪着！跪到天黑，我要全村的男男女女老老少少都跟着好好长长记性！！（得寸进尺）

孟　氏：金斗啊金斗，你听娘说。（拉着金斗）

金　斗：娘！俺说话你少插嘴！！

【孟氏见儿子这气势吓得放开手背过身】

满仓娘：金斗啊。

金　斗：称呼我大号！川山一郎！（叉着腰抬高下巴，趾高气扬）

孟　氏：什么一郎二郎的，叫德勇！（惊讶地转过身，觉得丢脸）

满仓娘：德勇，德勇，你看看，俺一家人还有这个婶子，不就在这儿给你跪着吗，就在这给你跪着呢，还不行吗？

金　斗：我说了，一定要跪到我家门口去！不应？那跟俺回县上去，还有满仓。

满　仓：好！俺跟你去！（被娘拉着）

栓子娘：满仓不能去，他婶子也不能去，日本人都是畜生！去了就回不来了！孩子们咋办！

金　斗：眼下就这两条路，自个儿选吧。

栓子娘：那俺去！你叫俺去！！（拍着胸脯）

孟　氏：金斗啊，你听娘说。

金　斗：我不想听！该说的我已经说了，你去还是不去？

满仓娘：行，行，俺应了你，来，俺俩，上你家门上，去下跪。（慢慢站起来）

满　仓：娘，不能去！

满仓娘：不过，你得放过俺的满仓。

孟　氏：行了金斗，就给娘个面子，放了满仓吧，啊？

金　斗：（看着孟氏）行，看在俺娘的份上，我就饶他这一回（金斗走出屋，孟氏跟随，他们走后，满仓娘腿软在地）

【音乐起】

【栓子娘跟满仓扶着满仓娘，满仓娘默默地哭】

参考视频来源：电视剧《娘》正片第二集、第三集

注：电视剧《娘》编剧 曲丽君

《倾城之恋》

——根据梦继同名电视剧改编

景——— 一间女子的闺房，左侧摆放着一张圆桌子，上面摊着一块碎花桌布，还摆着一个花瓶，一个收音机。右侧放着一张床，床边放着一个行李箱。

时　间： 20世纪30年代的一个下午

地　点： 上海

人　物： **白流苏**【白家六小姐，因白家败落，匆忙结婚，结婚后婚姻的不幸导致离婚，娘家人的无情使得白流苏从软弱到坚强，变成能干、自信的女性。】

白宝络【家中姨娘所生的七小姐，天真、善良、内向单纯，与姐姐白流苏感情很好】

三　嫂【为人自私，爱嚼舌根，会生事，为人市侩。见白流苏回娘家对她不待见】

四　嫂【为人刻薄，爱贪小便宜，见钱眼开】

崔姨娘【年轻时嫁入白家做姨娘，无子，只有一女，在家中地位不高，受三嫂、四嫂冷眼】

老太太【白家的顶梁柱，两个儿子无能，家道中落，全靠老太太撑着门面。有威严，思想古板，白家是她的命】

故事简介： 祖上曾盛极一时的前清翰林白家连年衰败，流苏新婚，丈夫就出去花天酒地，白流苏忍受屈辱回家，没住几天，刚管账的三嫂就讨要饭钱，三房自从掌了权后，对各门各户都抠得不得了，连崔姨太的香钱也克扣，流苏打抱不平，替崔姨太说话，反受了一肚子的气，赌气回了唐家。

剧　情：

【白流苏在房中整理衣物，三嫂端着水果从走廊走过来，不小心把一个水果掉在地上了】

三　嫂：哎哟喂！那个小刘，帮我把那水果捡回来（对着台下一观众）。

【三嫂拿着捡回来的水果，蹭了蹭放回盘子里，往白流苏房间走去】

白流苏：（急忙去开门）三嫂啊，请进。
三　嫂：（进门，看了看房间）六妹啊。
白流苏：（边关门）三嫂，坐啊。
三　嫂：哟！你这里收拾得挺干净的啊。
白流苏：也没收什么，扫扫灰尘罢了。
三　嫂：可不么，回来呀，也得多住些日子，要不然也住得不舒服啊。对了这刚买的水果，新鲜着呢，特地拿来给六妹尝尝。（说完，放下水果盘）
白流苏：三嫂有事么，坐啊。（边说边坐下）
三　嫂：呵呵……也没什么事，就是过来看看你，还说呢，这两天忙得后脚赶不上前脚的，也没顾上来看你。
白流苏：一家人不说两家话，坐吧。
三　嫂：（坐下）也就是妈啊，想清楚了，看明白了，把家里的账交给了我管，我要是不管啊，还不知道会出什么事儿呢。哎，六妹，你从婆家回来也有好几天了吧？
白流苏：（不好意思）对的，让三嫂费心了。
三　嫂：哎，不费心，（说完，看了看流苏）你说这么大家子吧，开门七件事，茶米油盐酱醋茶，哪一件事我照顾不周了，月底都要出娄子的。六妹啊，你是知道的，咱们这个家不比从前了，多一个人就多一张嘴，在账上的呢，还好说，不在账上的呢，（笑笑）你让我这做嫂嫂，跟你张口要饭钱，实在是难为情啊，可我要是不要吧，要说闲话的（指了指门外）。
白流苏：（有些尴尬）三嫂，你的话我听明白了，可我这急急忙忙从婆家回来，只带了几件衣裳，其他什么也没带。
三　嫂：（惊讶）啊！六妹这么说，从婆家回来一个子儿都没带，行了，六妹，想必六妹也没这闲钱吃这水果了，三嫂我就先走了。（拿起果盘）

【三嫂刚想开门出去，四嫂撞上】

三　嫂：（惊）你怎么来了？
四　嫂：（一把拿走三嫂手中的水果盘）我怎么就不能来了？（走到桌子上放下果盘，看见了收音机，激动）哎哟！六妹啊，你连这个东西都有啊，哎呀！唐家果然是富贵之家啊，我听说这个还可以放音乐呢！（说完，抱着收音机，摸着）这手感也好，跟摸金子一样。
白流苏：这是一元送我的。四嫂喜欢拿去听就是。
四　嫂：哎哟，哎哟，真的呀？

【三嫂急忙去拉四嫂】

四　嫂：干嘛，干嘛！

三　嫂：四嫂，可别忘了现在这个家还是我当家，我说四嫂刚才趴在门口干嘛呢，感情在这听墙角呐，想捞点好啊。（语气中带着讽刺）

四　嫂：（顿时理直气壮）怎么了，怕我听到啊，三嫂，这昨天老太太刚叫你管家，你今天就来六妹这了，显然一步都不肯放过啊。这怕是饭钱要不到手，就开始逐客了啊！（说着挽住白流苏）

三　嫂：（嚷嚷）谁逐客了啊，做嫂嫂的能帮妹妹一把，就应当伸手，袖手旁观看热闹，再不就是上面一盆火，下面使绊子，哎，我可做不出来啊！（说着也挽住流苏）

四　嫂：三嫂，你这回手可伸得太长了，都要伸到六妹的钱包里了。

三　嫂：谁手长，你好像说得我跟贼一样啊。（抓住四嫂的手）

四　嫂：（甩开手）说谁谁是。（说完坐下不理）

【三嫂也坐下置气，两人冷战，白流苏坐回床上整理东西。崔姨娘和宝络上场】

白宝络：（拉着崔姨娘）娘，您慢点。娘，娘，多一事不如少一事，算了吧！

崔姨娘：不行，这要气死我了，我得找她们评理去！（说完，急忙进屋）

四　嫂：（一见崔姨娘迎上去）哟，崔姨娘怎么来了。

【崔姨娘推开四嫂】

崔姨娘：（看见三嫂急忙冲过去）我问你，我那香油钱是不是让你给扣了？！

三　嫂：崔姨娘，我还以为您来干吗呢？您又不是不知道，这家里的账交给我管了，之前有没有香油钱我不管，可现在，还得我说了算吧。

崔姨娘：吃斋念佛我是为了我一个人么，我还不是为了白家，现在你管家，连这么点香油钱都不肯给了吗！

三　嫂：姨娘啊，您听我解释啊！

崔姨娘：我不听，只要你把那香油钱给我就行了。

白宝络：（想拉着崔姨娘往外走）娘，娘，走吧。

四　嫂：姨娘，她的话您不听，我的话您总听得进吧，这是六妹的闺房，您要闹，上别处闹去。

三　嫂：您不走，那我就把话说清楚了，省得人家看着我好像刻薄了谁一样。

白流苏：三嫂，姨娘都气成这样了，您就少说两句嘛。

三　嫂：你刚回娘家知道什么呀，她生气是我惹的么？

四　嫂：（看流苏说话，拉着三嫂）三嫂，先回吧。

崔姨娘：（上前）要讲是吧，你讲啊我倒是要看看，你能说出什么道理来，能不许我吃斋念佛。

白宝络:（急忙冲上前）娘，别闹了，咱们快回去吧！（流苏也上前拉住崔姨娘）

三　嫂:（甩开四嫂）你听听，你们都听听，哎呀！这个帽子不好乱扣的啊。你吃你的斋，我管我的账。你吓不着我！

四　嫂:三嫂，省两句吧。

崔姨娘:让她讲，我今天倒是要听听。看她能讲出什么歪理来！

三　嫂:（气势汹汹）妈让我管账，你生气我要管，你不生气我也要管！

白流苏:（上前劝说）三嫂，有什么话，放一放再说嘛。

三　嫂:（讥笑）哼，六妹，便宜的话都会说的，我要是你啊，我就不站在这儿看热闹了。

白流苏:你这话什么意思，我不是白家人了啊。

三　嫂:（看向四嫂，四嫂捂住嘴笑）嫁都嫁出去了，你是唐家的人呐！

白流苏:（走近三嫂）好，先不说我是唐家人还是白家人，我可以说句公道话吧？姨娘只不过只要一些香火钱，又不是什么大宗的支出，怎么就支不出来？

崔姨娘:（拉过宝络的手）一点儿香火钱你也要扣，以后还有我们母女的活路吗？

白宝络:（劝慰）娘。

三　嫂:六妹啊，你是嫁到唐家见过大世面的了，可白家现在就剩这么点儿香油钱了，不当家不知柴米贵，我这点儿难处又和谁说去啊！

【四嫂假装拦住三嫂，被三嫂推开】

三　嫂:你们这么围着我，钱你们来管啊！

白流苏:（爽快）那好啊，既然咱们家都这么紧张了，我想哥哥们的茶叶钱倒可以省着点了，省下一点哪止姨娘一年的香火钱啊！

三　嫂:好啊，好啊，好啊！你去找你哥哥说去啊，看见我们喝碧螺春了是吧，那是我娘家送的。

【四嫂拉三嫂衣袖】

三　嫂:咱家还哪有好茶喝啊，摆的都是王公贵族的谱，穷讲究。我也不在这儿和你多说了，这嫁出去的姑娘，在这儿指手画脚吃闲饭不说，还要打起白家的算盘来了。

白流苏:（生气）我告诉你，要赶我出门还轮不到你呢！

三　嫂:我可不敢。

【丫鬟搀老太太进屋】

老太太:都说够了没有啊！你们吵翻天了，也不怕下人笑话，多大的事儿啊，值得那么吵么，公款不出，我来出！都回去了。

【四嫂拉着三嫂出去】

崔姨娘：（搂着宝络）从嫁到白家，我就没过过一天好日子，女儿都那么大了。也没有人给她好好找个婆家。

白宝络：娘，别说了！

老太太：崔姨娘，别哭了，晚辈做事欠妥当，你就担待点儿，别跟她们一般见识，好了，宝络，扶你娘回屋休息吧。

老太太：（走向流苏，叹了一声）流苏啊，不是娘不给你做主，你三嫂既然接了管账的事，自然是要认真一点。

白流苏：（脸色平静）妈，我谁都不怨。

老太太：你这样说，我就放心了，唉，你这次从婆家回来的事儿，你不说妈也能猜出个大概，别怨妈说你，嫁了人家了，就不比在娘家了。

【白流苏想说什么，想了想还是什么都没说】

老太太：怎么？受委屈了？嫁人了，什么委屈都得受着，俗话说，嫁鸡随鸡，嫁狗随狗，男人在外面做什么别管，只要他回家里就还是你的男人，夫妻之间的事啊，能忍就得忍着，不是妈不心疼你，怎么能说回娘家就回呢，回娘家好回，再回去可就不那么容易找台阶下了。

白流苏：我……我明白了妈，我明白您的意思，本来一直想跟妈说说心里的委屈。这么一说，是做女儿的让妈操心了。

老太太：唉，我是过来人，说这些都是为了你好（拍拍流苏的手，起身，流苏扶老太太）

【丫鬟搀着老太太走出。白流苏起身送老太太出门，转身不高兴地打开收音机，回到床上躺着】
【音乐响起】

参考视频来源：电视剧《倾城之恋》第四集、第五集
注：电视剧《倾城之恋》改编自张爱玲同名小说《倾城之恋》

《倾城之恋》剧照

《十月围城》

——根据鞠觉亮、邹集城同名电视剧改编

景—— 舞台中间最里边两扇屏风，屏风前面一把长沙发，长沙发两侧各一沙发椅，沙发前边一个茶几。舞台最右边两扇屏风，屏风前边一张书桌一把椅子，舞台最右边一扇门。

时　间：宣统二年

地　点：香港（同盟会《中国日报》据点）

人　物：舒　云【19岁，秦少白的学生，同盟会成员，《中国日报》据点负责人，温婉善良、富有同情心，深爱重光却为了革命亲自送他去面对危险】

李重光【24岁，孙文的机要秘书，秦少白的学生，也是其世侄，父亲是广东省最大的生意人，拥有大量的资产，重光却没有纨绔子弟的样子，而是正直果断，心怀革命】

秦少白【同盟会香港分会会长，喜爱重光与舒云，深知革命危险，对于将两人牵扯进来而心怀愧疚，无处不在考虑着他们】

故事简介：孙文在香港要与十三省的革命代表召开同盟会会议，清政府却派了重兵把守，势必要抓住孙文等人，秦少白要做其替身，因太危险而被李重光打晕，由李重光做替身。

剧　情：

【李重光兴奋地进屋】

李重光：舒云，舒云，舒云！

舒　云：（从里屋走出）重光，怎么了，这么兴奋。

李重光：（扶着舒云肩膀）舒云，你知道吗？孙文先生已经安全登港，明天就要会见十三省的革命代表了！

舒　云：真的啊？孙文先生这么快就到了？！

李重光：对啊（放开舒云往后走）这个会议成功召开，那我们的起义就真正开始了！（转身）这预示着我们的民主国家就要到来，再也不用受封建的压迫了！
舒　云：太好了，重光！我真为你骄傲！
李重光：（走到舒云身边扶着她的肩膀）舒云，真正艰辛的日子就要来了！（放手低头）我知道我这样很自私，但我还是想问你（看向舒云）你愿意嫁给我吗？
舒　云：（极其惊讶）重光？
李重光：舒云，也许你现在跟着我会害你担惊受怕，但你要相信，我一定会努力给你一个安稳的世界！你愿意陪着我吗？
舒　云：我愿意，我愿意！重光，你知道我等这句话等了多久吗？
李重光：（一把抱住舒云）谢谢你舒云！

【舒云摇头，李重光扶着舒云肩膀】

李重光：等明日会议结束，孙文先生顺利离开，我就带你回家见父亲好吗？
舒　云：好。（微笑）那明天的事情都安排妥当了吗？接应的人呢？
李重光：（一脸严肃）清政府最近的确在对我们同盟会虎视眈眈！但我们放了假的消息，说孙文先生在马来的槟榔屿开会，相信应该没有很大问题，小心点便是。
舒　云：那就好。

【此时，门外响起一阵敲门声】

舒　云：我去开门。

【舒云开门，秦少白站在外头】

舒　云：老师？
秦少白：（走进屋里）舒云，重光。
李重光：（迎向秦少白）老师，你怎么过来了？

【秦少白看了一眼舒云没说话】

舒　云：老师，重光，你们聊，我去给你们煮茶。

【舒云离开，气氛变得严肃起来】

李重光：发生什么事了？孙文先生呢？
秦少白：（叹了口气，走到沙发坐下）孙文先生现在很安全。

【李重光坐下】

秦少白：只是刚刚收到消息，我们原先备好的车辆和司机都失联了，而且新增加了很多的岗哨，看来此次派遣的清军比我们想象的多，形势严峻，我们的计划必须全部改变！

李重光：（激动地站起）怎么会这样！

秦少白：重光你要冷静！如今时间紧迫，我们只有一个办法，声东击西！

李重光：声东击西？！

秦少白：对！ 明日会后我会负责扮演孙文先生首先离开，争取为你们拖延最多的时间。（拉住李重光）重光，孙文先生的安全就交给你了！

李重光：（激动）不！老师！

秦少白：我已经让李阳他们去安排英国商会会长的车了，相信没有问题！重光，明日你带上舒云陪着孙文先生上邮轮，这里接下去的事就不要管了！

李重光：不！这太危险了，老师，我不能让你去冒这个险！你对我们同盟会来说太重要了！让我去！

秦少白：重光，你要听话！我和你父亲是多年至交，当初把你牵扯进同盟会已经很对不起你父亲了，他膝下就你一子，我决不能让你去冒险！

李重光：老师！

秦少白：好了，就这样！李阳那边好了就会过来与你接洽！那我先走了。

【秦少白说完就往门口走，李重光拿起桌上的花瓶砸晕了他】

李重光：（扶起秦少白）老师，对不起！

【舒云正好端着茶水出来，吓得惊叫】

舒　云：重光，你在做什么？！

李重光：舒云，你先别问，帮我找一下绳子好吗?

【舒云找了绳子递给李重光，李重光将秦少白绑在了椅子上】

李重光：舒云，计划被打乱了，我不能让老师去冒险！所以我要做孙文先生的替身！

舒　云：（捂嘴）什么！？

李重光：你一定要看好老师，不能给他松绑！

舒　云：重光！（摇头后退，撞倒了花瓶）

李重光：舒云！（上前拉住她）

舒　云：一定很危险对不对，不然你也不会打晕老师！

李重光：舒云，我……对不起，我……

舒　云：（捂住重光嘴巴）不要说，什么都别说！你走吧，我会看好老师！

李重光：舒云！（一把抱住舒云）

舒　云：重光，我哪儿都不去，我就在这儿，等你回来娶我！

【重光拉开舒云，舒云摸着重光的脸】

舒　云：所以，请一定一定要回来！（沉默一会儿，将箱子递给重光）走吧！

【重光放手走，舒云突然转身一把拉住，将自己脖子上的项链戴在重光身上，目送重光离开。重光出门，舒云追出，重光停住了一会儿，最终还是离开】

舒　云：（追着跑）重光！

参考视频来源：电视剧《十月围城》第一集
注：电视剧《十月围城》改编自同名电影《十月围城》

《铁梨花》

——根据郭靖宇同名电视剧改编

景—— 屋子右侧斜放一张床，左侧放一张桌子，桌子两边各一把椅子。门口在左上侧。门前是过道。门口有摆设的字画和格子。

时　间：军阀混战时期的一个傍晚

地　点：赵家

人　物：赵元庚【民国混战时期占据一方的军阀，孝字当头，灵敏，眼睛里揉不得沙子，做事果断，手段厉害，一直盼着有个儿子】

张吉安【是赵元庚的表弟，也是赵元庚的副官，害怕赵元庚，徐凤志救过他，纠结内心对徐凤志的情愫】

徐凤志【隐忍，有韧性，坚强，外柔内刚，不认命，不妥协，不服输】

大奶奶【赵元庚的正室，拿得起放得下，持家井井有条，办事圆滑】

故事简介：徐凤志的父亲因盗墓被抓要枪毙。徐凤志因英勇救父而被赵元庚看中娶为五奶奶，但徐凤志心中早有钟爱之人。嫁入赵家后，一直想逃出牢笼，不愿给赵元庚生育孩子。于是徐凤志便找赵元庚的副官张吉安，希望张吉安能念在自己是他的救命恩人的份上助她一臂之力，就在张吉安给许凤志带不能生育的药偷偷见面时，徐凤志威胁张吉安带她出逃。

剧　情：

【开场一阵蛐蛐的叫声，丫鬟甲拎着东西，大奶奶上场】

丫鬟甲：大奶奶，我看还是您对老太太最上心。

大奶奶：（转身）老太太最近不是睡得不好么，就带些香过去，对了让你准备的东西都准备好了没？

丫鬟甲：回大奶奶，都准备好了。

【俩人转身想走，丫鬟乙跑了过来】

丫鬟乙：大奶奶，大奶奶……

大奶奶：怎么了？

丫鬟乙：（气喘吁吁）我刚才看见张吉安拎着个东西往这边走来了。

大奶奶：（嘀咕）都这么晚了，他来干嘛？行了，你下去吧（又转头对丫鬟甲说）小翠，你先把东西拿老太太那儿去，我待会儿就过来。

【大奶奶见丫鬟走远准备等着张吉安，一见张吉安过来随即躲在了墙后，张吉安提着东西匆匆走过，被大奶奶叫住】

大奶奶：哎，吉安呐？

张吉安：（连忙往回走）哎，嫂子，您可吓死我了，我刚才怎么没看见您啊？

大奶奶：你走那么快，哪能看得着我啊！这天儿也晚了，什么事儿啊，这么着急！

张吉安：（支支吾吾）哦，我好几天没见着姑姑了，我记得上次姑姑跟我说，她喜欢吃老孙家的核桃酥，（提起东西）我正好路过那儿，就给姑姑买了点儿。

大奶奶：你这是给老太太送点心去啊！

张吉安：嗯。

大奶奶：那你怎么走这边儿啊，咱们家常出常入的你，老太太住哪儿你都忘了？

张吉安：（笑了笑）看您说的，嫂子，老太太住哪儿，我哪儿能忘啊！（看了看周围凑近大奶奶）我突然有点内急，想上个茅房。

大奶奶：四奶奶、五奶奶都住在那边儿，你想上她们俩谁的院子上茅房啊！？四奶奶的院子你还进得了，五奶奶的院子你想都甭想！

张吉安：（奇怪）怎么了？

大奶奶：旅长可疼五妹，派了好些人看着五妹的院子呢！

张吉安：（顿时急道，跺脚）哎呀！嫂子，你别取笑兄弟了，你知道我肯定是上下人们用的那个茅房嘛！

大奶奶：（用手帕掩住嘴笑了笑）行了，去吧。

【张吉安刚准备转身要走】

大奶奶：对了，我帮你拿着点心。

【张吉安愣了愣】

大奶奶：我正好要去老太太那儿，你总不能拿着点心上茅房吧！

张吉安：（慌张地把东西递给了大奶奶，笑笑）那辛苦嫂子，我去了。

大奶奶：快去吧，可别憋坏了。

【张吉安转身，下场。大奶奶翻了翻东西，没见猫腻，就离开了】

【音乐起】

【张吉安绕回巷子见大奶奶已经走了，就蹑手蹑脚、东张西望地走进小巷子。徐凤志正和丫鬟回到房间】

徐凤志：行了，你就在门口守着吧。我要休息了，不要让人进来。

丫　鬟：那旅长要进来呢？

徐凤志：你就说我……不舒服，让他晚上上别处去。

【丫鬟点点头，退出。徐凤志关上门，上了门把，转身从屋里拿出一个包裹，整理药方和草药，听见窗户有人敲门，站起，立马收拾东西，把东西藏起来】

徐凤志：（走进窗户）谁呀？

张吉安：是我！

【徐凤志看了看房间，打开窗户，让张吉安进来了】

徐凤志：你怎么才来？东西拿来了？

张吉安：（没有回答，伸了伸懒腰）我来一趟，可真不容易啊！我本来能早点来的，路上碰见大奶奶了，别提多难了，幸亏我机灵，这府上有规定，你知道么？我是不能来后宅的。

徐凤志：（不耐烦打断）别废话了，东西到底拿来了没？

张吉安：凤儿，我做这一切都是为了你，你知不知道？按理说呢，这种事儿，我根本就不该掺和进来，要是被表哥知道了，咱俩都是要死的！

徐凤志：（着急）你就别卖关子了。

【门口传来了脚步声，徐凤志示意张吉安不要出声】

【门外声】

丫　鬟：旅长，您慢点儿，五奶奶，已经休息了呢！

赵元庚：我这正在兴头上，快给开门，让她起来！（敲门）

【徐凤志赶紧给张吉安使眼色，本想让张吉安翻窗，但门口敲门声越来越急】

徐凤志：不行了，来不及了，你先躲这！（将张吉安推向床底）

徐凤志：（走到门口，打开门）旅长来了。

张元庚：（直直地看着徐凤志，凶狠）干嘛呢？这么长时间。

【徐凤志没回答】

张元庚：关门啊！

徐凤志：（愣了愣）哦！（急忙去关上了门。紧张地看了看张元庚）旅长。

【赵元庚一句话没说，一下扛起了徐凤志】

徐凤志：（慌张）旅长，你是不是喝多酒了？

赵元庚：（晃了晃脑袋）不多。

徐凤志：（拍打赵元庚）放下我，我给您倒茶醒酒！

赵元庚：（扛着徐凤志扭了起来）都进门一个月了，性子还那么烈。喝也要叫下人倒。（冲门外喊）来人！倒杯茶过来！（说完走到椅边坐上）

徐凤志：（连忙向门外喊道）不用了！（转头向赵元庚）旅长，我们小两口儿在这儿，有丫头来多别扭。

赵元庚：（愣了愣）你说什么？

徐凤志：我们小两口儿。

赵元庚：（边说边放下徐凤志）小两口儿？！

赵元庚：（坐在椅子上，搂住徐凤志，笑道）这话我爱听，小两口儿，（抓住徐凤志的下巴）真好！知道我最疼你了是吧？

徐凤志：（抓住赵元庚捏下巴的手，笑）是，旅长最疼我了，我知道。

赵元庚：（指床铺）来，咱们上床，上床，睡觉去。（边站起边掐住徐凤志的脖子推着她走向床铺）

【床铺下，张吉安拿起手枪，动了动。徐凤志见势不妙，急忙转身，挡住张吉安，扶着旅长，坐在椅子上】

徐凤志：（劝道）咱们说说话吧，说说话。

赵元庚：（摸了一把脸）说话好，说话好。

徐凤志：旅长，您定是醉了。大奶奶那刚到了上好的醒酒茶，要不您去大奶奶那醒醒酒？

赵元庚：我清醒着呢！你呀！少打算盘，老老实实做你的五奶奶。

徐凤志：旅长说笑了，我一个刨疙瘩的女儿，能嫁给旅长就已经是祖上冒青烟了，怎么还有这些个花花肠子？

赵元庚：（拉住徐凤志坐在腿上）说这话。可不像你了啊！我赵元庚，这一辈子啊！两件事绝不含糊（一把推开徐凤志）第一打仗，打仗老子不怕死，靠枪靠炮，靠命拼下来今天的地盘。第二就是，对老子身边的女人，老子疼她们，每天让她们吃香的喝辣的，可是有一点，你得给我听清楚了，有人要是敢偷老子的女人，老子一定把他剁成肉酱，你知道么！把他（紧抓住徐凤志的衣领）剁成肉酱！（说完狠狠扣住徐凤志）

徐凤志：（想推开赵元庚）旅长，您歇会儿，我给您倒杯茶醒醒酒。

赵元庚：（抬头，一脸凶相）我刚才说到哪儿了？对，老子一定把他剁成肉酱！你看看，老子一定要把他剁成肉酱！你信不信？！

徐凤志：（急忙）旅长，旅长你说什么呢？吓着我了！

赵元庚：（放开徐凤志，失态地揉自己的头）对，怎么会吓着你？怎么会吓着你呢？不能吓你！你是老子最喜欢的女人，仗义，你仗义，你是个好女人，（看向徐凤志肚子）你得给老子生儿子，生，不停地生！不停地生！生五个，不！七个，八个，生……（抱起徐凤志走向床）走，生儿子！

徐凤志：（紧张）旅长！旅长！旅长！

【赵元庚将徐凤志扔在床上，徐凤志推脱】

【音乐起】

【张吉安从床底滚出来，慢慢拿起枪对着赵元庚，此时门口响起了敲门声，张吉安立马滚回了床底。徐凤志猛地推开赵元庚】

丫　鬟：五奶奶！五奶奶！

徐凤志：谁？

丫　鬟：是我！海棠，老太太屋里。

赵元庚：大半夜的，不照顾老太太来干什么？！找抽啊！！

丫　鬟：旅长您别生气，是这样，老太太让我看看您在不在五奶奶这儿，要是在的话，让您去她屋里一趟。

徐凤志：旅长，娘叫你肯定有急事啊！

赵元庚：（反应过来）是娘叫我么？那我得去，我得去。（边说边下床）

徐凤志：（发现赵元庚的衣服，捡起）小花，小花，（小花听到急忙进屋里）你把这件衣服给旅长送过去。

【丫鬟接过衣服出门，徐凤志送走赵元庚后把门锁上。急忙拉出张吉安】

徐凤志：你给我过来，过来！

张吉安：凤儿，凤儿！

徐凤志：（边说边拽着张吉安坐下）你拿枪干吗呀？！

张吉安：他要是敢把你怎么着，我得保护你！

徐凤志：你还有点儿血性，你敢开枪么？！

张吉安：（立即站起）敢，你是我的救命恩人，我这条命也是你的。

徐凤志：行了，知道我救过你一命就好。我要的药你带了没？

张吉安：（从怀里拿出药袋，皱起眉头，焦虑）可这样下去不行，早晚要出事的！

徐凤志：（接过药）早晚你都得帮我，帮我逃出去。

张吉安：别做梦了！我帮不了你，我表哥自命曹操，最会算计，我要是帮了你，咱们两个都得死！

徐凤志：（坐下）你不帮我我也得逃，否则，我早晚是一死，滚吧！

张吉安：凤儿，你认命吧，你在这儿，吃香的喝辣的，穿金戴银，人人都叫你五奶奶你还想怎么着？

徐凤志：这像是你嘴里说出来的话么？你不是口口声声说喜欢我么？那就带我私奔！（徐凤志见吉安胆怯地笑道）瞧你美得，我就知道你不敢，胆小鬼。赶紧走吧！！

张吉安：你就没有什么事要告诉我的，你到底想干嘛？

徐凤志：听不懂。

张吉安：你还不告诉我，你买药，干吗用的？

徐凤志：关你什么事！

张吉安：大奶奶让我去查你买药治什么病！

徐凤志：我逛街干了什么你都汇报给大奶奶了？真是条狗！

张吉安：是，我是狗，而且我主人多，我表哥要问，大奶奶也要问，大奶奶要我去查，我不能不去查啊！

徐凤志：（坐下）那你查出什么了？

张吉安：你那个药从什么时候开始吃的？

徐凤志：从娘家的时候就开始吃的。

张吉安：你胡说！！那是不让女人怀孩子的药！

徐凤志：（急忙站起）好啊！反正你都知道了。你跟你表哥告密去吧，（推着张吉安出门）让他拿根绳子勒死我，省了我自己的事，让你表哥给你赏钱吧！

张吉安：凤儿，凤儿，你知道我不会出卖你，可是没有不透风的墙。你知道有多危险么？万一今天大奶奶派出去查这事儿的不是我，那你就……

徐凤志：（打断）我早就不想活了！

张吉安：（急道）你说你……哪里淘得这副方子，从办喜事那天起，你一直吃着这个药？

徐凤志：你打听这么清楚干嘛！你现在打算怎么办？

张吉安：我能怎么办！你对我有恩，我不能眼睁睁看着你往火坑里跳，更不能闭着眼睛装作没看见！

徐凤志：（走到张吉安身边）既然你记着我当初救过你的命，那你就帮我逃出去，如果我不能逃出去，早晚都是一死，反正我不能怀上赵元庚的种，现在你都知道了，就看看你有没有良心了！（将手搭在张吉安肩上）

张吉安：你要干嘛？

徐凤志：这外面站岗的都是你表哥的亲信吧！

张吉安：（愣了愣）嗯。

徐凤志：天黑了，门闩着。我要喊人会怎样？

张吉安：（见势不妙，起身走向窗户）我走了！

【连忙跑上去拽回张吉安，两人拉扯】

徐凤志：你要是不帮我，就甭想落到好！

张吉安：你到底想干吗？

徐凤志：我想好了，我就跟他们说，说你喜欢我，你想背着你表哥跟我好，我不答应，你就拿枪吓唬我，你看他们信不信？

张吉安：你疯了！！

徐凤志：我是疯了，都是被你给逼的！

张吉安：凤儿，你知不知道，这要是被表哥知道，后果有多严重？（拉住徐凤志衣袖）

徐凤志：大不了就是一死！行了，你答应不答应？你答应，趁着天黑我收拾收拾就走，你要是不答应，我可喊了啊！

【开口欲喊，被张吉安一把捂住，徐凤志顺口咬了张吉安的手】

张吉安：（捂住手，搓了搓，视死如归）凤儿，你可真够狠的，行了，我这条命是你救的。现在算我还你了。你收拾收拾吧，我算豁出去了。

徐凤志：（立马收拾，拿起包裹）张吉安，你总算还有点良心！

张吉安：（委屈）凤儿，我都被你逼成这样了，你还想怎样？现在我的脑袋算是不保了。（沮丧）

徐凤志：（怀疑）你不会想反悔吧，还是把我要逃的消息告诉你表哥。

张吉安：我到底是个男人，说话算话，凤儿，你就那么不信我？

徐凤志：行了，这府里我能信的就我自己，不多个心，我早就没命了。

张吉安：凤儿……

徐凤志：别废话了，磨磨唧唧，待会儿想走也走不了了。

【张吉安还想开口，被徐凤志一推，推着张吉安向窗户，张吉安打开窗。蛐蛐声响起，张吉安跳出去后，扶着徐凤志出去，关窗】

【音乐起】

参考视频来源：电视剧《铁梨花》第二集至第五集

注：电视剧《铁梨花》编剧 郭靖宇

《金陵十三钗》

——根据张艺谋同名电影改编

景——— 一个简陋的地下室，舞台偏左侧放一把椅子，舞台右侧是一个教堂的钟楼（用一排方墩代替）。

时　间：抗战时期

地　点：教堂

人　物：**玉墨**【秦淮河畔的妓女，水蛇腰，妩媚妖娆，女性榜样，战中玫瑰】

约翰·米勒【外国友人，教堂神父，内心向往着和平与美好】

陈乔治【深受英格曼神父的教诲，一心都记着神父所托，照顾好那些女学生】

孟书娟【女大学生里的一员，懵懂女青年】

故事简介：1937年南京沦陷，只有一座天主教堂暂时未被占领，教会学校的女学生，秦淮河畔风尘女子、军人和伤兵，还有一个美国人约翰，都先后进了教堂，一个日军冲进教堂并且发现了女学生，强征女学生去庆功会为日军表演节目，女学生不甘被日军凌辱，准备集体自杀，却被以玉墨为首的妓女们救下，最后，这几个平日里被视为下贱的风尘女子，代替教堂里的女学生，去赴一场悲壮的死亡之约……

剧　情：

【前言】

【防空警报响起，约翰带着女学生从台下往台上逃跑，途中有人摔倒有人被扶起，跑到舞台前方正中间，被一堵墙堵住去路，约翰跟在后面】

约　翰：Wait！ Wait！ Come back！（等等！回来！）（往前方看了看）Who is familiar here？（谁熟悉这里？）

【女学生们听不懂，互相看了看，摇了摇头】

书　娟：We don’t know！（我们都不知道！）
约　翰：（四处查看，发现一个小洞）Step back！（往后退！）（约翰率先爬进去查看情况）

【书娟示意女学生们往后退一步，大家在外面抱在一起，四处察看天空的情形，过了一会儿约翰探出头来】

约　翰：Come on！（进来！）

【女学生们一个接着一个从洞口爬进去，书娟最后一个进去后，约翰出来拿遗忘了的手提箱】
【大幕渐渐拉开，警报声渐弱，枪声渐起。约翰带着女学生从侧边台下跑上，中途有学生摔倒，突然响起大炮的声音，约翰压着女学生们趴到地上】【过了一会儿，约翰察看四周情况，有女学生悄悄抬起头】

约　翰：Lower the head！（低下头！）（说着摁下女学生的头，察看了一下情况）Come on, come on！（快起来！起来！）

【女学生们赶紧起来就要跑，被约翰喊住】

约　翰：Come back！ You go hide it！ I'll go to the hooker first！（回来！你们快去躲起来，我先去找妓女在哪儿！）

【女学生们面面相觑，互相看了一眼，胡乱地点点头】

约　翰：Go！ Go！ Go！（走！走！走！）

【女学生们纷纷跑下场，约翰转身另一边下场。妓女们带着笑声上场，玉墨拿着琵琶坐到椅子上，妓女们站好位子准备唱歌】
【音乐起】【唱到一半儿，琴弦忽然断了，陈乔治跑进来】

陈乔治：出事儿了出事儿了！那帮女娃子要跳楼！
玉　墨：为啥嘞？（立马起身）
陈乔治：她们说不能让日本人糟蹋了身子！
玉　墨：人嘞？
陈乔治：走，我带你们去！

【妓女和陈乔治匆匆下场。女学生们衣衫不整地上场】

书　娟：我排第一个，你们看好了，哪个挨着哪个，走的时候，就按这个顺序不变了。

【一个个女学生排着队站好】

女学生甲：书娟，我不要去给日本人唱歌。

女学生乙：日本人都是畜生，去了就回不来了！
女学生丙：书娟，有没有别的办法了？
书　娟：没有了，绝不能让日本人再糟蹋我们的身子了！

【说完，就往顶楼的天台上走，陈乔治得到这个消息后马上跑到顶楼，秦淮女子也跑上来】

约　翰：Girls, shu！ wait, just...（女孩们，书娟，等等！）
书　娟：Go away！（别过来！）
约　翰：OK, OK. Stay back, OK.（好，好的。退后。好。)(佯装后退）
玉　墨：小妹妹，你不要胡闹了，南京城死了这么多人，阎王爷都来不及收，你们在这儿起什么哄啊！
陈乔治：书娟，你们不能这样，千万不能这样，我们不能糟蹋自己的命，我们要爱惜我们的命，这样灵魂才能得救！
书　娟：Keep away！ Step back！（退后！！！）
约　翰：OK. We're stepping back.（好的，我们往后退。)(继续后退）
书　娟：上来啊，不是说好一起跳的吗？上来，上来！（让没有上去的女学生上去）
玉　墨：书娟，你听我说，我有一个办法，我替你去，你让那些学生先下来，明天我替你去，你听见了？我替你去！
女学生丁：她说什么，哪个替哪个？
秦淮女甲：明天我也替你去！
秦淮女乙：有我们呢，要杀要剐姐姐们挡着，姐姐们替你们去！
秦淮女丙：你们放心，有我们姐妹呢。
秦淮女丁：对，不会让你们受委屈的。
秦淮女乙：你听到了，我们会替你去，小妹妹，不要胡闹，快下来！
约　翰：It's a good idea. That's it, girls. Shu, come here, it's a good idea. We can trick the Japanese. Come down, we think about it. We just come down , and think about it. We can make it work！（这是个好主意，书娟，这是一个好主意！我们可以跟日本人开个玩笑，下来，考虑一下，会解决的！）

【女学生们有些犹豫不决，约翰和秦淮女子们边说边慢慢接近女学生，突然，一声枪响，书娟中枪而死，倒在地上】

众　人：书娟！

【枪声起】
【在一声呼喊后，越来越多的枪声响起，学生和秦淮女子纷纷中枪而亡，约翰朝着空中的飞机大喊不要开枪，在最后一声枪响后，陈乔治中枪，怀中的圣经被扔出去，约翰转身接住陈乔治】

【音乐起】

【约翰在哭泣中慢慢把陈乔治放在地上，起身四处察看大家，然后拿起圣经，把胸前十字架塞进书中，放在乔治胸前，做祷告抱起乔治，慢慢走到舞台正前方，跪下】

约　翰：（撕心裂肺）No...No！！！

参考视频来源：电影《金陵十三钗》

注：电影《金陵十三钗》改编自严歌苓同名小说《金陵十三钗》

《金陵十三钗》剧照一

《金陵十三钗》剧照二

《我爱男闺蜜》

——根据汪俊同名电视剧改编

景—— 一间宽大的客厅，屋子中间放一个家居沙发，沙发前面放一个茶几，不远处放一个柜子，柜子上面放张遗像，旁边再放一张桌子，舞台走廊外放一个长板凳。

时　间： 21世纪的一个早上

地　点： 家里

人　物： 方　俊【和女孩无话不谈，讲义气，说学逗唱样样精，生活娱乐两相宜的都市好青年，任劳任怨老好人的性格】

方依依【一个个性十足的90后女生，造型雷人，性格叛逆】

冯　峰【幽默代表一切】

故事简介： 祸不单行，方俊正心情低落至极，接获最新情报，有人看到自己的宝贝妹妹方依依正在民政局办理离婚。方俊寻思妹妹还是乐活单身贵族呢，尚未结婚，何来离婚，但想到这个妹妹不按常理出牌。方俊放心不下，他决定去看看到底是怎么回事，担心成了事实，依依这个活宝贝，在方俊毫不知情的情况下，和“前夫”冯峰玩了一把闪婚又离婚。方俊十分生气，沿街追打依依前夫，回家后还严厉训斥了妹妹。

剧　情：

方依依： 你后悔跟我结婚吗？（冯峰摇头）

方依依： 那你后悔跟我离婚吗？你爱过我吗？

【冯峰看了一眼方依依点了点头】

方依依： 那就行，也不枉费咱俩夫妻一场，咱俩这夫妻关系已经解除了，你还有什么话想对我说的吗？

冯　峰： 我们以后还是朋友吗？

方依依：冯峰，你还能再俗点吗？咱当不成夫妻啊，咱就当哥们儿，以后啊！有女朋友带出来哥们儿见见，请我吃顿饭，哥们儿给你参谋参谋，我这双眼睛看男的是不灵，看女的那是一看一个准儿。哎，你说我是不是特有当蕾丝边的潜质啊！

冯　峰：有，特别有。（冷笑）

方依依：你看我帅吗？（撩了撩头发）

冯　峰：帅！

方依依：你帅还是我帅？

冯　峰：你帅。

方依依：承认就行了！（起身一边走一边说）现在离婚比结婚容易多啦，怪不得现在这么多人都离婚呢？

【扔着离婚证一转身，看到方俊气冲冲地拿着一把扫把】

方依依：（慌张）哥，你怎么来了？

方　俊：（上前追打）我打死你，小王八蛋，别跑，我抡死你。

方依依：别打，哥，哥别激动，（抱着方俊的腰，对着冯峰挥手）你快走，快走！

方　俊：你这不要脸的，给我滚回家去！脸都被你丢尽了！

【方俊拉着方依依往家走。刚回到家就让依依跪在妈的遗像前】

方　俊：你给我跪下，婚都离了你啊！在妈面前给我跪着，我告诉你啊，不让你起来一辈子都别起来！你胆儿肥了，背着我婚都离了，还一天到晚戴那什么什么发套，（拽掉方依依的假发）你干什么每天，不男不女的，你跪着不许吃饭！

方　俊：（一边走一边念叨着）反了天了你，越来越不像话了。

方依依：（看着方俊进屋，起身）累死了。

【边说边往沙发上靠，整个人就躺在沙发上了，过了一会儿站起来开始在房间里找吃的。方俊拿着供奉的水果出来】

方　俊：谁让你起来的啊，给我跪着去！

方依依：哎呀，我膝盖都跪青了，你给我弄点吃的吧，我饿了，吃饱了才有力气跪啊！

方　俊：吃屁吃！

方依依：不就离个婚吗，别想不开啊，总共花了，才不到二十块钱。

方　俊：滚蛋。

方依依：我倒是想滚，哪找蛋去啊？要不你下个让我滚滚。你不给我弄吃的，那我就出去吃啦，我走啦，我真走啦！（假装往门外走）

方　俊：方依依！你再往前走一步，我给你腿砸折了你信不信。

方依依：呵！你终于肯搭理我啦！

【扭头看着方俊笑笑】

方　俊：我……我问你，为什么背着我结婚又为什么又离了。
方依依：想结就结，想离就离。
方　俊：为什么？
方依依：喜欢就结了呗！
方　俊：哦，不喜欢就离是吧！
方依依：我觉得我们两个人更适合当哥们儿。

【方俊扭头往前走，然后又转过来】

方　俊：方依依，结婚离婚人生最大的两件事你一次性给招呼完了？你说都不带跟我说一声的啊！你当我这哥是什么啊？这小孩子过家家也不能这么过的吧？你那会儿哭着喊着要搬出去，我以为你长大了，懂事了，能自立了。结果呢？你这跟耗子放出去似的可劲儿造。你这婚又结又离的。你让我这当哥的怎么想？你让我清明节上坟的时候，你要我跟妈怎么说？你告诉我？
方依依：我能插句话么？
方　俊：不行！
方依依：杀人犯还能请律师呢！就算我承认错误，你也要给我张嘴的机会吧？第一，我不是成心要瞒着你的，我知道如果我告诉你，你肯定不会同意的所以我必须得瞒着你。第二，离婚也没什么的，我们这次婚姻关系总共维持不到两个月，派出所户籍上我还单身呢，神不知鬼不觉得也不影响我第二次销售。第三，其实我们这次婚姻关系还是挺美满的，离婚之前我们感情挺好的。
方　俊：好个头！你见过这么结婚的吗，两边老家都没见过面没吃过饭，这叫美满啊？好！方依依你想谈恋爱，想结婚我没拦着你，对吧，我还支持你了，我还给你张罗过是不是？你……你说咱找一好的行不行，那会儿你看我帮你找的，说有钱的咱找过吧，做小买卖的，做大买卖上市公司的都有，是不是，你找一当官的，咱科长、处长、副局长都有是吧，要不就是开奔驰开宝马的都成，你非找一小混混，找一胡同串子，你说你能好得了吗！
方依依：我不允许你侮辱我前夫！！
方　俊：我抽死你！

【说完把鞋脱了就打，两人一个追一个跑的。方依依看没地儿跑了，停在母亲的遗像前】

方依依：打，往死里打，打死了你还清净了呢，打。

【方俊无奈地把拖鞋扔在地上，扭头坐在椅子上了。方依依看情况不对，就凑上去用手戳了

下方俊的胳膊，方俊甩了一下手臂不让她碰，方依依又往上靠，方俊推了一下】

方　俊：滚蛋！
方依依：（弯下腰拉着方俊的手）哥，我知道这次是我不对，我做错了。

【音乐渐起】

方依依：你不是号称京城第一媒婆吗，你现在就给我找个去，咱不要开宝马也不要开奔驰的，咱找一开飞机的。
方　俊：开飞机的就是一飞行员，咱不找有钱的，你哥我能赚，早晚有一天我风风光光把你给嫁出去。
方依依：哥，我知道你心疼我，我长大了，你操心操心你自个儿吧，这光棍再打下去都能打出包浆来了，你给我拍回一嫂子来才是真的本分，人唐僧九九八十一难才修成正果呢，离个个把次婚算什么呀。

【方俊看到了方依依头上有根白头发，就拔了下来】

方依依：哎呀，干嘛呀！
方　俊：有白头发。
方依依：我饿了，你给我弄点吃的。
方　俊：好，想吃什么。（一边站起来一边说）
方依依：买点串再来点啤的。
方　俊：你还有脸喝酒啊。
方依依：婚都离了，还不兴借酒消愁啊！（跳到方俊背上）
方　俊：哎，你这小丫头。（背着方依依走出门）
方依依：我就知道我哥对我最好啦！

参考视频来源：电视剧《我爱男闺蜜》正片第一集、第二集
注：电视剧《我爱男闺蜜》编剧 李潇

《像雾像雨又像风》

——根据赵宝刚、汪俊同名电视剧改编

景—— 屋子正中间有一张方桌，桌子两边各有两把椅子，桌上摊着桌布，上面摆放着花瓶，舞台左侧是一扇门，右侧是修表的工作台，上面有一盏灯和工具箱，桌上还散落着零零散散的修表工具。

时　间： 20世纪30年代上海滩的一个早上

地　点： 方家

人　物： **方紫仪**【外柔内刚、心性善良，为爱情赴汤蹈火，聪慧文静】

李英奇【从英国留学回来的博士，浪漫且有才华，浑身透着富家子弟的贵族气质，文质彬彬，待人绅士】

范丽君【大大咧咧、疯疯癫癫，从小性格较开朗，与方紫仪是多年的好友，是李英奇的表妹】

方　父【妻子早逝，独自一人养育着女儿，希望女儿能找到一个好的归宿】

故事简介： 在李英奇与范丽君的婚礼上，李英奇抛下范丽君来到方紫仪家，方紫仪从教堂回到家，发现李英奇正在等她。李英奇说服方紫仪离开上海跟他到西安去开创新天地，方紫仪开始拒绝，但后来被李英奇的真诚感动，答应了李英奇的要求。范丽君赶到方紫仪家后明白了一切的缘由。

剧　情：

【开场，一阵火车的汽笛声和自行车的叮铃声。方父在家中打扫，李英奇进门】

方　父： 李先生？你……你怎么来了？今天你不是结婚么？

李英奇： 伯父，我在这儿等紫仪，您能给我一杯水么？

方　父：（愣了愣）有的。

【转身去里间端水出来，这时方紫仪急匆匆地进来，李英奇见到方紫仪立刻起身】

方　父：（急忙迎进）你可回来了！这到底是怎么回事儿啊？
方紫仪：（看向李英奇）我知道你会来的。
李英奇：你知道的，我放不下你。

【方父叹了一声走进里屋。方紫仪向前走，站在修理桌旁】

方紫仪：你太残忍了！
李英奇：我知道。
方紫仪：后来的事情你知道么？（转身）丽君她一个人坚持举行完婚礼。
李英奇：（诧异）这怎么可能呢？
方紫仪：回去吧，不管你愿不愿意，她已经是你的妻子了。
李英奇：（嗤笑）这话说得好。不管我愿不愿意，她都会成为我的妻子。那我是什么？我是她千方百计捕获的猎物么？（走近方紫仪）她明知道我不爱她，明知道我心里有别人，而且非常痛苦！她还要这么闹，你说她是真的爱我，真的关心我么？！
方紫仪：（无措地摇摇头）我不知道。我自己的事情都一团糟，我哪有资格管你们呀。（哽咽，流泪）
李英奇：（搂着方紫仪）紫仪，跟我走吧！
方紫仪：（挣脱李英奇，转身）不，不！绝不可能！
李英奇：（连忙拉过方紫仪）我们离开上海。（双手抓住紫仪的肩）我有个同学在西安，那里更缺医生，我们可以去那儿。
方紫仪：（连忙甩过）不，不行！（坐到椅子上）
李英奇：（急忙安抚，单膝跪地）你先听我说，我们之间唯一的障碍不就是丽君么？我们不能为了她一个人，毁了我们两个人一生的幸福。（顿了顿）我现在就去买车票，我们可以永远不见她。
方紫仪：（摇头，哭道）毁了她的一生，我们还能幸福么？她一直关心我，信任我，把我当成最知心的朋友。（站起）不！我求求你，我不能，我真的不能！
李英奇：（失落）其实我早就知道你不会跟我走的。（站起，走近紫仪）你拒绝了我多少次，我都记不清了……（发现自己失态）对不起，我不该让你为难。我走了（转身走，走了几步站门口）这次真的该说再见了，也许以后永远不会再见面了。
方紫仪：（紧忙转身）你去哪儿？
李英奇：我不会留在上海，我直接去火车站，走得越远越好，你多保重。
方紫仪：等等！

【李英奇转过身看着紫仪】

方紫仪：你的家呢？你的医院呢？你真的舍得抛下这里的一切么？
李英奇：那些都是身外之物，我唯一割舍不下的，只有你。

方紫仪：（流泪，低头）我也是。
李英奇：（意外）你说什么？
方紫仪：（扑过去抱住李英奇）带我走吧，走得越远越好！
李英奇：（点点头）真的么？好！（惊喜地抱住紫仪）那你在家等我，我这就去买车票。

【方紫仪送李英奇出门。方父拿着钟走了出来，坐下修钟】

方紫仪：（转身，向爸走去）爸，我想和您说件事儿。
方　父：（并没有理会，站起）这钟修不得，我得给人家送回去。
方紫仪：爸，你怎么了？
方　父：没什么，我挺好的。就是修不了钟了，我打算把这房子给卖了，一半给你做嫁妆，一半我回乡养老。
方紫仪：（紧张）爸，我和英奇的事儿，您都知道了？
方　父：没听全，剩下的我猜也猜得到了。
方紫仪：您不同意？可是您一直是挺喜欢他的呀！
方　父：我现在也没说不喜欢他，我只是觉得这件事情……算了，不说了。走吧。走得越远越好。（说完，要出门）
方紫仪：（急忙上前拉住）爸，爸，我和英奇已经商量好了，等我们到了西安，安顿好了，我们就来接您。
方　父：西安？（紫仪点点头）我听着就够远了，我年岁大了，跑不动了。
方紫仪：不，您一定要去！
方　父：你呀，跟你妈一样，也是个苦命的人，千挑万选，到头来，连上海也待不成。行了，这钟修不得了，我给人送回去。（说完，走出）

【方父出门。方紫怡的心开始动摇。李英奇进屋】

李英奇：（一手拿着外套一手拿票进来，兴奋）紫仪，这是明天的火车票。
方紫仪：明天？这么快。
李英奇：怎么？你还有别的事儿？
方紫仪：（为难）我只是觉得这一切，来得太快也太突然了，像做梦。
李英奇：（抓住紫仪的手）我一点儿都不觉得快，我等这一天等得太久了！紫仪，我恨不得，我们能马上走，马上结婚。
方紫仪：（犹豫）我，我真的觉得恍恍惚惚的像是在做梦。（转身，背过）
李英奇：（从背后拥住紫仪）我心里也着急，我怕好事多磨，夜长梦多。（转过紫仪）可一上火车就好了，没有人认识我们，没有人阻拦我们奔向幸福！（拥住紫仪）
方紫仪：可我没想到来得这么快，这么突然……我们能幸福么？

【范丽君穿着一身黑衣服，头顶白花来到店门口，见到俩人抱在一起。方紫仪见范丽君来了推开了李英奇】

范丽君：（站在门口，走进）对不起，我是不是打扰你们了？

李英奇：丽君，你怎么来了？

范丽君：你这个问题好奇怪，一个是我丈夫，一个是我最亲密的朋友，我为什么不能来看你们？

李英奇：（走近，抓住范丽君的手）我有话和你说，你出来。

范丽君：（甩开英奇的手）说什么！说你要讨小老婆？（丽君转头看向紫仪）讨就讨吧，我没那么小气。

李英奇：别胡说！我跟你根本就没结婚。

范丽君：英奇，这就是你的不对了，我们是在上帝面前发过誓的。

范丽君：（走向紫仪）紫仪，你也看见的，你来做证。

方紫仪：（愧疚）对不起，丽君。（转身欲走）

范丽君：站住，你做了什么对不起我的事了？

李英奇：（连忙上前）她没错，是我一直求她，她一直拒绝我。

范丽君：这么说，是我看花眼了？我还以为你们抱在一起了呢！

范丽君：（走向紫仪）肯定是我看错了，我最要好的姐妹，怎么会和我的丈夫搞到一起呢？（搂住方紫仪，用力一搂）

李英奇：（生气，严厉）丽君！走，我们出去说。

范丽君：（气急）放手！

方紫仪：英奇，别这样，有话好好说。

李英奇：你怎么知道我们在这儿？

范丽君：我一直等着你问呢！（说完看向紫仪）紫仪，我真蠢，我一直把你当做我最好的朋友，其实我早该知道，在学校你处处比我强，只有男朋友你比不上我。

方紫仪：丽君，我不想这样的，我，我也不知道怎么……

范丽君：那个修表的男人，不要你，你就缠着英奇，之前还装得那么清高，是我傻！我就没看出来，你是不是早就惦记着我表哥了？你这个贱女人！（说罢，扑上前，打紫仪）

李英奇：（上前，扯开，推开范丽君）你发什么疯？！

范丽君：我早就在想，你是不是喜欢上别人，所以才对我那么冷淡。你对她够上心啊！我就说，我天天待在你身边，你能认识什么女的？原来是我最好的朋友！

李英奇：（急忙）我再说一遍！是我先爱上紫仪的，要不是她拒绝了我，你以为我会跟你拖到结婚么？

范丽君：（看着紫仪）那这么说，我还得谢谢你？

方紫仪：（上前抓住范丽君的手）丽君，实在对不起，我真的不是这个意思，我真的希望……

李英奇：（打断）紫仪，（握住紫仪的手）别说这些了（转头对丽君）实话告诉你，我们已经买了明天的火车票，谁都不可能拦住我们。

范丽君：（伤心）那你父亲呢？

李英奇：我不会回家的，我以后给他写信。

范丽君：可惜他收不到了。

李英奇：（急忙）怎么了？

范丽君：你没发现我的衣服有什么不一样么？

李英奇：有什么话你就直说！

范丽君：你看见过新娘子穿的一身黑衣服的么？

李英奇：我知道，你是故意穿给我看的。

范丽君：不，这是我为我们的爸爸穿的。英奇，我们的爸爸死了！

李英奇：什么？你再说一遍！

范丽君：英奇，爸爸他死了，死了啊！

范丽君：爸爸本来心脏就不好，你在婚礼上跑了，他就晕倒了。

【李英奇急忙跑出，方紫仪想跟上去，被范丽君拦住】

范丽君：你还想走？

方紫仪：我……我……我……

范丽君：方紫仪，你可真行！你不仅毁了我的幸福，你还害死了英奇的父亲！

方紫仪：（含泪，抓住范丽君）丽君，你真的误会我了，我没想到事情发展到这种地步。

范丽君：你没想到？哼，你竟然说没想到？要不是你，这一切都不会发生！都是你，都是你！！（推了方紫仪一把）

【方紫仪的头磕在桌子上，流血欲要晕了过去，范丽君怕极了，跑了出去。方父正回来，看见方紫仪晕倒在地，急忙扔下手中的东西】

方　父：紫仪，紫仪。

【方父一把抱起紫仪出去】

【音乐渐起】

参考视频来源：电视剧《像雾像雨又像风》第二十集

注：电视剧《像雾像雨又像风》编剧 张永琛、李晓明

《像雾像雨又像风》剧照

《幸福在哪里》

——根据张多福同名电视剧改编

景—— 一间简单的小出租房，右边有一张方桌，两把椅子，桌子上铺着桌布，上面放着茶杯，还有一个小电风扇。左边有个布沙发，一把椅子，沙发左侧有个小桌子，上面有个花瓶。沙发前面有个茶几，茶几上有书和水果盘。

时　间： 1978年夏，全国高考恢复的第一年，白天

地　点： 向远家

人　物： 田麦秋【返城的知识青年，想实现自己上大学的梦想】

向　远【个性真挚的阳光少年，幽默风趣又很有担当，一心想要成为一名厨师】

田借粮【田麦秋的哥哥，在父母的宠爱下变成一个整天无所事事且没有太多想法的人，任性叛逆经常闯祸，却幽默真诚】

米　朵【向远的发小兼暗恋者，患有先天性心脏病的柔弱女孩儿】

罗　红【田借粮的未婚妻，盼着麦秋早点嫁出去，可以买“三大件”】

故事简介： 麦秋因被母亲逼着嫁给一个自己不喜欢的人，跟母亲大吵一架后跑到河边散心。这一幕正巧被向远看见，便跟着追了出去。向远误以为麦秋要跳河想上前劝阻，不巧俩人一同掉下水。上岸两人聊天，向远告诉麦秋自己有高考复习资料，麦秋考大学心切，于是跟着向远回家。向远的发小兼暗恋者米朵看见向远带了个姑娘回家，因不开心就开始捣乱。麦秋和向远两人在家里换了身干衣服，聊得正欢，麦秋的哥哥田借粮和罗红带着两个人闯进向远的家。田借粮见自己妹妹被别的男生带走，并换了衣服，以为自己妹妹被占了便宜，一气之下带着人就和向远打了起来。

剧　情：

【音乐起】

【两人嘻嘻笑笑地跑，气喘吁吁，麦秋看看自己湿漉漉的衣服，拧着辫子，向远看着麦秋】

麦　秋：（被看得不好意思）你看什么看啊？
向　远：（欣赏）我觉得你像一条鱼。
麦　秋：（难以想象）鱼？什么鱼？
向　远：安徒生笔下的美人鱼。
麦　秋：（害羞，开心）什么美人鱼啊？！我都快成泥鳅了。
向　远：（站起来，理直气壮）反正是你把我给拉下水了，这是事实！诶！？（拿出菜谱）你看我这菜谱让你弄的，都成什么样了？

【麦秋不说话】

向　远：（突然想起来）哎！你说，咱俩刚才在水里是谁先救的谁呀？
麦　秋：（开玩笑，理直气壮）我先救的你啊！
向　远：（难以置信）你救的我？
麦　秋：对啊！！
向　远：（恍然大悟）那你就是我的救命恩人呐，你该怎么报答我呀？！
麦　秋：是我救的你！
向　远：对对对！那我怎么报答你啊（尴尬一笑）。
麦　秋：（笑）你怎么这么赖皮。
向　远：诶？你看你看（指着麦秋），你笑了吧，这就对了嘛！咱们年轻人就得有这样的心态。
麦　秋：我用不着哄！而且我不可能自杀！我是要考大学的，将来有这么多美好的事等着我，我为什么要毁灭我自己呀？！你真是无事忙，瞎操心！
向　远：诶？我跟你说啊，我今儿呢，帮人帮到底了，你哥现在正满大院逮你呢！走，去我家！（拉着麦秋往自己家走）
麦　秋：（甩开向远的手）我跟你又不熟，我才不去呢。
向　远：我跟你爸熟啊！我跟你爸不只是学做菜的师徒关系，我们俩是忘年交，过命的兄弟！

【麦秋大笑，无奈】

向　远：你说我兄弟的女儿都落难了，我能不出手相救吗，那我成什么人了？！
麦　秋：还兄弟？！你别给我充大辈儿啊，充大辈儿没好事！（转身要走）
向　远：诶！（拉住麦秋）你干嘛？！
麦　秋：我……我回家呀！
向　远：哦！（舔嘴唇，咽口水）没事儿，其实，我手上有一份挺权威的高考复习资料，是去年的试卷分析，我爸昨儿拿回来的，没事儿，没事儿，你回家吧。
麦　秋：（开心，激动）你真有去年的复习题呀？！

向　远：（委屈）咱俩什么时候再见面啊？

麦　秋：那你能借我看看嘛？

向　远：你不是要回家吗？

麦　秋：我想看一下！

向　远：那你要想看，卷子在我们家呢，你就得去我家看！

麦　秋：（越发的激动）那你能不能拿出来？！

向　远：（理直气壮）那可不行，我爸不得打断我的腿呀！

麦　秋：（想了一下）那……那我去看一眼，然后再回家。

向　远：（开心）好！

【两人朝家走去。走到走廊，向远小心翼翼地招呼麦秋进来，王大妈端着要洗的菜过来】

王大妈：去哪儿玩去了，弄一身泥？

向　远：是，我刚才玩儿的时候摔了一跤，蹭的！

【王大妈笑着点点头走了。向远见王大妈走了，招呼麦秋快跑进屋。米朵端着一盆要准备洗的西红柿开心地蹦跳出来，看到向远和麦秋，跟着他们，见他们进了屋关门，伤心、失落地走了。向远和麦秋两人进屋，向远进屋拿衣服，麦秋四处张望】

向　远：（从屋里拿衣服走出来）赶紧把你这衣服换下洗洗（扔给麦秋）先穿我的。（拿起小电扇）一会儿拿着这小电扇啊，呼（吹口气）……这么一吹，半个小时就干啦！

麦　秋：我衣服已经快干啦，你把复习题借我看看吧。

向　远：什么快干啦（埋怨），你看看你这裙子（拎了一下裙子），就这些泥点子（笑），回家怎么跟你爸妈交代啊？！赶紧换上，把门锁上（边走边说）我到外面去！

麦　秋：（拉住向远）不！我……那个……我看完复习题就走了，不穿你衣服（把衣服塞给他）。

向　远：干嘛？！

【两人尴尬地对视了一下】

向　远：（忽然明白，笑）哦，你等会儿啊。（笑，跑进屋）

麦　秋：（看了看四周）其实我挺想到你们家看看的，我还是第一次到北院老师的家呢！（拿起茶几上的书翻看）

向　远：（笑着走出来）这有什么啊！我跟你说啊，我们这楼里，每家都这样。（拦着他）诶诶诶，行了，别看啦，别看啦，别看啦！来来（把麦秋拉过来），我跟你说，这裙子，是我妈的（硬塞给麦秋）这回你能穿了吧？！

【麦秋摇摇头，要还给向远，向远往后躲，麦秋把衣服放到向远手上】

向　远：（不解）干嘛呀？！！我告诉你啊，你要是再不换上这裙子，一会儿就得感冒，感冒容易引起肺炎，你要是得了肺炎进医院怎么办？上得了大学吗？！

麦　秋：（觉得他瞎说，生气）你说什么呐！

向　远：（尴尬笑）我，我这不就是吓唬吓唬你嘛，就怕你不穿，把这问题的严重性，给你分析了一下（拿着衣服给她比比）赶紧换上吧，啊，（拿着自己的衣服）我也换去，我去水房换去，你就搁屋里，把门插上，换好了叫我，啊，把门插上！（转身，出门）

【麦秋既害羞又开心地看看衣服，进里屋。米朵拿着洗完的西红柿出来撞见已经换好衣服的向远。向远看到米朵，转身要走】

米　朵：（埋怨，教育）向叔叔叫你在家里好好复习，把你锁在家里都锁不住，还带了个女孩儿回来，那个女孩儿是谁啊？！

向　远：（尴尬笑，走向米朵）不错啊，朵朵，有进步，知道给家里干活了啊。（要走）

米　朵：（上前拦住）我当然有进步了，可是你有进步吗？（质问　）我问你那个女孩儿是谁呀？！

向　远：他是食堂那个田伯伯的女儿。叫田麦秋！

【向远要走，米朵怨气地看着向远，向远左右移动想要走却都被米朵拦住】

向　远：（无奈）插队刚回来，之前不是见过面吗？

米　朵：我没见过，南院的孩子我一个都不认识，我也不想认识。

向　远：诶诶！小孩年龄不大别有这么强的偏见啊。

米　朵：本来我们北院跟他们就不一样！你也少跟他们接触！

向　远：（不耐烦）行啦，以后大人的事，小孩儿少打听！啊，都快高考了，好好复习！好好学习！天天向上！

米　朵：（着急）那你为什么不好好复习啊？！（埋怨）还往家里带女孩，你干嘛了？！浑身上下湿漉漉的，外面又没下雨！

向　远：（急忙拉着米朵看了一下四周）你小点儿声！我告诉你啊，朵朵，（教育）你向远哥哥啊，长大啦！是成年人了！知道么？！我跟女孩交往这都很正常的！

米　朵：（急）你们俩浑身湿成那样，那就不正常！不正常！！

向　远：（一本正经）你没出过汗呐！？出汗湿了怎么了？挥汗如雨！你怎么管这么多事儿呢？你是街道的啊？赶紧好好复习功课，考不上大学，你爸你妈得痛不欲生了。（推开米朵往回走）

米　朵：诶，你等会儿！（米朵看了下盆里的西红柿，擦了擦，扔给向远）这个给你！

【向远拿盆接住，贼贼地笑。米朵也羞涩地开心笑。向远看了下米朵，看了下西红柿。米朵

注意到了，刚要跑，被向远抓住，向远刚伸手，米朵马上抽走】

米　朵：（不开心，心知肚明）要给她拿一个是吧？
向　远：我想再吃一个。
米　朵：没有！

【米朵一转身被向远拿了一个】

米　朵：你干嘛？！你还给我（抢回向远手上的西红柿跑回家）我妈还得给我做西红柿炒鸡蛋呢！
向　远：（笑）这小尾巴。
王大妈：小远！
向　远：诶，王大妈，（看见王大妈手里端着的饼丝）呦，大妈，您这是……？
王大妈：香吧，大妈专门给你端来的。
向　远：王大妈，您这手艺我都能吃上五六碗呢！
王大妈：（开心）你这孩子，行了，那大妈先走了，啊！
向　远：诶，好，谢谢啊大妈！（闻了下，开心一笑，向家走去）

【麦秋换好衣服，把衣服放在客厅的椅子上，用电风扇吹着衣服。向远敲门，麦秋开门】

向　远：（拿着饼放在麦秋前面）看我给你带什么来了！

【向远把烩饼放在桌子上，去房间里拿了一个碗和两双筷子。麦秋凑上前闻了闻烩饼，觉得很香】

向　远：这是隔壁王大妈端来的，我们俩一起吃。

【麦秋坐在椅子上刚要吃，米朵偷摸着进来，看到麦秋和向远处得很开心心里很不是滋味，靠在门框，吃着西红柿】

米　朵：（无所谓的唱歌）啦……！
向　远：行了你啊，别拉警报了赶紧回家吃西红柿炒鸡蛋去！
米　朵：没做好呢！！（委屈）饭都没有吃。
向　远：呦呦呦，看你那样！行，过来吧，赏你半碗烩饼。
米　朵：你要么就把一份都给我！
向　远：行，你过来我给你盛一大碗，来！
米　朵：哼，我才不吃呢！不像某些人，到别人家里蹭吃蹭喝！啦啦啦……（转身走）
向　远：（尴尬的看了看麦秋）她……她不是冲你的，冲我！我……我刚才抢了她个西红柿。诶对了，你等等啊。

【向远进屋。麦秋继续吃饼。向远搬了一箱书，打开】

麦　秋：（兴奋）哇！这么多书啊！这些外国书，我光听老三届的知青们提过，还没见过呢！回头借我看看吧！

向　远：没问题！回头全给你拿去！

【麦秋开心地翻着】

向　远：（制止）诶，你现在先别看！你吃饼，吃饼，一会儿都凉了！

【两人边说边坐下，向远把饼端给麦秋】

麦　秋：（不可思议）你哪儿来这么多好书啊？！

向　远：我妈不是天海大学图书馆的嘛，那会儿是七五年，反击右倾翻案风，那会儿好多人要把图书馆那书啊，拿走销毁，我就偷偷顺出来一些。我跟你说，这事儿我爸妈都不知道！你可不能告诉别人啊！

麦　秋：（看着向远，开心）我不会，我给你当同案犯。

向　远：这还差不多。吃饼，吃饼，快点，该凉了。

麦　秋：（看向装着书的箱子）诶？相声小品集！？怪不得你那么油嘴滑舌！

向　远：（站起来）嘿！你知道我为什么看相声小品集吗？

【麦秋摇头】

向　远：因为相声小品集里有个报菜名！都是满汉全席，一个都没见过，（嘚瑟地点一下书）其实我的这些书啊都是跟炒菜有关的！

【麦秋吃了一口被烫到】

向　远：烫啊？

【向远立刻拿着电风扇吹。看着麦秋，突然唱起了歌】

向　远：（唱）北风那个吹，雪花那个飘，看着啊（站起来，跳舞）北风那个吹诶，雪花那个飘，年来到……

【这时田借粮和罗红带着几个人来到了向远家】

罗　红：（指着门）就这屋！

借　粮：（一脚踹进门）唱上了都！啊？！

麦　秋：（站起来）哥！

向　远：（生气）干嘛呀！有礼貌没有？！进别人家不会敲门啊？！

借　粮：你把我妹妹带走跟我打招呼了么！啊？！

麦　秋：（上前拉着借粮的手）是我自己要来的，哥。

借　粮：（警告）我告诉你啊，现在跟我回家，跟汪喜把婚事定下来！

麦　秋：不！

借　粮：（指着向远）今天这事没完！（拉着麦秋走）

麦　秋：（挣扎）我现在不想结婚！

【麦秋被借粮强行拉走。向远上前又把麦秋拉了回来】

向　远：没事，麦秋！（把麦秋拉到自己的身后，看着借粮）干嘛？！你不是号称天海大院最大的玩闹吗？

借　粮：对啊。

向　远：真正的玩闹有这样的么？就为了自己占套房子，逼妹妹结婚，有这么当哥哥的么？！好意思跟这吆五喝六的吗？

罗　红：（看着田借粮）说你呐！

借　粮：（被说的不好意思）听见了。

向　远：行，行，赶紧出去啊，别闹了啊，走走走！（推搡着借粮等人）

【田借粮一个手势，后面的人把向远按到凳子上控制住】

麦　秋：（上前制止）你们别这样！

【借粮拦住妹妹，罗红也上前拉着】

借　粮：麦秋我告诉你啊，我毁他，分分钟的事儿，啊，你给我老实点儿，现在跟我回家，我还能放他一马！

向　远：（挣扎）放开她！！麦秋有人身自由！你无权干涉！你把她放开！

【借粮冲过去踢了向远屁股一脚】

向　远：啊！！！

麦　秋：别踢他呀！（冲过去却被罗红拉住）

罗　红：（拉住）麦秋！你怎么把衣服给换了？这是谁的，这是……这（指着向远）诶，你们俩关着门在屋里都干吗？！借粮你看！那不是麦秋换下来的衣服吗？！

借　粮：（走向麦秋推了一下麦秋）你俩在屋里干什么了？！

罗　红：（指着向远）你耍流氓！！

向　远：你胡说！！！

麦　秋：（着急）你胡说八道你！

借　粮：（看了一眼向远）你把我妹妹给办了是吧！（踹凳子，冲向向远）

向　远：（踹开人，挣脱）我跟你拼了！
麦　秋：我不就是换了件衣服吗？！（被罗红拦着）
向　远：（举起凳子挥舞起来）啊！！！
借　粮：今天我毁了你！
麦　秋：哥！
借　粮：老三！凳子抢下来！

【老三把凳子抢下来了，向远又拿起旁边的花瓶】

麦　秋：哥！哥！别！

【向远见势不妙，最后扑向借粮】

麦　秋：干什么啊你们？！
借　粮：你敢睡……睡我妹妹！！

【借粮和向远各抓着一只手，向远咬了借粮的手】

借　粮：啊！你敢咬我！？
麦　秋：（嘶吼）行了！！都听我说！我刚刚不小心掉湖里去了，向远是怕我自杀，他跳到湖里面去救我，所以我们俩的衣服都湿了，他把我带到这里来就是想让我把衣服晾干，怕我感冒，让我换件衣服！没你们想象的那么肮脏！
向　远：（生气）听见没有！！！瞎闹什么你！

【麦秋生气地拿起挂在凳子上的衣服准备走，被借粮拦住】

借　粮：我告诉你，离我们家麦秋远点！

【田借粮拉着麦秋走出了门，走到了街上】

借　粮：你赶紧走啊，妈还在家等你呢！你回去晚了你就完了！
向　远：（冲出来）麦秋！麦秋！
麦　秋：（回头）向远？！
借　粮：没完没了了你，干嘛你？！

【借粮拦着向远】

向　远：（把书递给麦秋）这复习题你拿着啊！好好复习，考上大学，远走高飞，谁拿你也没辙！
借　粮：（拦着向远）你怎么了你，没完没了是不是？！
向　远：（突然抓住田借粮，喊叫）啊……啊……啊……！！！我告诉你，不准影响她复习

功课！（转身就跑）

麦　秋：（开心）向远，谢谢你！！

借　粮：你把嘴给我闭上啊，你以后再跟他说话，或者有什么来往我连他带你一勺烩了！

罗　红：烩了，烩了，全给烩了！走，回去！

借　粮：你们俩等我会儿……

【音乐渐起】

参考视频来源：电视剧《幸福在哪里》正片第一集

注：电视剧《幸福在哪里》编剧 李青、张静

《幸福在哪里》剧照一

《幸福在哪里》剧照二

《小姨多鹤》

——根据安建同名电视剧改编

景—— 舞台正中间一张床，床上有个小木桌，上面放着水果，床头一把椅子，床尾一张桌子一把椅子。

时　间： 1945年的一个下午

地　点： 家里

人　物： **朱小环**【活泼、开朗，可以为了亲人得罪任何人】

张　俭【沉默的性格，不屑也懒于争辩，羞涩腼腆，固执，典型的中国工人】

张石匠【脾气暴躁，一言不合就会气得脸红脖子气粗，大嗓门儿】

关大脚【农村典型的妇女，有着善良、淳朴的性格，想要一个孙子】

故事简介： 张俭和媳妇朱小环正在家做饭，张石匠和关大脚两口子推门抬进一个麻袋，打开一看，是昏迷的多鹤。关大脚打算，如果救得活就让张俭跟她生养个孩子，小环一听怒了，打闹着回了娘家。

剧　情：

【张石匠和关大脚抬着一个麻袋上场】

张石匠： 你看看你，让你赶车不快点儿。哎哎，小心后面！

【话音刚落，关大脚累得不行，跌坐在地】

张石匠： 赶紧起来吧，马上就到家了，来，一，二，走。

【张石匠和关大脚把麻袋快抬到家门口】

张石匠： 二孩儿啊！快来！搭把手，搭把手。

【张俭跟小环在屋里的炕上打情骂俏，听到爹娘的喊声连忙起身，开门】

张　俭：（边帮忙边说）娘，爹，我来我来。

【张俭帮着抬到了炕上】

朱小环：什么呀这是？你买的大白菜？怎么还扛炕上了？（解麻袋绳）
关大脚：快快快……慢点儿慢点儿，快点去把那头儿解开，快点儿。（看儿媳妇没解开）解得开吗？快拿剪子剪开。

【朱小环进里屋拿剪子。张石匠摘下帽子坐到椅子上】

张　俭：剪子呢？
朱小环：来来来，剪子。
关大脚：能行不，能剪开不？
朱小环：解开了。
张　俭：开吧，开吧，开吧，别着急，我看看，啥玩意儿啊？

【打开麻袋，张俭跟朱小环吓了一跳】

朱小环：娘！娘！您咋把死人拉家里了？
关大脚：没死，这不活着还有气儿呢。

【张俭伸出手探探竹内多鹤的鼻子】

朱小环：娘，这谁家的女人啊？
张石匠：（边说边脱下手套）日本人。
朱小环：日本女人！
张　俭：娘，你咋弄一个日本女人回来？！

【关大脚解下围巾】

张石匠：你娘非要把她救回来！
张　俭：娘，你救日本女人干啥呀？
朱小环：娘，这日本女人应该扔到野地喂狼，你拉家来干啥？！
关大脚：你先让我把气喘匀了再告诉你，给俺倒杯水去。

【朱小环跟张俭对视一眼，朱小环连忙去倒水】

关大脚：（拍着胸）今天早晨啊，我和你爹到集市上去买大白菜，就碰见这土匪呀卖日本女人，一毛钱一斤，我就和你爹去看热闹去了，结果真死了一个日本女人，土匪就给了你爹一块大洋，非要拉到驴车上，让我们给埋了，这不，我和你爹都把她拉到沟里了，我发现她还活着。

【朱小环端着热水过来】

关大脚：她是条命，我们得救啊！

张　俭：（对着朱小环点点头）救。

关大脚：二孩儿啊，娘和你爹道儿上还合计了，要是这日本女人真能救活，她要是还能生养，就让她给你生个孩子，这不也是好事儿嘛。

张　俭：娘，你说啥啊！你让她跟我生孩子，娘，你！

关大脚：这不是正跟你爹合计吗？

朱小环：娘，这主意是你出的啊？亏你想得出来！

关大脚：我和你爹才合计呀！

朱小环：你合计什么？合计好了是不是？啊，好啊，好，这主意多好啊，行，快把她给救活，快给救活吧，让日本女人跟你儿子给你们张家生个狼崽子！

【说完，把手中的碗狠狠地摔在了地上。然后气呼呼地出了屋，张俭跟着准备一起走，张石匠连忙拉住】

张石匠：哎，你别走啊，你赶紧把这日本女人抱到厢房里去。

张　俭：要抱你们抱啊！

张石匠：是我能抱得动，还是你娘能抱得动啊！

张　俭：那你们不抱，往家拉啥呀？！

张石匠：行了，你就别管了，让你抱就抱！快快快！

张　俭：咋想的嘞？

张石匠：什么咋想的，快快快！

【张俭上前双手抱麻袋】

关大脚：你快点儿啊，小心点儿啊。

张石匠：唉，脑袋，小心脑袋！

【张俭把麻袋抱了出去】

张石匠：你说你这事儿弄的，你看看，你看看，你这不就是刻碑不成伤手指吗？我就跟你说不要救她不要救她，你就是不听，啊，你看看现在弄的，人家小两口感情挺好的，你说你把她救回来干什么，啊？这以后日子咋过，你说咋过……哎呀，行了，你赶快去看看吧，可千万不能叫这个女的死在咱们家里头啊！

【关大脚没理会】

张石匠：快去啊！

【关大脚下炕跟着张石匠走进厢房，这时，朱小环扔出包袱，从里屋出来，张石匠连忙跑出来】

朱小环：（收拾包袱，要走）欺负人也没有这么欺负的啊，干什么呀你们这是，给我拿来！
张石匠：（拦住）小环，你这是……小环，你这是干什么啊。（冲屋里喊）二孩儿，二孩儿啊，你媳妇！
朱小环：（抢包）把包给我，让我走。

【张俭从里屋跑出来，一把抱住朱小环的腰】

张　俭：小环，小环，你干啥呢！
朱小环：干什么拦着我！
张石匠：（上去抢走朱小环的包袱）你干啥呢，你干啥呢！
朱小环：（拍打着）再拉我一个！你再拉我一个！！

【关大脚从屋子里出来】

关大脚：小环，你这是咋了这是？
朱小环：我告诉你，好狗不挡道啊，给我让开！
张　俭：（抱住朱小环的腰）不！不能走！不能走！
朱小环：（直接躺在地上直扑腾）我在你们家待不下去了，不让我走，干啥不让！

【张石匠生气地把包袱往地上一扔，关大脚连忙上去扶朱小环】

关大脚：小环，别闹了，你别闹了。

【朱小环爬着过去捡起包袱，站起身就往外走，张俭马上挡在前面】

张　俭：不放你走，你不能走，我就不！
朱小环：（边打边往前走）给我让开，给我让开，让开，让开，让开！

【张俭拉过朱小环就抱着她】

张　俭：我不让你走，我不让你走！

【朱小环气得狠狠地咬了张俭耳朵一口，痛得张俭直叫唤，放开了朱小环，朱小环用包袱打了张俭一下，气呼呼地往门口走，打开门，张俭急忙上前拉着】

朱小环：干什么呀你，你别拦着我，你再拦着我，我撞死在这儿！

【朱小环一个冲劲往门上撞，张俭拉着被带着一个趔趄】

朱小环：我撞死在这儿，我就撞死在这儿。

张石匠：二孩儿！回来！别拦着她！

朱小环：我走！我走！你有什么了不起的，我就看看你们家能生什么样的狼崽子！

【说完，气呼呼地走了。张俭捂着耳朵连忙转身准备去追】

张石匠：你给我回来！

【张俭捂着耳朵走到张石匠面前】

张　俭：（哭着）爹，她咬我。

张石匠：过来我看看。你说她干什么这是……犯什么疯啊，你看看把他咬成这个样子，我就见不得这撒泼的女人，啊，这多大个事儿，你说！

张　俭：爹，这事儿还小吗？

张石匠：这事儿大吗？我就是跟你娘有这么一个想法，还没说准呢！

【关大脚在旁边附和】

张石匠：这怎么的，这老的还不能有这么一个想法么。

张　俭：那你们这事儿也得问问我们乐不乐意啊！

关大脚：这不没问她就跑了吗！

张石匠：问问你们乐不乐意？你怎么不问问我们乐不乐意呢？我们一把屎一把尿把你拉扯大了，为什么？不就是让你娶个媳妇，生个孙子，传宗接代吗？啊？怎么得，这不应该吗？啊，你们做不来，当老的帮着你们做，有什么不乐意的，我跟你们说，叫她走，叫她回家再别回来了，我看她再怎么进这个家门。

关大脚：他爹，你别说，你说这话干啥呀。

张石匠：什么话，我今儿把她休了，爹再给你找一个能生孩子的媳妇。

张　俭：（跳脚）爹，你说的啥话啊！啥话呀！！

张石匠：我说的是驴话吗？！

张　俭：驴话我哪儿听得懂啊？

【张石匠伸手就去打张俭，关大脚连忙上去拦着】

关大脚：孩儿他爸，行了，行了，行了，别打了，你这是干啥玩意儿。

【张石匠气得转身去了里屋】

张　俭：娘，爹，小环就不管了？

关大脚：他爹……

张石匠：他爹也不行，不管了！

张　俭：娘，小环咋办啊？

关大脚：你没看见你爹在气头上啊，咋办，咋办，我咋知道咋办！

张　俭：你说你们二老弄个日本女人回来干啥，干啥呀。

关大脚：（一甩手）我也不知道了。

张　俭：（跟着关大脚）你们弄个日本女人回来干啥，干啥啊……

参考视频来源：电视剧《小姨多鹤》第一集

注：电视剧《小姨多鹤》改编自严歌苓同名小说《小姨多鹤》

《美丽的大脚》

——根据杨亚洲同名电影改编

景—— 舞台中央左侧摆一道门，右侧摆两张桌子当成炉灶。上面放着厨具。中间摆着一张小桌子和两个小凳子。舞台两侧用屏风隔成两个里屋。舞台后方是由桌子凳子搭成的简易屋顶，屋顶左侧摆一个晾衣竿。

时　间：大清早

地　点：屋顶、门口、厨房

人　物：张美丽【丈夫多年前因无知犯法被枪毙了，数年后也失去了孩子。她深知没有文化的后果，于是美丽当上了村里面的老师，教全村的孩子们知识】

夏　雨【来这个穷乡僻壤当志愿者，夏老师的到来给张美丽与孩子们带来了许多新鲜的知识与希望，可是夏老师对艰苦的环境并不适应，是张美丽那淳朴真实的感情逐步地感动了夏老师，即使丈夫前来要带走夏老师，她都不舍离去】

大妞、二妞【张美丽收养的孩子，活泼，可爱】

故事简介：张美丽好心地给夏雨洗衣服，却不知道那些衣服根本就不能用水洗。因为这件事让两位女性心灵上从隔膜到理解、尊重并最终融合。

剧　情：

【夏雨穿着单衣从屋里出来看见两个孩子在地上玩游戏】

夏　雨：大妞，二妞，你们在干吗？

【大妞、二妞看见夏老师站起来】

大　妞：夏老师好！

二　妞：夏老师好！

大　妞：我们在玩游戏呢！

夏　雨：在玩什么啊？
大　妞：丢石子！
夏　雨：哦，那老师给你们做个风车好不好啊？

【大妞，二妞高兴地拍拍手】

大　妞：好啊好啊！
二　妞：好啊好啊！

【夏雨转身走进里屋拿东西给她们做风车】

夏　雨：看！做好了。
大　妞：真好玩儿，夏老师，那我们出去玩儿了。
夏　雨：好的，早点回来！

【大妞、二妞嬉闹着跑出去，夏雨也进屋去拿衣服穿。张美丽看见了跑着的孩子们】

张美丽：大妞、二妞，你们上哪儿去？
大　妞：我们去那边玩儿！
张美丽：那你们记得早点回来吃饭！
大　妞：好的，我们知道了！

【夏雨穿着单衣从屋子里跑出来】

夏　雨：张老师，张老师，张老师！
张美丽：我在房顶上呢！
夏　雨：哎？张老师，我那些衣服怎么都不见了。你看见了吗？
张美丽：你回头就看见了！

【夏雨高兴地回头，却看见衣服都洗得不成样子了，急忙跑过去】

夏　雨：啊！张老师！你要洗衣服怎么不跟我说一声啊！
张美丽：说啥嘛？你带着个娃儿整天挺辛苦的，我要洗个衣裳也要跟你说一声？不用说！
夏　雨：你也应该跟我打一声招呼吧？
张美丽：夏老师，我知道你就是不舍得我们这里的水。你放心吧，以后啊，你的衣裳我都给你包了！
夏　雨：我这衣服是不能用水洗的！
张美丽：夏老师，你们城里人就是怪怪的哈，那你们城里人洗衣裳不用水用啥？你告诉我，用啥？
夏　雨：（生气）我跟你说不清楚！你看吧！你把我衣服大的洗成小的小的洗成大的，你给我把皮衣用水洗了你让我怎么穿啊！

张美丽：啥？你刚才说啥？

夏　雨：（警告）我告诉你张美丽！今后我的东西不经过我的同意你不许动！你听见没有？！

【张美丽拿着瓦片愣在那儿，瓦片从手里掉了下去。张美丽蹲下捡瓦片。夏雨拿着衣服气呼呼地进了屋】

【大妞、二妞回来了，跑到屋顶前，二妞摔倒了】

大　妞：（抬头）妈！妈！二妞摔倒了！

【张美丽一声不吭，大妞见张美丽不理她们，便拉着二妞在台阶上坐着】

大　妞：二妞，你疼不疼？

二　妞：疼！

大　妞：走！我们回去。

【大妞拉着二妞回去】

大　妞：夏老师！夏老师！

夏　雨：怎么了？

大　妞：我妈妈坐在屋顶上不理我们，我妈妈怎么了？

夏　雨：没，没怎么。

【二妞从口袋里拿出两块糖，有点不舍地递给夏老师】

二　妞：喏，夏老师，给你糖！这是张叔叔给我们的。

夏　雨：我不吃！你们吃！

二　妞：不行！我妈妈说了，有好东西要给夏老师！

【大妞看那两块糖脏兮兮的，就接过来擦了擦，又递给夏雨】

大　妞：夏老师，吃糖！

【夏雨感动地接过了那两块糖】

大　妞：夏老师，我们再去外面玩玩！

夏　雨：嗯，去吧。

【大妞、二妞又蹦蹦跳跳地跑了出去。夏雨盯着两块糖看了一会儿，走出去找张美丽】

夏　雨：（无奈）张老师，对不起！我刚才说话冲了些。你下来吧！

【张美丽一动不动，夏雨无奈地坐在石头上】

夏　雨：张老师，你下来吧！我都已经向你赔礼道歉了，你给我个面子下来好不好？（站起来）那你把我衣服洗成那样，你还要让我饥寒交迫啊？下来吧！咱们做饭吃！啊！

【张美丽转头看了看夏雨，沉默了一会儿，终于下来了，夏雨高兴地上去扶她下来进屋。张美丽默默地走去做饭，夏雨去里屋拿那件被洗大的衣服。】

夏　雨：张老师！你终于把我的衣服洗成了你的衣服嘞！呵呵……跟你开玩笑！哎呀！你别做了。告诉你啊，这件衣服送你了，你赶快试试，看合不合适！（说着就给张美丽穿上）来，我觉得这颜色应该挺适合你的。这衣服啊，是刘志鹏从德国给我带回来的，我一直觉得我穿着不是太好看。现在正好，我看看怎么样？哎？有点儿意思啊张老师。我告诉你啊，你以后不能再穿你那样的衣服了！穿得你一点儿活力也没有了！（又走进里屋去拿帽子和眼镜）哎呀！张老师，我求求你！你别穿着我送你的衣服干活好不好？多可惜啊！来，再把这个戴上。这帽子啊，可洋气了！哎，再戴上这个。张老师，你太酷了你！哎？等一下，等一下！还有一样东西！（进屋拿披风）张老师，披上这个。转过来让我看看成功不成功！

【张美丽一直不说话，夏雨摘下她的墨镜，发现张美丽哭了】

夏　雨：怎么了？张老师？
张美丽：夏老师，只要你高兴，我怎么地都行。

【夏雨看着她感动地笑了，并拥抱她】

参考视频来源：电影《美丽的大脚》
注：电影《美丽的大脚》编剧 李唯

《情深深雨濛濛》片段(一)

——根据李平同名电视剧改编

景—— 一间大屋子，进门就有张新地毯。舞台右侧有一张桌子，桌子边上有凳子，边上有一个长沙发。舞台左侧有个柜子，柜子上面有个留声机。墙上挂着书画。

时　　间： 1936年暮春

地　　点： 上海陆家

人　　物： 陆振华【陆家的大家长，前北洋军阀陆振华是三个女儿和两个儿子的父亲】

雪　琴【相貌美丽，为人直爽。虽然颇有几分刁蛮，但是敢做敢当】

依　萍【性格直率，充满个性，自尊心强，同时肩负了照顾年迈母亲的重责，所以也很坚强，很独立】

如　萍【长相甜美可人，性格温柔贴心，是父亲最引以为豪的好女儿。但对爱情态度很无知】

梦　萍【陆家的小女儿，优渥的生活养成了她骄纵的性格，动不动就和依萍过不去。泼辣蛮横，嘴不饶人】

尔　豪【长相英俊、帅气。内心骄傲的富家子弟】

尔　杰【活泼可爱，天真淘气】

故事简介： 一天，文佩的女儿依萍下雨赶到父亲家。父亲陆振华见她寒着脸，开口就要一大笔生活费，已有些不快，再加上九姨太雪琴在一旁煽风点火，致使二人发生严重冲突。父亲陆振华训斥依萍，依萍不服，与之争执，父亲大怒之下动用马鞭，抽打了依萍。原本是来要生活费的依萍，此时种下了复仇的种子。

剧　　情：

【一个下雨天的夜晚，陆依萍摁响陆家的门铃】

丫　鬟： 来了来了，哎呀，是依萍小姐啊！（打开门）快，进来！（关门）下这么大的雨怎么也不打把伞？

【依萍进门，抖落身上的雨水，陆梦萍在陶醉地听碟，陆尔杰在开心地玩玩具枪】

尔　杰：哦哦哦！我是大将军，我是总司令。（枪对着依萍）打死你！打死你！依萍姐，你死了！太好了！太棒了！

梦　萍：（边看边笑）哈哈，真是太好玩了！（见依萍弄脏了地板，板起脸）喂，当心，不要弄脏了我们家的新地毯！

依　萍：（尴尬）梦萍，爸爸在家吗？

梦　萍：（白了依萍一眼）爸，妈，依萍来了！

【如萍在自己房间的床上对着小狗玩，听见依萍来了】

如　萍：乐乐，依萍来了，我们一起到下面去。（见小狗跑了出去）乐乐，等我呀！

依　萍：（抱起小狗）乐乐，这儿好像只有你欢迎我啊！

如　萍：（很开心）依萍，依萍，怎么好久都没有来啊，我有好多话想跟你谈呢！

依　萍：（疑惑）你有亲哥哥也有亲妹妹，一大家子人，为什么要跟我谈呢？

如　萍：（笑）就是想跟你谈嘛，你也是我的亲姐姐呀！

依　萍：你妈是你妈，我妈是我妈，虽然我们都姓陆，但绝对不是亲姐妹。

如　萍：（担心依萍）你今天的心情很不好。

依　萍：我每次来这边心情都不会好。

如　萍：家家有本难念的经对不对？我们家这种复杂的情况，说出去都不会有人相信的。（看着湿透的依萍）哎呀，你的衣服怎么都湿了？快到楼上去换件我的吧！

依　萍：（看到如萍的手镯）你买了新手镯？

如　萍：是呀，最流行的样子。有七个银环，代表一星期有七天，七是美国人的幸运数字，刚好呢，也是我的幸运数字。好贵呢，要二十块！（弄着手镯）好不好看？

【尔杰玩着玩具撞了梦萍，梦萍生气地一推尔杰】

梦　萍：（生气）你这个捣蛋鬼，小心我揍你！

尔　杰：你敢，你敢碰我，我告诉爸去！（对着她打枪）梦萍姐死喽，梦萍姐死喽！

梦　萍：（用书打了下尔杰的头，生气）你才死了呢！

尔　杰：（两人扭打）爸爸，妈妈，梦萍要杀我，救命啊救命！

【雪姨听见外面吵闹便走出房间，拉开姐弟俩，生气地打了梦萍一下】

雪　姨：（斥责）梦萍，你是姐姐，你不让着他你还欺负他，你足足比他大九岁呢！你再欺负他，小心让你爸来收拾你！

梦　萍：（不服气）小九岁有什么了不起，就是因为他是爸的老来子，你们就这样护着他，今天给他买这个明天又给他买那个，我要的钢琴、风琴一样都没有！

【雪姨看了看依萍，对着趴在桌子上的小狗指桑骂槐】

雪　姨：（呵斥）乐乐，这条死狗，刚洗干净又弄一身泥，哪儿脏你往哪儿跑，我新换的地毯都弄脏了（瞟了依萍一眼）。

【一旁的依萍一脸尴尬，将狗狗抱回到地上】

老　爷：（一脸严肃地走下楼）吵死了，大家都不许出声！

【大家不敢做声，梦萍关了音乐，雪姨随即给老爷倒水】

雪　姨：（奉承）老爷子，先喝点水吧，不要和孩子们生气了，怪只怪我们这栋楼太小了，要是以前像哈尔滨那样有个大房子大院子，孩子们有去处，也就不会吵到你了！

老　爷：（推开雪姨的水杯，吸一口烟斗）依萍，原来是你在这儿，你妈怎么样？她还好吗？

依　萍：还是老样子，常常头痛，最近天气不太好，她又咳嗽了！

老　爷：（叹一口气）有病还是要治。

依　萍：只要有钱，一定会去治的。

老　爷：原来你是来拿钱的！

依　萍：爸，我们的房租已经欠了两个月了，上个月的生活费早就用完了！

老　爷：（对着雪姨）雪琴，他们的钱是不是准备好了？

雪　姨：哦，如萍，赶快去把我抽屉里的二十元钱拿来。

【如萍点点头，上楼拿钱】

依　萍：（着急）爸，我们欠了两个月的房租不能再拖了，杂货店的账要还，菜场上我们已经不好意思再赊了，而且，我们需要一点衣服，妈一年到头只有一件蓝旗袍。哦，爸，还有我的鞋，我必须买一双新的鞋了，我这鞋已经开了口，打了无数掌，修鞋匠都不肯再修了！别人一定不会相信，我是陆家的孩子。

雪　姨：哎呦，你这可把“陆”家给抬出来了，要不是为了拿钱呐，她才不会把这个“陆”字放在心上呢！

老　爷：你觉得二十块不够是吗？你想要多少？

依　萍：（想了想，吞吐）两百块……

雪　姨：（嘲讽）两百块？呵！好大的口气呀，又要买新鞋子又要买新衣裳的，你别忘了，九一八事变以后，日本人占领了东北，我们是逃难到了上海，你的那些大哥哥大姐姐们到现在还留在东北呢，你爸爸老了，不及当年了，你怎么一点也不体谅你爸爸的难处呢？再说了，你们那只有母女两个人，我们这可有一大家子人要养呢！

依　萍：雪姨，我没有问你要钱，我在跟我爸爸说话。（皱眉）爸，可以吗？

老　爷：你雪姨说的对极了，年头不同了，你也应该多为爸爸想一想，钱是不会从天上掉下来的！

依　萍：那你能给尔杰买玩具，给如萍买手镯，家里换了新地毯，你有司机、佣人、老妈子，你还在马场养了匹马，就不能拿出两百块给我们吗？！

老　爷：（生气）你这是什么态度，哪有人敢这么跟我说话，我想我有权力支配我的钱，我愿意给谁买东西就给谁买，没有人能干涉我！

依　萍：爸，我跟妈也是你的家人，你真的预备让我们母女俩个流落街头吗？

老　爷：你们有流落街头吗？我让你们流落街头了吗？你有心惹我生气是不是？

【如萍急急忙忙拿着钱跑下楼，把钱塞到依萍手中】

如　萍：你先拿去用，别说了，别让爸爸生气，不够的我再帮你想办法。

【依萍拒绝了如萍的帮助，还给了她】

雪　姨：如萍，你就少热心了，给我躲一边去，看来她根本不想要这笔钱。

老　爷：依萍，你到底是要这笔钱，还是不要？

依　萍：没有两百块我无法见妈妈。爸，因为你是我的父亲，我才如此低声下气来向你伸手的。

老　爷：你低声下气？我看你气焰高得很呢！父亲？父亲难道是你的债主吗？你简直是个讨债的，跟你妈一样，都是讨债的！

依　萍：你以为我喜欢向你讨这口饭吃吗？抚养我是你的责任，如果当初在东北，你不利用权势抢了我妈，就不会有我们两个讨债鬼了。如果你不生下我，对你，对我，都是一种幸运！

老　爷：（大怒）你说什么？你再说一遍！你说！你说呀！你这是什么意思？你有种就再给我说一遍！

依　萍：（坚定）我说，我清清楚楚地说，我只是投错了胎，做了陆振华的女儿。如果我出生在别的家庭，也不至于像现在这个样子，伸着手向我的父亲讨饭吃。这些年来，我的父亲在哪呢？他不在我家里，不在我母亲身边！（哭）爸，你的人性呢？就算你对我没有感情，妈妈总是你爱过的吧？是你抢来的吧？可是你却如此狠心，连她的生死你都不管，爸，你了解她的寂寞吗？你体会她的思想吗？她也是一个人呐，一个有血有肉，有感情有思想的人啊！

老　爷：（发怒，揪着依萍）你是什么人？敢这样对我说话？李副官！李副官！！

雪　姨：老爷子，你怎么忘了，李副官他们一家早就离开我们了，是你让他带着妻子和孩子去独立的，你想要干什么告诉我，我来伺候您！

老　爷：（推开依萍）尔豪，尔豪！！

尔　豪：（从楼上走出来）爸，你叫我？这是怎么回事？爸，你要干什么？
老　爷：马鞭，我的马鞭在哪？
尔　豪：（一惊，看了看依萍又看回老爷）爸，你要马鞭做什么？
老　爷：不要管我做什么！去我的书房里，把我的马鞭拿来，快去！
如　萍：依萍，你赶快认错，跟爸说几句好听的！
梦　萍：（拖走如萍）你少管闲事。
如　萍：可是爸爸要打她啊！
依　萍：（对着她爸爸）你不能打我，你也没有资格打我！这些年来，你早就把我跟我妈赶出去了，你从来都没有尽过一个父亲的责任，你也没有权利管教我！

【尔豪拿了马鞭递给老爷】

老　爷：（夺过尔豪手中的鞭子）鞭子，给我！
依　萍：好！好！你们父子一条心，夫妻一条心，你们是一家人，我是敌人！打吧！你要打就打吧！
尔　豪：（老爷欲打，尔豪拉住）爸爸有话好好说，依萍不懂事骂她一顿就好了，你还真要挥鞭子吗？
老　爷：你是不是也想教训我？你是不是也想造反？（推开尔豪）谁敢说情，我一起打！
雪　姨：（上前拉住）尔豪，这没你什么事，退一边去！
老　爷：（对着依萍）今天我不教训你，你就不知道谁是黑豹子！
依　萍：当年的黑豹子我没见过，今天的黑豹子，只能对着自己的女儿挥鞭子！

【老爷气急败坏，用鞭子狠狠地鞭打着陆依萍，依萍被打倒在地，不停翻滚】

依　萍：（哭喊）你打我是因为我没有反抗的能力，你打我是因为我不幸身为陆家人！你记住，你会后悔的，你会遭到报应的！（老爷继续打依萍）你打断了我们父女的关系，你打断了我们父女的恩情，你会后悔的，我会恨你的，我会永远记住，一辈子记住，一生一世都记住！
老　爷：你会记住，你就牢牢地记住吧！我今天我干脆把你打死！

【老爷看着躺在地上的依萍，停了手】

依　萍：你为什么不把我打死？你不是说要把我打死吗？你该把我打死，打不死我，你会后悔的！
老　爷：（丢了马鞭）雪琴，去拿两百块来。
雪　姨：家里哪有这么多钱啊！
老　爷：去拿两百块来！

【雪姨欲言又止，拿过如萍手中的钱，走上楼】

老　爷：（对着依萍）钱拿回去，把房租缴了，再给你妈请个医生，把头痛咳嗽都治治好，也给自己买点衣服穿！

雪　姨：（边点着钱边走出来）七拼八凑的，连家里买菜买米的钱都拿来了，还不错，总算有这么多，你亲自给她吧。（将钱递给老爷）两百块，（瞟了依萍一眼）够办嫁妆的了。

老　爷：（把钱递给依萍）拿去！

依　萍：（接过钱看了几秒又望向老爷）从今天起，我不再是陆振华的女儿。你错了，两百块钱买不走我今天受到的耻辱，两百块买不走我的仇恨，我不会再要你的钱了，永远都不会再要你的钱了！（把钱向上抛出去）我恨你们每一个人，我轻视你们，我不会忘记今天的一切的，我告诉你们，我会报复的，我会笑着看你们每一个人哭！（跑走）

视频来源：电视剧《情深深雨濛濛》正片第一集、第二集

注：电视剧《情深深雨濛濛》改编自琼瑶小说《烟雨濛濛》

《情深深雨濛濛》剧照

《双面胶》

——根据滕华涛同名电视剧改编

景—— 现代复式户型，舞台中间组合式沙发，沙发前面一个茶几，茶几上放着烟灰缸、杂志、花瓶、水果篮。舞台右侧是厨房，舞台后侧是通往二楼的主卧室。

时　间：现代

地　点：上海

人　物：**丽娟妈**【传统思想严重，希望以自己的生活方式去影响改造上海媳妇，这些思想与丽鹃现代的生活方式完全冲突，婆媳之间的矛盾与日俱增，摩擦不断升级】

亚　平【在父母来上海前是个标准的上海丈夫，对老婆嘘寒问暖，端茶倒水，小夫妻亲密无间，恩爱无比。但因婆婆到来，原本温馨的小家生活开始发生质变】

丽　娟【典型的上海姑娘，在外精明能干、在家娇滴发嗲。虽说成长在上海的里弄之间，但也是被父母捧大的宝贝。可她见多了街头巷尾女人们的飞短流长，包括她的娘；又瞧惯了上海男人的多事婆妈，一心想脱离这个环境】

丽娟爸【稳重，以大局为重，镇定，和丽娟妈的性格互补】

亚平妈【忍耐，自私，以儿子为中心，最后受不了丽娟妈对儿子怒言相冲怂恿亚平，使儿子失去了理智，将拳头砸向了丽娟】

亚平爸【常年生病，需要大量钱，因为两家的钱都被卷走后被气死】

故事简介：冠华打电话来哭诉，说集资的钱全都没了。厂长卷款逃到了国外，工厂也被警局封了。这个消息宛如当头一棒，丽娟不敢相信这个事实，只是木讷的跌坐在床沿上暗自傻笑。亚平失声痛哭自觉对不住丽娟，而后一家人陷入了争吵之中。

剧　情：

丽娟妈：亚平啊，我听说钱没有拿回来，这是怎么回事儿啊？

亚　平：我姐夫他们厂出了点儿意外，钱暂时拿不回来了，现在大家在想办法。

丽娟妈：亚平啊，你也不用着急，要不你跟姐姐说说，就说我们只要本金，利息我们不要了。

丽娟爸：对对对，利息呀咱们不要了！亚平，你也知道我们那个钱呐，不是偷来抢来骗来的是吧？哎呀，真是一口一口，一分一分省下来的。再说了，娟娟她哥哥的钱，那还是老房子的拆迁费，是政府给的。当时你们要得急，我们还没敢告诉他。现在他们要用钱了，你让我们怎么跟他交代？你总不能让我和娟娟她妈，一起跳黄浦江去啊？！

丽娟妈：亚平啊，你只要把本金还给我们，利息我们就算送给你们家了！

丽娟爸：对对，送给你们家了！

亚　平：妈，您听我说，不是，我们不是贪这点儿利息，我们自己的钱也在里面，也拿不回来了！

丽娟妈：（难以置信）那你这不是在害我们吗！你当时可是说得花好月好的，还拍着胸脯跟我们说没问题！没问题！我们这才把钱交给你的嘛。（边说边站起）

丽娟爸：是啊，是啊。

丽娟妈：你还记得吧，你还说过，那个厂长是什么？（转向丽娟爸）

丽娟爸：（接话）他姐夫的亲戚！

丽娟妈：对呀！是你姐夫的亲戚，还说这个投资嘛是照顾性的。

丽娟爸：对！

丽娟妈：我不信，我绝对不相信！这个钱怎么说没有就没有了！

丽娟爸：是啊，金妹，那是不可能的嘛！不是，亚平你听我说，你爸爸看病是需要钱，这不，我们已经给你们三万了！

亚　平：对！

丽娟爸：是不是啊，你不要太黑心了，什么钱都让我们来出，这个得讲道理！

亚　平：爸，您别这么说呀，我不是要贪这笔钱，是那个厂长卷了几十个人的，那么多钱都没了，现在只能等警察破案，破了案大家才有钱的。

丽娟爸：（震惊）这！（一屁股坐下）

丽娟妈：（难以置信）亚平啊，呵，你把，把刚才说的那句话再跟我说一遍。

亚　平：就是，厂长卷款跑了，现在所有大家都没有钱拿，只能等警察破案，钱都没了！

丽娟妈：那这么说，我们的钱也拿不回来了啊！

亚　平：没有。（低头）

【丽娟妈站起来走向亚平，亚平抬头】

丽娟妈：（质问）那你要我怎么办！（两人推搡）

丽娟爸：金妹，金妹，金妹。（站起来拦丽娟妈）

丽娟妈：你要我怎么办？（激动）

【丽娟妈推搡亚平，亚平后退，丽娟爸阻拦】

亚　平：你冷静点儿！冷静点儿！你冷静点儿！
丽娟妈：你告诉我！
亚　平：你冷静点儿！你冷静点儿！
丽娟妈：你让我怎么办，不是我，我不敢回去了！
亚　平：我跟哥说，我跟哥说去，你看行不行？
丽娟妈：不行，那钱得跟我说（退到2米开外），（冲着楼上指着喊）丽娟，你给我下来！！你躺在床上干什么啊？！我白养你这个女儿了！你现在合着外人来骗我，你是不是让我也死在你们家里呀！好，我死在你们家（丽娟默然地躺在床上）！
众　人：哎，别！
丽娟妈：我死！我死！我去死！

【众人阻拦】

亚　平：你冷静点儿，冷静点儿！
丽娟妈：我去死！
丽娟爸：金妹！
丽娟妈：别拉我！
丽娟爸：你冷静点儿！
丽娟妈：别拉我啊！
丽娟爸：金妹，金妹，金妹！
丽娟妈：我把钱借给你们。
丽　娟：妈！
丽娟爸：金妹！
众　人：你冷静点儿！
丽娟妈：你放开（推开亚平）！
众　人：你冷静点儿！
丽娟妈：走开！！你们现在是合着伙来骗我（激动地指着亚平母子），对不对？合着伙来骗我，我早就说了，这一家人通通都是骗子！你骗我女儿的钱说是要买房子，骗我的钱说是要给他爸爸看病，现在又来骗她哥哥的钱，你们这家人怎么这么狠毒啊你们！我问你啊，怎么这么狠毒啊！（转身骂）

【走过来推搡，亚平护着母亲，丽娟妈走向沙发，趴在沙发上，丽娟爸跑去安慰】

丽娟爸：金妹！金妹！金妹！金妹！（指着亚平和亚平妈）你们有没有良心哪？

【丽娟妈趴在沙发上哭 ，丽娟爸安慰丽娟妈】

丽娟妈：老天爷呀，你不是说过坏人才有坏报的吗，为什么要报应我，我不认识他们这家人呐！（丽娟妈感情激动）

丽娟爸：看着吧，做坏事的人肯定有报应的！

亚平妈：亲家，那咋能这么说话呢，啊，我们也是受害者呀，你们难过，我们也难过呀，你说我们找谁去，我们那儿还躺着一个病人呢，不管咋说咱还是亲戚，我们不能骗你们的钱，你们也不应该为了这点儿钱，就把我们一家子都咒上，你们要是实在等钱用呢，就这样，过两天啊，我们把亚平的房子卖了，把钱还给你们啊！

丽娟妈：（从沙发上跳起）我呸，我问你，（激动地指着亚平母子）你有权力说这样的话吗？你有资格说这样的话吗？你不把我们全家搞垮，你是不甘心是不是啊！我告诉你，这个房子这个家是我的！我花钱买的！（激动地指着亚平母子）

丽娟爸：你们有什么资格要卖房子？！

丽娟妈：你儿子今天住在这儿，是因为他今天还是丽娟的丈夫，他如果明天不是，通通给我滚蛋！！怎么？你榨干了我女儿的钱，就来榨我的钱，榨我的钱，榨干了，你还算计我的房子！啊？你还算计我的房子啊！我告诉你，没门儿！

丽娟爸：行了，行了！ 我告诉你们！你还想卖房子，你卖了房子！我女儿住哪儿？我外孙住哪儿啊？！我告诉你老东西，你那儿子已经不是你的儿子了，是我们家的倒插门女婿，将来我的外孙姓胡！不姓你们李！（搀着丽娟妈）

亚平妈：（气急败坏）那说到哪！这房子也有亚平一半啊，啊？就是离婚了，也有亚平一半的钱呐！那婚后那房贷款不是亚平付的吗？！你说你出的！你把凭证拿出来！我们不怕！你告去吧！你为啥出钱呐！你为啥出钱呐！你怕我儿子不娶你姑娘，我儿子没有钱，啥都没有！他能娶上媳妇就说明他有本事（声音高起来了，感情激动加动作）！

丽娟爸：你这老东西（冲过来骂）！

亚平妈：我告诉你，谁值钱！谁不值钱呐？！

【丽娟妈用报纸砸亚平妈】

丽娟爸：你！你！你！

亚平妈：我告诉你！

丽娟爸：你血口喷人呐你！

亚平妈：谁倒插谁的门啊？

亚　平：你干吗呀你？

亚平妈：谁倒插谁的门呀！

亚　平：你干吗呀你！你干什么你！！

亚平妈：谁插门，谁插门啊？！

丽娟爸：你！（以上动作基本上是丽娟妈过来推搡亚平妈，丽娟爸和亚平阻拦，亚平护着母亲）

亚　平：妈，咱不理她！

亚平妈：你说，谁插谁的门啊！

亚　平：你打我妈干吗！

丽娟妈：你撒手，你说什么！

亚　平：你说你找错了啊！

丽娟妈：我打死你！

【丽娟妈拿着枕头过来砸亚平妈，丽娟爸推开上来阻拦的亚平，亚平推开丽娟妈】

亚　平：你干什么你，你撒泼呀你啊！你讲不讲道理！

【丽娟在楼上喊】

丽　娟：李亚平！

亚　平：当初也是你们主动给我们钱的，松开，有什么事儿你说事儿，你干吗呀你！

丽娟爸：你怎么这样对你丈母娘的啊！（推开亚平，指着亚平，与亚平推推嚷嚷）

亚　平：怎么着吧，我看你怎么样！她推我妈，你敢推我妈，凭什么啊！？（丽娟推倒亚平，打亚平）

亚平妈：丽娟，丽娟，丽娟，丽娟你不能打人呐！

丽娟妈：打他！

亚平妈：你不能这么打他，你怎么这么泼妇啊！

丽娟爸：打他！

亚平妈：怎么这么泼妇啊！都是泼妇！你们都是泼妇！都是泼妇！！

【丽娟妈拿起枕头打亚平妈，亚平妈阻拦丽娟打亚平。丽娟情绪激动，丽娟爸拉住丽娟】

丽娟爸：好了！停啊！娟娟还怀着孩子呢！

丽　娟：（丽娟指着亚平妈）我告诉你我为什么打他？我告诉你我为什么打他，因为他敢打我妈！我打他是因为，我早就跟他讲过，啊！不要把两家的钱凑在一起！你听吗？你听吗？我打他是我早就跟他说过你们一家会害死你！你就是不听！你理解我吗你？你根本不理我！你还敢拦着！你要再拦着，我把你们全踢出去！

【亚平把手放在丽娟腿上抱住丽娟】

亚　平：娟儿，娟儿，娟儿。

丽　娟：你吃我的，住我的，用我的，穿我的！哈哈哈……你真拿自己当个人啦？这是我家，我妈花钱买的房子！你要是再跟我“吱”一声，再敢跟我动一动，我一脚把你踢远远的，你要再叫我不爽快，你要再敢叫我不爽快，我现在把你们全撵出去！（延续以上感情）

亚平妈：我。

丽　娟：你过去干吗？给我妈道歉，去给我妈道歉，听见没有？听见没有？你起来给我妈道歉！

丽娟爸：小畜生，你干吗？你干什么？老东西！

亚　平：妈，妈！

丽　娟：王八蛋，你敢打我妈你！（丽娟推开亚平按在沙发上打）

亚平妈：冠华爸！冠华爸！哎呀！哎呀！（起身跑向楼上，亚平推开丽娟跑向楼上）

丽娟爸：金妹，金妹，你怎么了？金妹！

【丽娟妈昏倒，丽娟从地上爬起来跑向母亲掐人中】

丽　娟：妈！

丽娟爸：金妹，娟娟，你看你妈！

丽　娟：妈，妈，你怎么了？妈，爸！你快掐她呀！（拿出电话）

亚平妈：冠华她爸，哎呀，我的妈呀，冠华她爸！（趴在地上喊）

亚　平：爸！（趴在地上喊）

亚平妈：冠华她爸！

亚　平：爸！（摸出电话）

亚平妈：冠华她爸呀，哎呀，哎呀，哎呀，冠华她爸，哎呀！

亚　平：爸，爸！

亚平妈：冠华她爸！

亚　平：救人！快来救人哪！（打电话）

丽　娟：喂，喂喂，我们家有人不行了！你快点来呀（打电话）！

丽娟爸：金妹！

丽　娟：喂，你快点来人啊！

丽娟爸：金妹！

参考视频来源：电视剧《双面胶》

注：电视剧《双面胶》编剧 滕华涛、六六

《双面胶》剧照一

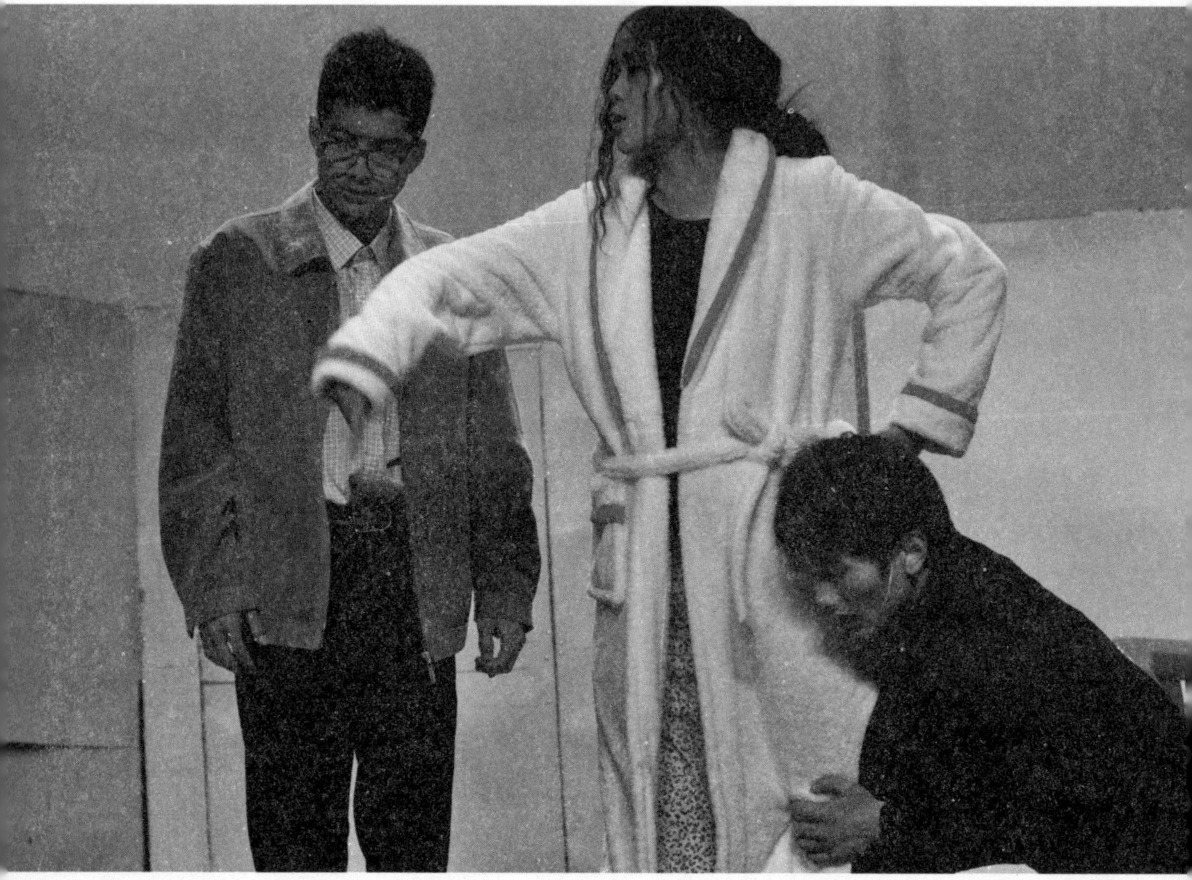

《双面胶》剧照二

《战火四千金》

——根据史晨风同名电视剧改编

景—— 宽大的客厅，客厅中间一套欧式沙发，沙发旁边红木色茶几，上面放着一盏欧式台灯，硕大的欧式窗户尽在眼帘，向外望去整条街道一览无遗。舞台的后侧楼梯通向二楼，整个房子大气、豪华。

时　间：1937年抗日战争

地　点：陈家

人　物：**陈博大**【父亲，爱国，有骨气，痛恨日本人，疼爱自己的女儿】

陈冷玉【老大，端庄贤淑，与人为善，在姐妹中人缘最好。属于传统大家闺秀，因为太过单纯容易被人利用。但是她的性格优柔寡断，没有主见，无意中被别有用心的人当成棋子，间接当了帮凶】

陈青玉【老二，爱国，性格比较沉静、内敛、理智、外柔内刚，做事干练，有一股巾帼风范。后参加了国民党地下组织，专门铲除阻碍或者破坏抗日的汉奸分子】

陈墨玉【老三，爱国，顽劣张扬，做事冲动，缺乏理性，脾气倔强的孩子，有点任性。由清纯女学生蜕变为帅气女间谍，具有双重身份，与家人和爱人存在着复杂的情感纠葛】

陈红玉【老四爱国，倔强单纯，柔弱的外表下有颗不屈的心，初始时很纯真的女孩，后来成为国民党军统情报处机要员】

故事简介：陈博大回到家后，要求墨玉跪在香案面前，墨玉说自己不知道为什么所以不跪。陈博大说她跪的是苍生是国家。墨玉跪了下来，但是还没有认识到了自己的错误，她还在跟父亲狡辩，青玉也给墨玉分析了日本人得到了冶铁所的后果。墨玉自己还是不理解怎么这么大的事情就跟自己扯上关系了，把陈博大气得不行。

剧　情：

【三个女儿坐沙发上等父亲回来。父亲推门进来，墨玉走到父亲面前】

陈墨玉：爸爸。

【父亲看了看她，点了点头，放下公事包，看了看孩子们，走到香案前上香，然后下楼梯，转身看了下香案，叫墨玉过来】

陈博大：三三（墨玉小名），你过来。

【墨玉看了下姐妹们，姐妹们示意让她过去】

陈博大：面对着九根香跪下（等了一会儿，见她没跪，转身跟她说）我要你跪下，你跪不跪？

陈墨玉：不知道跪什么，不跪。（强硬）

陈博大：跪苍生，（生气）跪家国，你给我跪下，跪下！

【墨玉见到父亲这么生气地跟她说话，有点不可思议，突然就跪下，姐妹们都走到她身后】

陈博大：现在你知道错了？

陈墨玉：不知道。我只知道该反抗的时候就反抗，绝不能手软，这些都是你告诉我的。

陈冷玉：（劝阻）三三，你就少说两句吧，爸爸为了救你，被德生要挟，冶铁所几乎不是爸爸的了，你就不要再惹他生气了。

陈墨玉：（抬头看着父亲）我错的是这个吗？你早说呀。你一直都说为了我们姐妹，让你做什么都可以，原来这话是假的，你还是更爱你的冶铁所，更爱你的钱。

陈博大：放屁！你记住，冶铁所我可以放弃（指着墨玉），但是德生是谁，他是为日本军队服务的，你明白吗，啊？现在中国跟日本是什么局势，我现在生产的每一吨铁，卖给德生就是卖给日本军队，我现在是汉奸你明白吗？！人神共愤的汉奸，我是个卖国贼！！

陈墨玉：原来我的错是让你成了汉奸，让你成国家的罪人了，那好，我不跪了。（站起来）你也不用受要挟，你把我送回监狱去，不管判得公平不公平，我陈墨玉一人做事一人当，不连累别人。

【父亲生气地指了指墨玉】

陈青玉：三三，三三你不要再耍小孩子脾气了，爸爸为了你已经倾尽所有，现在木已成舟，爸爸心里的难过，你是不能够想象的。日本人得到钢铁，就可以生产更多的枪炮子弹，将来会有很多人死在这样的枪弹下，爸爸心里难过的是这个，让你跪也是让你明白这个，你任性的后果，是将来会有无数国人受难。

陈墨玉：我还就是不明白了，怎么会是我让他们受了难，难道我没有还手打那个浪人，他们就不受难了？难道我白白受了欺负，他们就不受难了？（看着父亲）您全台湾的同胞都改了国籍，说了日语，姓了日本姓，是我造成的吗？满洲归了日本是我造成的吗？你们不用跟我说什么国人，我就知道我姓陈，我叫陈墨玉！我妈妈不在了，我还有爸爸，两个姐姐，一个妹妹，他们四个是我的亲人，为了他们我可以去死，但我只跟这几个人有关系，出了陈家的门，其余的人我一概不管。我就是我，我不是台北人，也不是北平人，我不是日本人，也没觉得自己是中国人，你们更不要跟我说什么国人了！他们爱怎么样我管不着，我不认识他们，他们跟我没有关系！

【父亲气愤地一巴掌扇在墨玉的脸上，墨玉被打倒在地】

陈博大：浑蛋！！

姐妹们：三三，三姐。

陈博大：我打你个没有关系！数典忘祖，你不是中国人，我陈博大没你这个女儿，你给我滚！滚！！

陈青玉：爸爸！

陈博大：还有你们，你们都听好了，不是中国人的都走，都走！（突然心脏难受）

陈青玉：爸，您别生气！我们没说不是中国人，我们还记得当初日本人是怎么对待我们中国的，这份耻辱早晚会讨回来的。

【父亲情绪慢慢地缓解过来】

陈博大：对了，红玉的手术暂时不做了，我要送你们四个去美国，船票我已经买好了，去上海的车票也已经买好了。咱们明天就出发。

陈红玉：好啊，不用做手术了！

陈墨玉：你高兴什么呀？为什么会变成这样？！

陈博大：不好啊？你不是一直想去吗？

陈青玉：爸，那你怎么办，你不跟我们一起走吗？

陈博大：我没事，最主要的是你们。

陈墨玉：不行，在红玉没有动手术之前，我哪儿都不会去！

【墨玉拉着红玉回房间，父亲看着她们的背影】

陈冷玉：三三。爸，我过去看看。青玉，你扶爸回房休息吧。

陈青玉：爸，别生气，我扶您回房，三三她就是这个样儿，心疼自己的妹妹。（回房间的路上一边走一边说）

陈博大：我知道，我知道。

参考视频来源：电视剧《战火四千金》第二集

注：电视剧《战火四千金》编剧 雷婷

《爱情悠悠药草香》片段(二)

——根据蒋家骏同名电视剧改编

景——— 一个房间，中间放一张大桌子，桌子旁边放了一张床。床旁边放置一个梳妆台，整个房间简洁大方。

时　间：民国初年

地　点：白家的大厅

人　物：白乾笙【白家二爷】

黄采薇【白乾笙的五姨太，心地善良，温和】

马馥芳【白乾笙的大太太，心地狠毒，强势】

陈梅香【白乾笙的二姨太，性格寡淡，痛恨马馥芳】

碧　荷【白乾笙的六姨太，心机深重】

秋　琳【白乾笙的三姨太，娇媚动人】

立　春【碧荷的丫鬟】

景　兰【马馥芳的丫鬟】

德　贵【白乾笙的贴身随从】

故事简介：碧荷的伤势一直未见好转，采薇过去看望她。采薇尝过药后发现药味不对，马大夫在药渣里找到了另外的药物，所以才会导致碧荷的病越来越严重。碧荷抱怨是秋琳报复自己，白乾笙猜测下药之人手上还有这药，于是命德贵去搜查各房各院。德贵在秋兰院找到了药，秋琳十分地吃惊，并向大家辩解并不是自己做的。碧荷请求二爷主持公道，秋琳殴打碧荷，并说一定是她设计陷害自己的。二爷指责秋琳为了一件衣服要害人性命，所以下令将她禁足。

剧　情：

【房间内碧荷用手绢遮住嘴一直在咳嗽】

黄采薇：这都好几天了，你这病也不见好，怎么反而越来越重了呢？

碧　荷：药我都按时吃着，也不知道这次怎么了，也许是那个大夫医术不精吧？姐姐你快坐远一些，千万别跟我过了病气。

黄采薇：没关系的。

立　春：要说这大夫医术不精呢，三姨太也是他看的，现在都已经活蹦乱跳的了。

碧　荷：说起来这事还是她挑的，老天爷真是不长眼，怎么没让她多躺两天？

黄采薇：你这样下去可不行，要不然去告诉太太，让她再给你找个大夫吧。

【立春端着药进来】

立　春：药煎好了，六姨太先喝药吧。（立春把药碗端到碧荷面前）

碧　荷：这药有股怪味儿，我实在是不想喝。

立　春：良药苦口，六姨太趁热喝了吧。

黄采薇：你说这个药有股怪味？

碧　荷：是啊！我从来就没有喝过这么难喝的药。（碧荷舀起一勺药往嘴里灌，眉头紧皱。黄采薇拿过药碗闻了起来，轻尝一口）

碧　荷：怎么了？难道姐姐觉得这药有问题？

黄采薇：这药确实不对！

碧　荷：（愣了一会儿）立春，帮我把大夫找来，通知二爷和各房太太，我一定要查出是谁在害我。

立　春：是！

【立春下场。随后二爷和各房太太们进屋】

碧　荷：二爷！你一定要为碧荷做主啊！

白乾笙：这到底怎么回事？

碧　荷：采薇姐姐说我喝的药有问题。

【立春带着大夫进屋】

大　夫：麻烦把六姨太的药渣拿来。

【立春把药渣给大夫，大夫捣鼓了一番。碧荷依旧在咳嗽】

白乾笙：（问大夫）怎么样？

大　夫：二爷，六姨太是受了风寒，所以我给六姨太开的是祛风散寒的方子，二爷可以查看。可是在这个药渣里面，有人加入了另外的药物，致使六姨太的病越来越严重，好在发现得及时，否则如果再吃上一段时间，只怕会危及性命啊。

碧　荷：到底是谁这么狠心？居然想要害死我！

白乾笙：这药是谁负责煎的？

立　春：（走到白乾笙面前，跪下）二爷，这药是我煎的，可是我绝对不会害六姨太的。

碧　荷：立春，你起来。不是立春，绝对不是立春。一定是有人看我不顺眼，想趁机害死我。(看向秋琳)

秋　琳：你看我干什么？我又没做。(走向白乾笙)二爷，你可别听她的，她这个人诡计最是多端了。二爷，真的不是我。

黄采薇：立春，你在煎药的时候是时时刻刻都在盯着吗？

立　春：大多数时候都是看着的，可有时候也会走开一会儿。

梅　香：那这么说，别人也有机会下药的。

碧　荷：(走向白乾笙)二爷，一定是她。上次她以为是我剪烂了她的衣服，所以她在报复。还有，上次我们在暗室罚跪的时候，她说她一定不会放过我的。秋琳，你还真是说到做到。你的心怎么那么狠呢？！

秋　琳：胡说！

马馥芳：秋琳，到底怎么回事？

秋　琳：太太，真的不是我，太太！(转向白乾笙)二爷，你相信我，我没有做。真的不是我做的，二爷！

碧　荷：二爷，一定是她做的！

秋　琳：不是的，不是我！

碧　荷：一定是！

白乾笙：好了，都不要再说了。这药看来是每次煎药的时候加入的，想要六姨太长期服用。换而言之，这下药之人手上一定还有这药。德贵。

德　贵：在！

白乾笙：马上派人去搜查各门各院。

德　贵：是！

白乾笙：看看能有什么线索。(沉默一会儿)都给我回去坐着。

【碧荷一直在咳嗽，黄采薇轻抚她的背】

黄采薇：好在发现及时，只要吃对了药，就会慢慢好起来的。别担心。

【碧荷点点头，德贵端着东西进来】

白乾笙：怎么样？(指向大夫，德贵把东西给大夫查看)

大　夫：二爷，是这药。

白乾笙：德贵！在哪儿发现的？

德　贵：秋兰苑。

【在场所有人看向秋琳，秋琳立马站起来摇头】

碧　荷：(站起来)好啊，果真是你！

秋　琳：不是我！不是我！

马馥芳：秋琳，你竟敢这么做！？

秋　琳：（拉住马馥芳的手）太太，真的不是我。太太！

【马馥芳推开秋琳的手】

秋　琳：（走向白乾笙）二爷，你相信我，真的不是我做的，二爷。我……我什么都没有做啊！

碧　荷：（忽然跪下）二爷，要不是采薇姐姐发现及时，恐怕碧荷就没了性命，还请二爷给碧荷主持公道，绝不要放过这种狠毒的人！

秋　琳：二爷，不是我！二爷！（指向碧荷）碧荷！你这个贱人，一定是你设计陷害我！（打碧荷）你个贱人！你个贱人！贱人……

白乾笙：（拉过秋琳的手）给我放手。（瞪着秋琳）先将六姨太扶起来。秋琳，上次你诅咒采薇，我已经放了你一马。我念在你曾经痛失爱子，对你是百般容忍。没想到，你竟然为了一件衣服，要害人性命。我对你很失望，我不想再看到你了。馥芳，从今天起，将秋琳禁足，不许她再出院门一步。

【白乾笙说完就走，德贵跟上】

秋　琳：二爷！二爷！真的不是我。（扶在门上）二爷，二爷，二爷……（坐地上哭）不是我！真的不是我……

【黄采薇一堆人随后走了，留下马馥芳，马馥芳示意一下随从，随从出门便把门给带上了】

秋　琳：太太，太太，你一定有办法救我的对不对？

马馥芳：二爷亲口下令，我怎么可能有办法救你。（坐沙发上）到底是不是你下毒害碧荷？

秋　琳：不是我！太太，真的不是我做的。我虽然很恨碧荷，可我哪……哪知道什么药能害死她呀？

马馥芳：你可以问大夫呀。

秋　琳：我……我根本就想不到呀！

马馥芳：确实不像是你能做出的事。

秋　琳：太太，一定是碧荷！她恨我很久了，所以先是剪烂我的衣服，再设计陷害我，这个女人不简单。太太，你可一定要小心她。（跪在马馥芳前面哀求）太太，求你跟二爷求情，放我出去吧！我都快被逼疯了。

马馥芳：二爷最恨这些阴谋，如今他认定是你做的，我说的话他会相信吗？说多了他反而会对我起疑心。（起身准备走）等过段时间我会想办法，你安分一点，千万不要乱说话！

秋　琳：太太是在敷衍秋琳吧？（起身，转身看着马馥芳）秋琳现在对太太没有用了，所以太太也不管秋琳的死活了。

马馥芳：你想说什么？

秋　琳：太太别忘了秋琳为你办的那些事，如果我告诉二爷……

【马馥芳突然扇了秋琳一巴掌，秋琳倒在沙发上】

马馥芳：你好大的胆子！竟敢来威胁我，你信不信我现在就可以弄死你，然后对二爷说你畏罪自杀。（拍了拍秋琳的手）别怕，我不会杀你。因为，没有必要。就算你说出来，我最惨也不过是被休了，然后我们马家就会全力打击你娘家，我会让你生不如死。（反身走向门口）所以，在你做蠢事之前，你最好弄清楚，你受不受得了我马家的报复。

【马馥芳话落就走，出门站在门口寻思】

马馥芳：这件事如果不是秋琳做的，又会是谁呢？

景　兰：会不会像三姨太所说，是六姨太的苦肉计。

马馥芳：我一定要查明真相！

参考视频来源：电视剧《爱情悠悠药草香》

注：电视剧《爱情悠悠药草香》编剧 程婷钰

《情深深雨濛濛》片段(二)

——根据李平同名电视剧改编

景—— 舞台左侧有一张桌子，桌子边放三条凳子，在舞台中后方有一间内屋，用帘子隔开，侧边放个小桌子，桌子上放茶壶、茶杯。

时　间： 1936年暮春

地　点： 上海李正德家

人　物： 李　嫂【李正德的妻子，可云的母亲，性格温和】
李正德【陆振华身边的一个赤胆忠心的军人】
依　萍【陆振华的女儿，坚强，富有正义感】
何书桓【正义，责任感极强】
李可云【李正德和李嫂的女儿，性格温和，陆府的丫鬟】
王雪琴【陆振华的九姨太，为人专横跋扈】

故事简介： 李可云发病，正好依萍和书桓在李正德家，依萍怀疑李正德离开陆家，是因为依萍的爸爸抛弃了可云，导致可云发疯。于是依萍逼李正德说出真相，李正德最后被逼问得没办法，说出了真相，是尔豪。李正德回忆当时离开陆家，是因为九姨太嫌弃可云，看不起李正德家，逼他们离开陆家，可云痛不欲生。

剧　情：

【依萍焦急地往屋里张望，李正德来回徘徊，何书桓坐在椅子上。李嫂从内屋走出来】

依　萍：李嫂，可云怎么样了？

李　嫂：吃了药安静下来睡着了。

依　萍：李副官，到了今天这个地步你还不告诉我实话吗？

李正德：依萍小姐，我想该说的我已经告诉你了，咱们不提情分就是论辈分我也够格劝你一句不要再追究我们可云的事，这对你一点好处也没有！

依　萍：你根本就瞒不了我，你为什么不告诉我呢？李副官，我要知道真相。

李正德：（激动）我没什么好说的！

依　萍：什么没有什么好说的，可云为什么说那些话？为什么口口声声地喊着司令大人？为什么要司令大人饶了她救救她？

李正德：我也不知道为什么！她小时候司令是看着她长大的，连她的名字还是司令给取的，司令对我们家可云就像待亲生女儿一样，我想，也就因为如此她对司令还有点记忆吧！

依　萍：这不是“记忆”！这是“求救”！

【李副官避开依萍。依萍直逼李副官】

依　萍：你不说我代你说，李副官，可云六年前被人占了便宜，这个人一生想得到什么女人就能得到什么女人，他对女人只有占有从来没有负过责任，但是他对你有恩，所以你敢怒而不敢言，到了上海以后，你发现可云有了身孕，你只能带着她离开，这人就是我爸爸，你们的司令大人。

李正德：（生气）简直是胡说八道！！依萍小姐，你是怎么回事儿？哪有一个女儿这样去冤枉自己的爸爸！他才不会欺负可云，不是他！不是！！

依　萍：如果不是的话，可云为什么向他求救呢？！为什么要司令大人不要赶她走呢？当初你们是怎么离开陆家的？爸爸为什么会给你们一笔钱让你们去“独立”，这不是太奇怪了吗？！

李　嫂：好，我说，我说！

李正德：（回头严肃地对李嫂说）不许说！！

何书桓：（上前拦住依萍）依萍，不要再问了！李副官他们不愿意说不要再问了！

依　萍：不行，我受不了，我一定要弄清楚！这么多年来，我妈无论生活得多苦，都不停地暗中接济你们，我现在终于明白了，她是为了赎罪，为了我们陆家在赎罪，为了我爸爸在赎罪，因为我爸爸对不起可云！

【李正德上前紧紧抓住依萍的双肩】

李正德：你疯了，你不可以这样侮辱司令，不可以！

依　萍：（推开李副官）为什么不可以？！事实摆在眼前，就是我爸爸，你不肯承认就是帮他掩饰罪恶，你根本就是愚忠！

李正德：你胡说！不是他，根本就不是他！

依　萍：那是谁？还会有谁，你说呀！

李正德：好，我说！我说！是陆尔豪，你的哥哥陆尔豪！

【李嫂靠着墙痛哭。李正德说出真相后自己也难以接受。大家沉默。依萍几乎要晕倒。书桓扶着依萍】

何书桓：李副官，既然是尔豪，那当初为什么没有让他负起责任？

【转场回忆】

【可云跪在地上。李正德坐椅子上。李嫂站旁边】

——转场——

王雪琴：（一脚踢开可云）你……你个贱丫头，我们陆家白养你了，李副官，这就是你教出来的好女儿吗？竟然勾引陆家的少爷，我们家老爷子辛辛苦苦照顾你大半辈子，帮你娶老婆成家，你就生出这么个贱丫头来报答他吗？！

李可云：九姨太！九姨太！请你不要骂我爸爸了，都是我一个人的错，你骂我，打我吧！

王雪琴：呸！打你还脏了我的手呢，可云，我告诉你！你不要以为怀了尔豪的骨肉，你就可以登门入室了。

王雪琴：李副官、李嫂，你们这一手还可真够高的，为了待在陆家混口饭吃，连自己亲生女儿的皮肉都可以自动奉送！

李正德：（拍桌子，起身，气愤）你……你不要太过分！今天我李正德家门不幸，出了这种见不得人的事，是我对不起司令大人，你放心，我们李家的人不会这么厚颜无耻，我们会走的！

王雪琴：那就好！有道是家丑不可外扬，息事宁人那是最好的了。不过，这件事情要是有一丁点惊动了老爷子，李副官，你是知道我的，在尔豪的面前你们也给我闭嘴！

李正德：你不要恐吓我，我没有你那么多心眼儿，我们会走得干干净净的，这是我们李家的事儿，我们自己会关起门来解决！

【李可云跪着上前拉住王雪琴的手】

李可云：不，不，我不要走，九姨太，求求你！不要赶我走让我留下来吧！我愿意做牛做马，九姨太，求求你，别赶我走，让我留下来吧！

【王雪琴一把推开可云。可云倒地】

王雪琴：你做梦！你算是个什么东西！凭什么留在陆家？我可不会让你把尔豪的一辈子给毁了，你还是给我滚远点儿吧！

李可云：九姨太，我跟尔豪从小在一起，是真心相爱的呀！

王雪琴：哈哈！真心相爱，亏你说得出口，尔豪心里如果有你的话太阳会从西边出来了，他只不过和你玩玩罢了，反正是送上门来的，不要白不要。

【李正德上前扶起可云，正色道】

李正德：不许哭，你给我有点骨气，你糊涂犯的错就得自己扛，不许求人家！你听到没有？！

【李嫂抱着可云】

李　嫂：别说了，说什么都没有用！

李可云：妈……我该怎么办？怎么办嘛？

王雪琴：如果你们识相一点，就自己去向司令告辞，走得漂亮一些，要不然大家撕破脸皮，就不要怪我说话不客气，这可云肚子里面的孩子，到底是谁的种，一点证据也没有，八成是在外面不三不四地弄了个野种回来，就硬栽在尔豪的身上！

李可云：九姨太！天地良心，如果我可云除了尔豪还有其他的人，就让老天把我劈死，让我被马车撞死，被我爸一枪打死！

王雪琴：哼！赌咒发誓有什么用，再赌咒发誓也已经不是清白的黄花闺女了！

李正德：王雪琴，你不要逼人太甚！今天我李某人的女儿不争气，是我教子无方，我们认栽了，她肚子里的"野种"我们也自己扛了，但是如果你再侮辱可云，我会和你拼命！

【李正德说着拿出手枪，放在桌上，雪琴吓一跳】

李正德：从此我们闭嘴，你也闭嘴，要不然我们枪口底下见面！

王雪琴：好啊，还敢威胁我，我……限你们明天一早通通给我搬走！

【可云跑过去抓住李正德的手】

李可云：爸爸，让我去求司令大人好不好？他一定会饶了我们，让我们留下来的，爸爸。

李正德：（甩开可云的手）不许你去，你丢脸丢得还不够？你敢去，我一枪毙了你！

【说完拿起手枪，指着可云。可云跪在地上】

李可云：毙了我吧！离开尔豪我已经生不如死！被九姨太骂得那么难听，我也生不如死！让爸爸被迫离开司令，我更生不如死！爸爸你给我一枪，把这一切都结束吧！我对不起你们，我不想活了！

【李嫂跪在可云旁边，抱着可云】

李　嫂：你要毙了她，你就连我一起毙掉吧！可云她是我唯一的孩子，不管她做错了什么事情，她还是我的女儿呀！

李正德：（仰天叹气）起来，收拾东西，我要去跟司令告别！

【可云立马站起来，拉住李副官的手】

李可云：带我去吧！我不要离开尔豪！司令大人一定会饶恕我的，我要去求他！

【可云说完欲走，李副官连忙拉住可云】

李正德：可云！

李可云：我还要去告诉尔豪，尔豪他还不知道我怀了他的孩子，如果我这么一走，他根本不知道为什么，我要去告诉尔豪和司令。

李正德：你还敢去？告诉了有用吗？你真的以为尔豪爱你，要娶你做老婆吗？你不要发疯了，难道你一定要逼到我们一家三口都走上绝路吗！

【李正德一把推开可云】

李可云：尔豪如果知道我怀了他的孩子，他会救我的，司令大人也会救我的！

【李嫂上前拉起可云，坐起来】

李　嫂：可云！可云呀！尔豪自己都是个孩子，他哪儿做得了主，九姨太这么狠毒，你留下来还会有生路吗？我们只有离开陆家这条路可走了，你就乖乖地听你爸爸的话吧！事情弄到这种地步，我们只有认命了！

李可云：（抱着妈妈大哭）妈……

——转场——

李正德：我就告别了司令，司令留了我半天，看我那么坚决，只能依我，他给我一笔钱。我们就这样离开了陆家，现在你们什么都知道了。

何书桓：从此，你就没有再见过陆伯伯？

李正德：我告诉他，我要去广州，他大概以为我早就离开了上海。

陆依萍：尔豪呢？你们就这样都全部承担下来，都没有找尔豪吗？

李　嫂：事实上我带着可云找过他一次 。

何书桓：那尔豪怎么说？

李　嫂：那天可云大着肚子，我们来到了福煦路，不敢进去找他，我们就在门口等，等了整整大半天，后来尔豪出来了，他搂着一个好漂亮的女孩子，亲亲热热的，可云慢慢地走过去，尔豪经过她的身边，居然没有认出可云来，跟着那个女孩子有说有笑地走掉了，可云没有叫他，也没有说话，回到了家里，直到今天她再也没有提过尔豪！

参考视频来源：电视剧《情深深雨濛濛》

注：电视剧《情深深雨濛濛》改编自琼瑶小说《烟雨濛濛》

《情深深雨濛濛》剧照

《甄嬛传》

——根据郑晓龙同名电视剧改编

景—— 一张古老的小方桌，两把椅子，左边一扇门。

时　间：古代

地　点：冷宫

人　物：华　妃【雍正的妃子，骄纵跋扈、心狠手辣、心机不足、敢爱敢恨、可怜又可恨】

甄　嬛【聪明，颇有城府，比较务实，知识面比较广，知书达理】

浣　碧【对小主忠心耿耿】

公　公【深得雍正宠信，清代太监总管】

故事简介：华妃被打入冷宫，甄嬛去看望。在二人谈话中，华妃不相信皇上对她无情，甄嬛说出真相后，华妃不得不承认自己那么多年来还是被自己的枕边人算计了。

剧　情：

【甄嬛来到了华妃的冷宫】

华　妃：胆子还挺大的，冷宫也敢这样进来。

甄　嬛：这个地方我来的比你多，当初我就是在这里，看着丽嫔在我面前疯癫无状。

华　妃：你不要做梦了，你把我害到如此地步，我做鬼都不会放过你！

甄　嬛：没有人要害你，是你自作自受，淳贵人溺水是你做的吧？在温仪公主食物里下木薯粉也是你做的，指使余氏在我药中下毒，推眉庄入水，冤枉眉庄假孕争宠，样样都是你做的吧？！

华　妃：我就知道，曹琴默那个贱妇敢反咬我一口，必定是你在背后指使，凭她哪有那个狗胆！

甄　嬛：你还真是知人不明，你几次三番利用温仪来争宠，甚至不惜拿她的性命来开玩笑，襄嫔（曹贵人）是她的生母，哪有不恨的道理！你以为她恨你的心思是从今日才有的吗？冰冻三尺非一日之寒，你早该知道她对你有异心了。

华　妃：以我当年的盛势，连皇后那个老妇都要让我三分，曹琴默不过是我身边的一条狗，我怎么会把她放在眼里。

甄　嬛：可惜她是人！人要比狗复杂多了。

华　妃：贱人！你跟你父亲一样狡诈，若不是你父亲设下诡计，我们年氏一族不至于一败涂地，你们宫里宫外联手，不就是为了置我于死地吗？！

甄　嬛：若不是年氏一族居功自傲，任意妄为，又何至于此呢？你别忘了，你的夫君是皇帝，君王枕畔，怎容他人酣睡。

华　妃：我哥哥是有功之臣！为大清平定西北，战功赫赫！

甄　嬛：再怎么战功赫赫也是皇上的臣子，怎可凌驾皇上之上！岂非谋逆？

【华妃有所领悟，这时苏培盛过来要送年氏上路，推门进去】

苏培盛：菀嫔娘娘万福，奉皇后娘娘的旨，请小主在白绫、匕首、毒酒中任选一样。

华　妃：皇后懿旨！皇上的圣旨呢？拿来？

苏培盛：皇上的意思是，交由皇后娘娘全权做主。

华　妃：没有皇上的圣旨，我绝不就死！皇上能亲口下令杀了我兄长，还怕再下一道旨意给我吗？

苏培盛：皇上说了，任何有关小主的事都不想听到。

华　妃：（难以置信，哭腔）皇上就厌恶我到如此地步吗？去请皇上的圣旨来，我等着！

甄　嬛：苏公公，且缓一缓吧，容我和年答应告别几句。

苏培盛：是，娘娘自便吧，奴才在外头候着就是了。（放下东西，出门）

甄　嬛：真是对不住了，称呼惯了您娘娘，骤然要叫你答应，还真是不习惯呢！（嘱咐小允子）手都凉了，再加几块碳来。

小允子：是。

【甄嬛对小允子说手炉凉了，让他出去】

甄　嬛：皇上为什么厌恶你，你知道吗？

华　妃：皇上从来都没有厌恶过我，皇上从前很宠爱我，就算我犯了再大的过错，他再生气，也不舍得不理我太久。

甄　嬛：皇上为什么喜欢你，你知道吗？就因为你的美貌？宫中可从来不缺美貌的女人。

华　妃：你是说，皇上因我是年羹尧的妹妹才加以宠爱？端妃也是将门之女。

甄　嬛：其实你自己心里面都清楚，又何必要自欺欺人呢？

华　妃：你胡说！皇上怎么会对我没有真心？！

甄　嬛：或许有吧，可即使有，你和年羹尧跋扈多年，这点儿真心，恐怕也耗得一点儿都不剩了。

华　妃：你个贱人知道什么！记得我那一年刚刚入王府，就封了侧福晋，成了皇上身边最得宠的女人，王府里那么多女人，个个都怕他，就我不怕他。他常常带着我去策马，去打猎，他说他只喜欢我一个人，可是王府里的女人真多啊，多得让我生气，他今天宿在这个侍妾那里，明晚又宿在那个福晋那里，我就这样等啊等啊，等到天都亮了，他还是没来我这，你试过从天黑等到天亮的滋味吗？

甄　嬛：我一早知道他是皇上，他的夜晚从来不属于我一个人。

华　妃：当然，你从来都没有像我这样喜欢过皇上，后来我有了身孕，皇上很高兴，可是渐渐他就不那么高兴了，虽然皇上不说，可是我能感觉到，王府里长大的就只有三阿哥一个，我知道他担心，我就跟他说，别怕，我会给你生下一个皇子，可是没过多久，我喝了端妃送来的安胎药，我的孩子就没有了！！太医告诉我，那是一个已经成了形的男胎。

甄　嬛：你的孩子没了，就要拿我的孩子来陪葬吗？他在我肚子里才四个月大，你居然要置他于死地！

华　妃：我没有要杀你的孩子！是你自己不中用，才跪了半个时辰就会小产，你自己保不住自己的孩子，何苦要来怪我？！我是恨皇上专宠于你，我从来没有见过皇上如此宠爱一个女人，有你在，皇上就不在意我了，我不想再从天黑等到天亮了，只要是敢跟我争宠的女人，就都得死，我是让余氏下毒杀你，可是我没有想过要杀你的孩子！

甄　嬛：你没有？就算你不是有心的，可若不是你宫里的欢宜香，我又怎么会身子虚弱，才跪了半个时辰就小产。

华　妃：欢宜香？欢宜香……

甄　嬛：你知道为什么你小产之后就没有再怀上孩子吗？你知不知道那欢宜香里面有大量的麝香，你用了这么多年，当然不会再有孩子了。

华　妃：你信口雌黄！那香是皇上赐给我的！皇上，不可能，这不可能。

甄　嬛：若不是皇上的旨意，怎么会没有太医告诉你，你体内有麝香，且不说你多年不孕，就连你当年小产，也都是皇上的旨意，端妃那碗安胎药，只不过是替皇上担了虚名而已，你灌了端妃再多的红花，也换不回你的孩子。

【华妃一直在说“不可能”】

华　妃：为什么，为什么？

甄　嬛：因为你是年家的女儿，皇上对年羹尧早有戒心，他不会让你生下有年氏血脉的孩子的。

【华妃难以置信，瞪大双眼一直看着甄嬛】

华　妃：（又哭又笑）皇上，皇上！你害得世兰好苦啊！

【说完，华妃一头撞在了墙上】

参考视频来源：电视剧《后宫甄嬛传》

注：电视剧《后宫甄嬛传》改编自流潋紫同名小说《后宫・甄嬛传》。

《半生缘》

——根据胡雪杨同名电视剧改编

景—— 舞台左侧十点钟方向放一个沙发，沙发前面一个茶几，上有水果、茶杯等。舞台右侧两点钟方向摆放一张床，床前面摆一张梳妆台，舞台后面小舞台作为小黑屋，小黑屋里摆放一张方桌，地上需要设计出杂乱的感觉，随处乱丢的衣服，乱扔的椅子。整个舞台前面设计出温馨富贵的卧室，对比小黑屋的黑暗简陋，令观众有强烈冲击感。

时　间： 20世纪30年代的一个白天

地　点： 旧上海滩

人　物： **顾曼桢**【外表文静柔弱，内心善良坚强。是沈世钧和许淑惠的同事，后与沈世钧陷入热恋。但后来由于沈父认出其姐姐为舞女，加上姐姐的初恋张豫瑾的到来，双方关系降温。后来其姐姐顾曼璐竟与姐夫祝鸿才狼狈为奸，对她实行强暴，借腹生子。美好的爱情也就此无果。后来曼桢虽逃出魔窟，却又与祝结婚。十多年后再与沈重逢后，也只能此情不再】

顾曼璐【顾曼桢的姐姐，为了养家，年纪轻轻去做舞女，年华老去后变成一个二流交际花。嫁给祝鸿才后利用自己的妹妹借腹生子为保住自己的名分和祝鸿才的心，最后在负疚中病死】

顾　母【善良、愚昧、势利却软弱，最听大女儿顾曼璐的话，答应曼璐让曼桢替她生孩子，毁了曼桢的一生】

祝鸿才【狡猾可恨、薄情、喜新厌旧、懦弱，他强暴了曼桢，使得曼桢与沈世均没了联系。后来对曼桢失去兴趣，在外面花天酒地】

故事简介： 婚后的祝鸿才原形毕露，花天酒地，曼璐为保住名分，决定生一个孩子来留住祝鸿才，然而以往的多次堕胎使她有心无力，觉察到丈夫看上了妹妹曼桢后，曼璐策划出一条姐妹共侍一夫的毒计。懦弱的顾母默许了曼璐的做法，趁沈世钧回南京之际，祝鸿才强暴了曼桢，导致姐妹感情破裂。

剧　　情：

【祝鸿才和顾曼璐坐在沙发上】

祝鸿才：哎呀，从来没看过像这样的女人，会咬人。（摸着自己受伤的脸）

顾曼璐：那也不能怪她那样，你还想着人家，会拿你当个花钱的大爷似的伺候着？别做梦了。

祝鸿才：你不知道，你没看到她那样，她整个人就好像，疯了的那个感觉，早知道……

顾曼璐：我早说办不到办不到，你还当我吃醋，就为了这个，跟我像个仇人似的，这才逼出的办法，好不容易出了这个主意，这时候你倒怕起来了，这不是存心气我！

【祝鸿才坐到曼璐身旁】

祝鸿才：哎呀，好啦好啦，我都被打成这样了，你还不心疼一下。

【这时仆人阿宝在外面喊着跑进来】

阿　宝：大小姐！大小姐！太太来了！

顾曼璐：知道了，下去吧。

祝鸿才：（着急）怎么办怎么办呢？

顾曼路：还愣着干嘛，还不快躲起来。

【祝鸿才四处乱躲】

顾曼璐：（走上前）你还躲在昨天那间屋子里，听我的信儿，别到处乱跑。

【两人走到卧室，顾曼璐坐到镜台前梳妆打扮，祝鸿才跟在后面】

祝鸿才：你瞧我这样儿，我走得出去吗？给人看到，非笑话我不可。

顾曼璐：几时又顾起面子来了，人家还不是以为你夫妻吵架，打得你鼻青脸肿的。

祝鸿才：那倒不会，朋友们都知道我有个贤惠的太太。

顾曼璐：走吧走吧，少给我戴高帽子了，还不快走。

【祝鸿才慌忙走开，躲了起来】

祝鸿才：噢，走走走。

【顾曼璐把自己装扮得很苍白，躺到床上，装作一副病得很重的模样，这时阿宝在外面传话】

阿　宝：大小姐，太太上来了。

顾曼璐：噢，好，进来吧。

【阿宝开门，顾母略急地进入卧室】

顾　母：曼璐啊。

顾曼璐：妈。

顾　母：你今天的气色好多了。(松了一口气坐到床边，环顾一下)哎，你二妹呢?

顾曼璐：妈，你都不知道，就是为了她，我急得差点昏死过去，要不是医生过来打了两针强心针，这时候早就没命了。

顾　母：怎么了?

顾曼璐：(装为难)妈，我怎么跟你说啊?

顾　母：(急了)曼桢，曼桢她怎么了？人呢？（起身想出去）

顾曼璐：(急忙拉住顾母)妈，妈，我都快气死了，鸿才这个死东西，近好些天没回来了，偏巧昨天晚上他又回来了，也不知怎么的，他为什么会醉得那么厉害，糊里糊涂的，他就跑到二妹住的房间里去了。我是病得人事不知，半夜里磕磕碰碰的声音，我还以为鸿才又对下人发酒疯，没想到，鸿才他闯大祸了!

顾　母：你是说？曼桢她，被鸿才……

【顾曼璐点头默认】

顾　母：天哪，作孽呀！这怎么行呢！你二妹她……她还是个黄花大闺女呀！ 我……我找他拼命去!

【顾母转身离开，顾曼璐见状赶紧下床去制止，就在顾母要开门的时候，曼璐从床上摔下来，母亲赶紧回来扶曼璐起来】

顾　母：哎，曼璐，你没事儿吧!

顾曼璐：妈你冷静点儿，(把顾妈拉到沙发坐下)他也知道闯祸了，事到如今，他哪儿还有脸见你呀，昨天晚上，我正抓着他要一个说法。

顾　母：(心灰意冷)是呀，那他怎么说?

顾曼璐：他答应和二妹正式结婚。

顾　母：你别胡说了!

顾曼璐：(坐到另一边)妈，你看我这病歪歪的样子，也不能生孩子，倒不如以后什么事儿都让曼桢出面，我呢，只要待在家里，有碗闲饭吃就够了。

顾　母：话虽这么说，可到底还是不行啊，这样，你也太委屈了。

【顾曼璐低头不语】

顾　母：这个该死的祝鸿才，什么好处都让他给占上了。

顾曼璐：谁叫我嫁的男人，他不是个东西!

顾　母：那，我先去看看她。

顾曼璐：（起身拦顾母）妈你现在不能去，她闹得正厉害，嚷着要去警察局。

顾　母：（瘫坐在沙发上）啊……不行，我去劝劝曼桢，你妹妹的性子我是知道的，不劝她，迟早是会出事的！

顾曼璐：（顾母刚起身又被拦下）妈，她那个性子，你又不是不知道，眼下也只有等她气消了，我再去劝劝她。

顾　母：那怎么办啊？

顾曼璐：（擦干眼泪）不行！住在上海太危险了。得出去避一避，万一姓沈的找来怎么办？妈，房子我会找人给你办好，你回去之后就赶紧收拾东西，别误事。

顾　母：哎……

顾曼璐：（从抽屉里拿出一沓钱）妈，刚过去什么都要钱的。

顾　母：那……你多保重，还有，曼桢她……

顾曼璐：妈，我会照顾好她的。你放心，楼下的司机等着呢。

【顾母离开。没多久阿宝委屈地进屋】

阿　宝：大小姐，以后送饭叫张妈去吧，因为张妈力气大，我刚刚进去的时候，差点给二小姐冲出来，我拽都拽不住她，不过，她好像是生病了。

顾曼璐：病了？

阿　宝：一定是给冻的，那扇窗户被她砸破了，风直往里灌。这天凉，吹了一天一夜，自然也就吹病了。

顾曼璐：我去看看她。

阿　宝：哎，大小姐，你要当心一点。

【阿宝赶紧跑前去开房间门，顾曼璐端着水和毛巾】

顾曼璐：你在这儿守着。

【房间里一片狼藉，顾曼桢蹲在角落里。房门开了，顾曼桢看见顾曼璐进来】

画外音：她不是快死了吗？怎么今天倒跟没事人似的，难道是故意装病？是祝鸿才的同谋？

顾曼璐：（缓缓蹲下身，想摸顾曼桢）脸怎么那么红啊，该不是发烧了吧？

【顾曼桢一下打翻了水杯，抓住顾曼璐的双手】

顾曼桢：放我出去，马上放我出去，不然我就张口咬了！

顾曼璐：二妹啊，这不是赌气的事，我也气呀，我怎么不气呢！

顾曼桢：（把曼璐推开站起来）那你放我出去呀！

顾曼璐：我也跟他大闹了！不过闹有什么用呢？你还真能把他怎么样吗？要说这个人，也实在是可恨！不过他对你，倒是一片真心，在我们结婚之前，他对你就是很爱慕，对你也一直都是很敬重的，昨天晚上要不是喝醉了酒，他也不敢这样，只要你肯原谅他，他以后一定好好地补偿你。他对你，是不会变心的……

顾曼桢：（敲碎了一口碗，拿起碎片）你回去告诉祝鸿才，他要是敢过来，我就杀了他！

顾曼璐：你先不要着急，咱们先不谈这个，等你把病养好了再说。

顾曼桢：（激动）你倒是让我回去，让我回去呀！

顾曼璐：你这是干什么呀！

顾曼桢：你让我回去，让我回去。（扑到顾曼璐身上）

顾曼璐：你这是干什么你，你疯了你！

顾曼桢：你才疯了呢！你都干了些什么事情，串通祝鸿才来害我，你是不是人啊你！

顾曼璐：（挣扎着把曼桢甩到桌上，情绪激动）我串通祝鸿才来害你，我冤枉死了，为了你这档子事，我不知受了多少的夹缝气！

顾曼桢：你还耍赖，你还耍赖！（慢慢地起身，扇了曼璐一耳光）

顾曼璐：（作势还手，但还是放下了，冷笑，）呵，想不到，我们家出了这么个烈女，我那时候要是做个烈女，我们一家人都得饿死！我做舞女做妓女，不也受人家欺负吗？我上哪儿撒娇去！我也是跟你一样的人，一样的姐妹两个，凭什么你就那么尊贵，我就那么贱！

【顾曼桢看到门掩着，想冲出去，顾曼璐挡着曼桢，互相拉扯，阿宝赶紧关上门】

顾曼璐：阿宝不能让她出去！

顾曼桢：（哭喊）你不让我出去，这个叫做犯法你知道吗？你还能关我一辈子，你还能把我杀了吗？

顾曼璐：（把曼桢推到地上）我告诉你，你老实给我待着！（离开关门）

【音乐起】

顾曼桢：（扑过去，趴在门上，哭泣）放我出去！放我出去！！！世均，妈，快点来救我，快点来救我！！

参考视频来源：电视剧《半生缘》第二十五集

注：电视剧《半生缘》改编自张爱玲同名小说《半生缘》

《半生缘》剧照一

《半生缘》剧照二

图书在版编目（CIP）数据

影视剧片段改编教程 / 赵彬彬主编. —北京：中国电影出版社，2016. 8（2020.11 重印）

ISBN 978-7-106-04511-1

Ⅰ. ①影… Ⅱ. ①赵… Ⅲ. ①电影改编—高等职业教育—教材 Ⅳ. ①I053. 5

中国版本图书馆CIP数据核字（2016）第185471号

责任编辑：林　娜
封面设计：汪　成
版式设计：汪　成
责任校对：孙　健
责任印制：张玉民

影视剧片段改编教程

赵彬彬　主编

出版发行　中国电影出版社（北京北三环东路22号）邮编100013
电话：64296664（总编室）　64216278（发行部）
Email:cfpygb@126. com

经　　销　新华书店

印　　刷　中国电影出版社印刷厂

版　　次　2016年8月第1版　2020年11月北京第2次印刷

规　　格　开本/710×1000毫米　1/16
印张/12.5　字数/270千字

书　　号　ISBN 978-7-106-04511-1/I · 1104

定　　价　48.00元